Die Weihnachtsgans
oder wie komme ich am besten
zu einem Weihnachtsbraten

Die Weihnachtsgans

oder wie komme ich am besten
zu einem Weihnachtsbraten

Weihnachtsgeschichten
aus demWendland
für Groß und Klein

Erzählt
von
Undine Stiwich

Illustrationen
Wolfgang Schwabe

Gesamtherstellung:
Druck- und Verlagsgesellschaft Köhring GmbH & Co. KG

ISBN 978-3-926322-49-4

Inhaltsverzeichnis

Die Weihnachtsgans oder wie komme ich am besten zu einem Weihnachtsbraten

Es gibt nichts Schöneres als eine Weihnachtsgans zum Heiligen Abend auf dem Tisch. Jedes Jahr besorgten wir vor dem Fest von irgendwoher eine Gans. Gerupft und ausgeschlachtet wurde sie gekauft. Doch wie wurde sie gehalten, womit wurde sie gefüttert? Alle diese Fragen waren kaum zu beantworten. So kam mein Mann auf die glorreiche Idee, eine Gans selbst zu füttern, zu mästen und zu Weihnachten dann ab in den Bratofen.

Gesagt, getan, im Frühjahr kaufte mein Mann auf dem Markt eine kleine Gans. Sie war so klein, dass sie in eine Hand passte. Es war draußen noch sehr kalt. Der Frost wollte nicht weichen, die Sonne hatte noch gar keine Kraft, um die Erde zu erwärmen. So eine kleine Gans kann man doch nicht in die Kälte hinausjagen, also wurde ihr erst einmal ein Plätzchen im Badezimmer angeboten. Im Waschbecken badete sie, schüttelte ihr spärliches Gefieder und war froh, wenn sie ins Handtuch schlüpfen konnte.

So kam der Sommer und auch der Herbst ging vorbei. Aus dem kleine Gänschen war eine große Gans geworden. Die Kinder hatten sie, nein eigentlich ihn (wie sollte man bei so einem kleinen Tier feststellen, ob es männlich oder weiblich war) Mathilde getauft.

Mathilde spielte auf dem Hof mit den Katzen oder dem Hund, doch wehe es kam ihr jemand zu nahe, dann teilte sie Schnabelhiebe aus. Also wurde sie von den Tieren mit großem Respekt behandelt. Zu uns war sie freundlich. Sie schien glücklich zu sein, wenn wir ihr das Futter brachten, oder ihr über die Federn strichen. Kam unerwartet Besuch, machte sie so einen Krach, dass die Türklingel nicht mehr benötigt wurde.

Und nun stand Weihnachten vor der Tür. Ein freudiges Ereignis, wenn nicht Mathilde gewesen wäre. In Gedanken sah ich schon meinen Mann, wie er das Messer am Wetzstein wetzte. Ein grausiger Gedanke! Auch die Kinder bekamen diesen barbarischen Brauch zu spüren, als ihr Vater zwei Tage vor Weihnachten mit Mathilde auf dem Arm an den Hauklotz ging. Mathilde wusste wohl, was ihr blühte, denn mit Flügelschlagen und lautem Gezeter entschlüpfte sie und floh laut kreischend hinter den Schuppen. Die Kinder standen, nicht nur die Kinder, wie erstarrt. Sie liefen zum Schuppen und fingen Mathilde, die immer nur wie wild mit den Flügeln um sich schlug.

Da soll mir noch mal einer sagen, Tiere spüren es nicht, was geschieht. Etwas zornig vertagte mein Mann das Schlachten auf den späten Tag. Als er jedoch am Abend die Gans suchte, war sie verschwunden. Auch am nächsten Tag blieb jeder Versuch, sie zu finden, erfolglos.

Ich hatte in weiser Voraussicht einen ganz normalen Schweinebraten aus der Kühltruhe genommen, den ich nun in aller Ruhe für den Abend, denn es war Heiligabend, zubereitete.

Mein Mann stellte den Weihnachtsbaum auf, die Kinder holten die Kugeln und die Kerzen und gemeinsam wurde der Baum geschmückt. Dann gab es statt Weihnachtsgänsebraten einen leckeren Schweinebraten. Die Kinder sprachen kein Wort und stocherten nur im Essen herum. Irgendwie schmeckte mir auch der Schweinebraten nicht. Ich glaube, jeder dachte im Stillen an unsere verschwundene Mathilde. Als nun mein Mann die Bemerkung einwarf – „Und so fett war sie geworden – so ein schöner Weihnachtsbraten" –, erntete er nur böse Blicke. Plötzlich kamen von der Tür her eigenartige Geräusche, so, als ob an der Tür gekratzt wurde. Wir sprangen auf, öffneten sie und da stand sie/er, laut schnatternd mit erhobenen Kopf watschelte sie/er an uns vorbei geradezu ins Wohnzimmer.

Da stand Mathilde nun als wunderbares Mahnmal vor dem Weihnachtsbaum, weiß und strahlend. Seit dem Tage blieb sie/er unser Haustier. Einige Jahre lebte der Ganter noch mit uns. Eines Tages lag er tot auf dem Grundstück. Wir beerdigten ihn (mittlerweile hatten wir uns an „ihn" gewöhnt) unter einem alten Apfelbaum.

Ein besonderes Weihnachtsfest

In einem kleinen Dorf im Lemgow wohnte in einer Kate ein altes Ehepaar. Seitdem der Sohn am Weihnachtstage durch einen Unfall ums Leben gekommen war, ignorierten die beiden Alten das Weihnachtsfest. Schon seit Tagen hatte es geschneit. Der Wind trieb den Schnee über die Wege und häufte sich zu großen Bergen vor jedem Hindernis. Es war der 24. Dez. Es war kalt im Hause. Der Alte nahm seinen dicken Mantel vom Haken, wickelte sich den Schal um den Hals und hob vom Kamin den Korb auf. „Ich hole noch Holz, bevor wir ganz einschneien", sagte er zu seiner Frau. „Es wäre doch schön, wenn wir wieder einmal Weihnachten feiern würden", sagte sie. Der Mann sah sie an, schüttelte mit dem Kopf, öffnete die Tür und ging nach draußen. Die Tür klemmte, es hatte sich der Schnee gesammelt, so dass er Mühe hatte, hinaus zu gelangen. „Ich muss zuerst den Weg freischaufeln", sagte er und drängte sich durch den Spalt der Tür. Er nahm eine Schaufel, die am Haus stand und befreite die Tür von der Schneelast. Dann ging er zum Schuppen, füllte den Korb mit Holz und trat ins Haus. Plötzlich klopfte es an der Tür. Draußen stand eine junge Frau. „Ich bin mit dem Auto vorn an der Straße stecken geblieben", sagte sie.

„Haben Sie ein Telefon?“ „Nein“, erwiderte die alte Frau, „kommen Sie ins Zimmer und wärmen Sie sich auf.“ „Ich habe gerade Tee aufgebrüht. Möchten Sie eine Tasse?“ Die junge Frau setzte sich an das Feuer und wärmte ihre Hände an der Teetasse und schlürfte genüsslich den Tee.

Es klopfte an der Tür. Draußen stand ein Mann. Er grüßte, lüftete seinen Hut und fragte: „Kann ich bei Ihnen telefonieren? Ich bin draußen in eine Schneewehe geraten.“ „Leider haben wir kein Telefon. Kommen Sie rein.“

Wiederum klopfte es an der Tür. Draußen stand eine junge Frau mit einem etwa 10 Jahre alten Mädchen. „Mein Auto hat den Geist aufgegeben. Ich stehe vorn auf der Straße. Kann ich telefonieren?“ „Telefon besitzen wir nicht. Kommen Sie in die warme Stube.“ Auch die junge Frau mit dem Kind nahm am wärmenden Feuer Platz. Die Teekanne wurde wieder aufgefüllt und alle saßen in Gedanken bei einer dampfenden Tasse Tee, als es wiederum klopfte. Der Alte öffnete die Tür, der Wind peitschte den Schnee ins Haus. Vor der Tür stand ein junger Mann. Auch für ihn gab es im hohen Schnee kein Weiterkommen. „Ich kann Ihnen allen leider nur Tee einschenken. Wir haben kaum etwas zu essen im Haus. Wer Hunger hat, eine Stulle könnte ich anbieten.“ „Ich bin mit meinem Verkaufswagen unterwegs und habe leckere Kleinigkeiten im Wagen. Wer kommt mit und hilft mir tragen?“

Mit diesen Worten stand der junge Mann auf und ging an die Tür. Ihm folgten die junge Frau und der Mann. Es dauerte eine ganze Weile, bis die drei vollbepackt zurückkamen. Nun gab es Brötchen, süße Riegel, Wurst, Käse und auch einige Flaschen Wein. Die alte Frau deckte den Tisch. Als man nun gemeinsam mit einem Glas Wein anstieß, klopfte es wieder einmal. Ein Mann mittleren Alters bat um Einlass. Er war vom Weg abgekommen, hatte sich im hohen Schnee festgefahren und wusste nicht mehr, wo er war. Er hatte das Fensterlicht von Weitem gesehen und war dem Schein nachgegangen. In der Hand trug er einen länglichen Koffer. „Ich bin Musiker und sollte heute in Trabuhn spielen, das kann ich heute bei dem hohen Schnee sicher vergessen. Man kann kaum die Hand vor Augen sehen", sagte er.

Nach einer weiteren Flasche Wein, erzählten alle Anwesenden, was sie eigentlich heute machen wollten. Der Musiker wollte spielen, der ältere Mann wollte die Kinder besuchen, die junge Frau wollte nur nach Hause und Mutter und Kind kamen von einer Feier. Das kleine Mädchen hatte sich in die Ecke des alten Sofas gekuschelt und war eingeschlafen. Als nun das alte Ehepaar vom Tod ihres Sohnes erzählte, wurde es ganz still in der Runde. Der Musiker stand auf und holte seinen länglichen Kasten, den er an der Garderobe abgestellt hatte. Er öffnete ihn und holte eine Geige heraus. Zart strich er über die Seiten des

Instruments und fing an Weihnachtslieder zu spielen. Die alte Frau ging zur Kommode und zog die Schublade auf. Sie entnahm ein Säckchen, dass sie auf den Tisch ausleerte. Weihnachtssterne, Engel, Tannenzapfen und Kerzen lagen nun auf dem Tisch verstreut. Sie legte den Weihnachtsschmuck in die Mitte, stellte die Kerzen auf und zündete diese an. „Stille Nacht“, spielte die Geige. Alle blickten in die flackernden Kerzen und sangen mit. Als der Musiker „Freut euch des Lebens“ spielte, standen die beiden Alten auf, fassten sich an die Hände und tanzten einen Walzer.

Am Morgen hatte es aufgehört zu schneien. Auf der Straße war der Schneepflug zu hören.

Die unterwarteten Besucher verabschiedeten sich von dem alten Ehepaar, dankten für das ganz andere Weihnachtsfest und verließen die Kate. Die beiden Alten standen voreinander und hielten sich in den Armen.

„Das war seit langer Zeit wieder ein sehr schönes Weihnachtsfest,“ sagte sie zu ihrem Mann und er konnte nur noch nicken.

Der Nussknacker

Zur Weihnachtszeit gehören auch Nüsse, ob es Haselnüsse, Walnüsse oder Mandeln sind.

Ein bunter Teller ohne Nüsse: Es würde etwas fehlen. Nüsse sind Symbol des aufkeimenden Lebens. Zu den Nüssen gehört natürlich auch der Nussknacker. Um an den süßen Kern zu gelangen, wurde das Knacken der Schalen zu einer knackigen Angelegenheit. Schon im 18. Jahrhundert wurden die Knacker satirisch und mit leiser Ironie, Menschen und Tieren nachgebildet. Der Schöpfer des heute noch bekannten Nussknackers ist Wilhelm Friedrich Füchtner, der 1870 einen figürlichen Nussknacker drechselte. Meist waren es Bergleute, Soldaten, Feuerwehrmänner und auch Polizisten. Nussknacker gibt es in allen Variationen, in allen erdenklichen Farben, groß und klein. Doch aufgepasst, nicht jeder Nussknacker ist zum Knacken da, sondern oft nur zur Dekoration und zum Anschauen.

Der alte Koffer und ein Teddy

Einige Tage vor Weihnachten 1944.

Da steht er, der alte Koffer, allein, verlassen, umgeben von Schutt und Steinen. Zusammengestürzte Häuser türmen sich zu riesigen Haufen. Vereinzelt flackern Feuer. In der Luft ein Surren, dann eine Detonation, Bomben fallen vom Himmel, schlagen ein, spucken ihre todbringende Gewalt aus. Staub wirbelt auf. Motorenlärm entfernt sich, langsam legt sich der Staub auf die Straße, gibt einen zweiten Blick auf den Koffer frei. Er steht dort immer noch, unversehrt, als ein einziger Farbklecks trotzig zum Grau der Trümmer ringsumher. Kein Mensch auf der Straße, Totenstille setzt ein, Brandgeruch liegt in der Luft. Nach kurzer Zeit das erste Gesicht in einem dunklen Eingang, bleich gequält, jahrhundertealt. Plötzlich ein zweites Gesicht, ein drittes, ein viertes. Aus vielen schwarzen Löchern strömen die Menschen, verzweifelt und zerlumpt. Keiner der Gesichter würdigt den Koffer. Er steht allein.

Plötzlich strecken sich Kinderhände nach ihm aus. Ein kleines Mädchen versucht den Koffer anzuheben – vergeblich – er ist zu schwer. Ein Mann kommt, bietet

seine Hilfe an. Beide heben den Koffer gemeinsam auf. Nach drei Schritten, Sirenengeheul. Ängstlich und erschreckt lassen beide den Koffer fallen, flüchten wie alle anderen auch in dunkle Hausflure. Und wieder spuckt der Himmel Todbringendes. Ohne Gegenwehr erobern Flugzeuge den Nachmittagshimmel. Sich von der tödlichen Last befreit, drehen sie ab. Wieder kehrt Stille ein, wieder senkt sich der Staub, wieder wirft der Koffer sein Braun gegen die Fahlheit der Trümmer, wieder erscheint erst ein Gesicht, dann zwei, dann viele aus dunklen Löchern.

Die meisten ziehen dankend los, schreiend, Namen rufend, an dem Koffer vorbei. Keiner sieht ihn, keiner nimmt ihn wahr. Nur eine kleine Frau hält an, steht gebeugt vor ihm, richtet sich auf und fragt die vorbeiströmenden Menschen, wem der Koffer gehört. Immer wieder fragt sie, hält die Vorbeilaufenden, Stolpernden an. Doch diese eilen weiter, ohne sie und den Koffer zu beachten. Die Frau beugt sich wieder herunter, hebt ihn mühsam hoch und schleppt ihn mit sich nach Hause. Im Zimmer angekommen, sucht sie einen Lappen, einen frischen sauberen. Zärtlich, das Glück noch nicht fassend, wischt und reibt sie ihn, wuchtet ihn dann auf den Küchentisch. Bevor sie ihn öffnet streicht sie mit den Händen einmal über die Schürze. Dann macht sie sich erst ans Schloss. Mit einem lauten „Knack" öffnet sich der kleine metallene Bügel. Der zweite scheint zu klemmen, wenigstens weigert er sich vehement den Deckel freizugeben. Einen Moment überlegt sie, es mit Gewalt zu versuchen. Sie entschließt sich dagegen. Zu sehr gefällt ihr der Verschluss. Sie versucht es weiter mit Sanftheit. Mit Erfolg: Plötzlich ist der Kofferdeckel frei. Langsam und voller Erwartung hebt sie den Deckel an und wirft einen Blick in das Innere. Oben auf liegt als sorgsame Abdeckung ein Handtuch. Es ist ohne Falten und an beiden Seiten eingesteckt. Sie entfernt das Handtuch sorgsam und faltet es ordentlich zusammen. Ihr Blick fällt auf Kleidung, Eine Offenbarung, schießt es der Frau durch den Kopf, denn sie war ausgebombt, war bei Freunden untergekommen und besaß nichts weiter, als das, was sie am Leib trug. Ein Griff in den Koffer – zwei Pullover, ein Rock, Strümpfe, Unterwäsche, eine Hose. Alles viel zu groß für sie, aber warm und sauber. Und dann, tiefer im Koffer berührt ihre Hand Holz, sie ertastet ein Pferd, einen Kastenwagen und dann drückt ihr Hand auf etwas Weiches. Sie packt zu und holt es heraus. Es ist ein brauner Teddy mit heller Schnauze. Der schönste Teddy der Welt, zum Kuscheln, zum Zuhören, zum Streicheln.

Er hat sie begleitet, die Kinderjahre ihrer Tochter verschönert, sitzt heute auf einem gemütlichen, antiken Familiensofa und – da soll er auch bleiben.

Ein goldenes Weihnachtsfest

Vor langer Zeit war in der Nähe des Dörfchens Marlin ein kleines Waldstück, dort am Rande lebte der Mollenhauer Krischan mit seiner Frau und fünf Kindern. Zwei Tage vor Weihnachten lud er den Wagen voll mit kleinen und großen Mollen, spannte das Pferd vor den Karren und fuhr in die Stadt. Er hatte lange Zeit gebraucht, um die Mollen anzufertigen und erhoffte nun einen großen Gewinn von dem Verkauf der Holzmollen. Von dem reichen Händler bekam er aber nur einige Pfennige Lohn für seine Ware, angeblich waren die Mollen nicht sauber verarbeitet. Tief betrübt machte er sich auf den Heimweg. Der Wagen war leer und der Verdienst reichte nicht einmal dafür, um den Kindern einige Süßigkeiten aus der Stadt für den Heiligen Abend mitzubringen.

Mittlerweile war es dunkel geworden. Als Krischan sich dem Wäldchen näherte, sah er zwischen den Bäumen glänzende Lichter. Etwas ängstlich aber auch neugierig hielt er an, stieg vom Bock und ging auf das Wäldchen zu. Da trat ihm ein kleines Männchen in brauner Kleidung mit einer frechen Zipfelmütze auf dem Kopf entgegen. Sein Gesicht schmückte ein langer Bart, der ihm fast bis auf die Füße reichte. Der Mollenhauer wusste nicht, ob er sich fürchten oder aber lachen sollte, so putzig sah das Männlein aus. Es sprach mit feiner Stimme, die gar nicht zu seinem Aussehen zu passen schien: „Fürchte dich nicht, folge mir, es soll nicht dein Schaden sein.“ Und da führte es Krischan in die niedrige Tannenschonung hinein, direkt auf eine Tanne zu, die mit brennenden Kerzen geschmückt war. An den Zweigen hingen Äpfel, Nüsse und allerlei Naschwerk. „Pflücke dir für deine Frau und deine Kinder so viel du willst“, sprach das Männlein. Voller Staunen sah Krischan auf den Baum, drehte sich zu dem kleinen Mann um, doch dieser war verschwunden. Krischan zog seinen Mantel aus, breitete ihn auf den Boden aus und füllte ihn mit Äpfeln, Nüssen und süßen Teilen. „Es muss noch einiges am Baum bleiben“, dachte er bei sich, „vielleicht gibt es noch mehr Kinder, die in diesem Jahr keine Freude zum Weihnachtsfest haben.“ Er wickelte den Mantel zusammen, ging zurück zu seinem Gespann und fuhr nach Hause. Als er endlich in sein Häuschen trat, jubelten die Kinder und liefen ihm entgegen. So lange war der Vater noch nie weggeblieben. Als der Kleinste der Kinder in den Mantel des Vaters griff, klimperte es. Nüsse, Äpfel und Naschwerk hatten sich zu Gold verwandelt. Doch tief in einer Ecke lagen auch Zuckerstangen und süße Brote für die Kinder. Es wurde ein unvergessenes Weihnachtsfest, an das sich Eltern und Kinder noch lange erinnert haben.

Der tote Bauer zu Ranzau

Es war am Morgen des 24. Dezember. So richtige Weihnachtsstimmung hatte sich bisher nicht eingestellt. Das erste Mal nämlich mussten die Frau des Bauern Krischan, dessen Mutter, sein Sohn und seine Tochter sowie die Magd und der Knecht ohne den Hausherrn feiern. Der Bauer war genau vor einem Jahr aus heiterem Himmel tot umgefallen. Was war geschehen?

Am Christabend war Bauer Krischan zunächst mit elf anderen Dorfbewohnern als Klaasbuern verkleidet durch den Ort Ranzau gezogen. Das wiederholte sich jedes Jahr.

Mit einer Ziegenmaske, langem Bart und am Mantel befestigten Ketten zogen die Klaasbuern durchs Dorf. Trafen sie auf dem Dorfplatz noch Kinder, wurden diese ins Haus gejagt. Ansonsten marschierten sie in einer Reihe hintereinander laut grölend von Hof zu Hof und wünschten frohe Weihnachten.

Bauer Krischan war ganz sicher, dass er der Zwölfte in der Reihe war. Als er sich aber, schon ziemlich am Ende ihres Umzugs, einmal umdrehte, ging hinter ihm noch jemand.

Zunächst dachte er, er hätte geträumt. Aber jedes Mal, wenn er nach hinten schaute, grinste ihn eine Ziegenmaske an. „Sind wir denn diesmal dreizehn?,“ fragte er unsicher nach vorne. „Nein, nur zwölf“, antworteten die anderen wie aus einem Munde. „Hinter mir aber geht noch einer“, rief er wieder nach vorn, „wer ist das denn?“ Da zogen alle ihre Masken vom Gesicht, um sich zu erkennen zu geben und drehten sich um. Doch hinter Krischan war keiner zu sehen. Die anderen blickten ihn mitleidig an. Auf dem Weg nach Hause beschäftigte ihn dieser Vorfall sehr. „Wer kann das nur gewesen sein?“, fragte er sich immer wieder.

Zu Hause angekommen, fand er dort alle beschäftigt. Auch er hatte noch einiges zu tun und vergaß den Vorfall. Eigentlich wollten alle gemeinsam den Gottesdienst besuchen, doch dieses Jahr war es nicht zu schaffen gewesen. In der Küche brutzelte das Essen auf dem Herd, Frau und Magd waren mit den Vorbereitungen für den Heiligen Abend beschäftigt. Um sich die Zeit zu vertreiben, ging der Bauer auf die große Diele, wo rechter Hand die Ställe lagen. Er hörte das Schnaufen der Pferde, das Schmatzen der Schweine und lauschte dem Wind, der um das Haus fegte. Plötzlich traute er seinen Ohren nicht. Er hörte seine beiden Pferde miteinander sprechen. Er konnte es genau verstehen. „Ich bin doch ziemlich traurig“, wieherte das eine Pferd dem anderen zu. „Ich hätte nicht gedacht, dass wir kurz nach Weihnachten den Leichenwagen mit unserem Herrn ziehen müssen." „Ja, eine unangenehme Sache", schnaubte das andere Pferd. Bauer Krischan war über die Unterhaltung dermaßen erschrocken, dass ihm das Herz stehen blieb und er tot umfiel.

Was er nicht wusste: Heiligabend, während des Weihnachtsgottesdienstes, können die Tiere reden.

Nach diesem Unglück war nun ein Jahr vergangen. Das erste Weihnachten ohne den Hausherrn konnte nur traurig sein. Minna, die Magd, schlich mit trüben Gedanken durchs Haus, Martin, der Knecht, holte mit traurigem Gesicht den Weihnachtsbaum herein. Bunte Blumen aus Papier, Weihnachtsengel aus Stanniol gefaltet, Gold und Silber angemalte Tannenzapfen, Nüsse und Schokoladenkringel lagen bereit, um die Tanne zu schmücken. Doch keiner wagte sich an den Baum. Das Schmücken war immer die Aufgabe von Bauer Krischan gewesen. „Schmücken können wir ihn auch noch nach dem Gottesdienst", meinte die Bäuerin nach einiger Zeit, „lasst uns erst mal in die Kirche gehen." Alle zogen sich warm an, denn draußen war es bitterkalt geworden. Ein eisiger Wind wehte aus Osten und die Kälte kroch schon langsam durch die Kleider, als die Bäuerin, Großmutter, Minna und Martin die Kirche erreichten. Der Pastor hielt eine feierliche Predigt. Er erzählte von der Adventszeit, in der es mit jeder angezündeten Kerze heller wird, er erzählte vom Weihnachtsbaum, an dem schließlich alle Lichter brennen und die Dunkelheit verbannen. Mit dem Lied „Macht hoch die Tür", schloss der Pastor den Gottesdienst.

Auf dem Weg nach Hause fiel kein Wort. Alle hingen ihren Gedanken an Bauer Krischan nach, wie er liebevoll den Baum schmückte und mit tiefer Stimme das eine oder andere Weihnachtslied vor sich hin summte. Nichts würde mehr so sein, wie es einmal war.

Als sie die Tür öffneten, sich aus ihren Mänteln geschält hatten und in die gute Stube gingen, staunten sie nicht schlecht. Vor ihnen stand ein geschmückter Weihnachtsbaum, so schön, wie es nur der Bauer konnte. Die Kerzen brannten und es roch nach Äpfeln und Mandeln. Keiner wusste zu erklären, wer in der Zwischenzeit den Baum geschmückt haben konnte. Und doch gingen alle davon aus, dass der tote Bauer Krischan irgendwie seine Hand im Spiel gehabt haben musste. Auf alle Fälle hatte jeder das Gefühl, er war unter ihnen. Und es wurde noch ein schönes Weihnachtsfest.

Das Gesicht am Fenster

Morgen ist Weihnachten. Morgen kommen die Kinder. Die alte Kati werkte am Herd und schob in den großen Backofen ein Blech Kuchen nach dem anderen hinein. Der Kuchen musste fertig werden, stand doch zu Weihnachten ein großes Ereignis ins Haus. Ihre Gedanken schweiften in die Vergangenheit. Vor vierzig Jahren, oder waren es schon fünfzig Jahre her, stand ihre Großmutter genau hier am Herd. Kati hatte es nicht übers Herz gebracht, diesen alten festgemauerten Ofen abzubauen. Wie alt war sie damals? Zur Schule ging sie noch nicht, konnte sie sich erinnern. Sie sah es vor ihren Augen, die Großmutter stand am Herd, das Blech Kuchen backte im Backofen. „Großmutter, wann ist Weihnachten?" „Noch einmal schlafen, dann ist es so weit", antwortete die Großmutter. Und dann – Kati scheuchte die Vergangenheit aus ihrem Kopf. „Es muss einmal genug sein", sagte sie leise zu sich selbst.

Sie schaute auf den alten Ofen und öffnete die Klappe zum Backofen. Es roch nach Zimt und Zucker. Sie nahm zwei Topflappen, hob das Blech heraus und stellte es zum Abkühlen in die Speisekammer.

„Morgen ist Weihnachten, morgen kommen die Kinder.“ Sie zog ihren dicken Mantel über, ging vor die Tür und setzte sich auf die Bank und dachte: „Weihnachten ist doch ein Fest der Freude, warum habe ich nach all den Jahren immer noch so traurige Gedanken? Morgen werden die Lichter am Weihnachtsbaum brennen. Das Enkelkind wird ihre Verlobung bekannt geben. Freunde von nah und fern werden gratulieren.“

Und trotzdem gingen ihre Gedanken zurück in die Vergangenheit in das Jahr 1944 am 23. Dezember. Sie stand mit ihrer Großmutter am Herd und wartete, dass der Kuchen fertig backte. Draußen schneite es, sie sah durch das Fenster, ein Schatten huschte vorbei. „Papa“, rief sie, ging einen Schritt vor und sah durch das Fenster. Ein Gesicht lächelte ihr durch die Scheibe zu. „Papa ist da, Oma, Papa ist da“. Sie stürzte an die Tür und öffnete sie. Niemand stand dort. Der Sturm schlug die Tür zurück, Schnee wehte hinein. „Papa, ich habe dich gesehen, wo bist du?“ Der Wind verschluckte die letzte Silbe. Auf der Kommode stand ein Bild des Vaters, schmuck sah er aus in seiner Uniform.

Aus den Augenwinkeln sah sie, wie das Bild von Geisterhand angehoben wurde, von der Kommode auf den Boden fiel, das Glas zersprang und das Bild ohne Rahmen und Glas lag vor ihren Füßen.

Großmutter sah zu, bückte sich, nahm das Bild hoch und legte es wieder auf die Kommode. Sie war kreidebleich geworden. Sie drehte sich um und verließ den Raum.

Einige Tage später, kurz nach Weihnachten kam ein Brief. Es war die Nachricht seines Todes. Im Schreiben stand, er sei am 23. Dezember beim Kampf seinen schweren Verletzungen erlegen.

Eine wirklich wahre Weihnachtsgeschichte

Nein, blättern Sie nicht gleich weiter, wenn Sie diese Überschrift gelesen haben. Ich weiß, was Sie denken: Fades Zeug vom Knecht Ruprecht und dem Christkindchen, so etwas, was man nur Kindern vorlesen kann und vielleicht sogar mit schlechtem Gewissen. Das stimmt alles, doch jede Geschichte hat auch eine Vorgeschichte, und wenn man der nachgeht und etwas Geduld hat, so treten mitunter seltsame Dinge zutage, an die man nie gedacht hat. So auch hier. Eine Freundin fragte mich, ob ich nicht eine Weihnachtsgeschichte für eine Weihnachtsfeier kenne, die nicht so abgedroschen ist und vielleicht auch ein Fünkchen Wahrheit beinhaltet. Das Beste ist, man denkt an Vergangenes, an Harmloses und Belangloses natürlich. Reste von dem, was man mal gehört, gelesen und wieder vergessen hat. Das eine oder andere nimmt Gestalt an wie die alte Dame in schwarz mit dem faltigen Gesicht und dem Lorgnon (Lesehilfe) in der Hand. Und nicht zu vergessen, das niedliche kleine Mädchen mit den blonden Zöpfen. Ich habe sie gerade im Blick, da sagt der dicke Mann neben mir:

„So ein Wetter, mehr Regen als Schnee. Drei Tage vor Weihnachten, da fällt allen Leuten noch ein, Geschenke einzukaufen, wofür sie das ganze Jahr Zeit haben. Da kommt der Bus, alle wollen mit. Das gibt wieder ein Gedränge“, aber der Dicke ließ seinen Worten die Tat folgen, mit Ellbogenstößen kämpfte er sich bis an den Bus und hinein in diesen. Es war wirklich eng, man konnte sich nicht richtig drehen, nicht einmal richtig Luft schnappen. Da sagte die alte Dame, die schräg vor mir stand zu dem Dicken: „Sehen Sie sich doch vor, sie quetschen ja das arme Kind richtig gegen die Tür.“ Der Mann beugte sich erschrocken zu dem Mädchen mit den blonden Zöpfen nieder, versuchte es jedenfalls, die alte Dame wollte das gleiche tun, und so kam es , dass er mit der Krempe seines Hutes ihr Augenglas berührte. Letzteres rutschte nach unten. „Meine Brille“, rief die alte Dame. „Man kann sich nicht einmal bücken, um sie aufzuheben!“ Das kleine Mädchen glitt zu Boden. Dann hörte man ihr zarte Stimme: „Nehmen Sie doch den Fuß hoch, Sie stehen auf der Brille“. Wenig später richtete sich das Mädchen auf und reichte der alten Dame das Glas. „Herzlichen Dank, mein Kind. Herrje, das linke Glas ist zerbrochen. Mit dem rechten Auge bin ich fast blind und mit dem linken ist es auch schon schlecht. Wie komme ich da bloß nach Hause?“
„Ich werde mit Ihnen gehen“, sagte das Mädchen. Gesagt getan, bei der nächsten Haltestelle stiegen beide aus. „Nur noch wenige Schritte“, sagte die alte Dame, „ohne dich

hätte ich meine Brille ganz verloren. Es konnte sich bei der Enge keiner bücken". „Das bin ich gewöhnt", erwiderte die Kleine, „mein Vater kann sich nur mit Mühe bücken. Ich laufe immer schnell hin und hebe es auf, wenn ihm mal ein Buch vom Bett rutscht". „Ist denn dein Vater krank?" „Krank eigentlich nicht. Als er Student war, hat er abends ein Taxi gefahren, um etwas Geld zu verdienen. Er wurde von einem Betrunkenen angefahren. Der Vati wäre fast gestorben. Aber es ging noch gut. Er hinkt ein klein bisschen, nur bücken kann er sich nicht. Nur einmal im Monat liegt er im Bett, da kann er sich nicht rühren. Wenn er ganz still liegt, hat er keine Schmerzen. Es sei seine Pläsierwoche, sagt er dann. Nur Mutti meint, es sei falsch, denn Pläsier heißt Vergnügen und ein Vergnügen ist es doch nicht, wenn man so mit Schmerzen daliegt. Er kann wunderschöne Geschichten erzählen. Das sei ein Erbstück von seinem Großvater, sagt er. Er ist so lieb zu mir, und ich habe ihn auch schrecklich lieb. Mein Vati prüft irgendwelche Bücher, meine Mutti arbeitet drei Tage in der Woche in einem Laden, wo die Damen teure Kleider kaufen. Zwar meint sie immer, sie könnte uns nicht allein lassen, vor allem dann nicht, wenn Vati krank ist, aber ich bin schon groß und kann Vati helfen, auch wenn er mir keine Geschichten erzählt. Manchmal lese ich ihm vor und er schaut nach meinen Schularbeiten." „Jetzt habe ich von dir so viel gehört, doch deinen Namen weiß ich nicht". „Ich heiße Margarete Überbacher", antwortete das Kind.

Die alte Dame zuckte zusammen, stieß einen kleine Schrei aus und ließ Margaretes Hand fallen. „Was ist mit ihnen?" rief die Kleine aus. „Nichts, ich habe mich wohl verschluckt. Wenn man alt wird, kommt mitunter etwas hoch, was man nicht loswerden kann. Wir sind angekommen, willst du noch mit nach oben kommen.?" Doch da hatte Margarete schon auf Wiedersehen gesagt und rannte die Straße hinunter. Die alte Dame stieg langsam die Treppe nach oben. Ein paar Mal blieb sie stehen, weil ihr die Worte durch den Kopf gingen, die sie gerade gehört hatte. Oben angekommen, holte sie sich eine Tasse Tee aus der Küche und setzte sich in ihren Lehnsessel. Sie trank aber nicht, schüttelte nur einige Mal ihren Kopf. Dann sah sie auf ihre Hand, die auf dem Tisch lag. „Ganz nass", dachte sie, „habe ich etwa geweint? Seit Jahren ist das nicht vorgekommen. So kalt, so ausgetrocknet bin ich. Ich habe es ja gewusst, und da muss ein kleines Mädchen kommen und mir einen Stoß geben." Ihre Hände zitterten. „Ganz vertrocknet bin ich noch nicht". Ihre Schultern bebten und sie weinte bitterlich.

Inzwischen war es Heiligabend geworden. Die Überbachers hatten wie immer einen hübschen Weihnachtsbaum. Dieses Jahr hatte Margarete geholfen, den Baum zu schmücken. Und da stand er nun in seiner ganzen Pracht. Große und gekaufte Geschenke gab es bei der Überbachers nicht. Es musste immer etwas ganz Persönliches sein.

Unter dem Baum lag für Margarete ein selbst gestrickter Pulli, für die Mutter ein Büchlein mit Geschichten, die der Vater geschrieben hatte. Auf der ersten Seite stand: „Meiner guten Frau in Liebe und Dankbarkeit". Und für den Vater ein antiquarisches Buch aus dem vorigen Jahrhundert, was er sich schon lange gewünscht hatte. Jetzt brachte die Mutter noch drei große Teller mit duftenden Lebkuchen und Süßigkeiten, für jeden einen. Margarete steckte die Kerzen an und die Mutter schenkte aus der Kanne Punsch ein.

„Das ist jetzt unser Weihnachten, unser eigenes. Können wir darüber nicht froh sein?" sagte sie. „Ja, das ist wahr. An solchen Tagen liegt das Gemüt bloß, wenn man ein solches hat. Da meldet sich dann der Kummer, der nicht ganz verwunden ist. Wir Menschen sind eben nicht vollkommen, und das ist gut so. Wo käme sonst der Impuls her, etwas besser zu machen als bisher. Andere mögen nach Mallorca oder sonst wohin fliegen, um dem Festtrubel zu entgehen. Dabei wollen sie sich nur selbst entgehen, ihrem inneren Menschen. Schlimm sind die dran, die an solchen Tagen ganz allein sind, die allein in ihrem Zimmer sitzen und auf die brennende Kerze schauen, die sie vors Fenster gestellt haben. Sie möchten mit jemandem reden, aber sie sind allein, und keiner hört sie oder will sie hören." Nach dieser langen Rede des Vaters trat Stille ein. In diese Stille hinein schrillte die Türklingel. Margarete öffnete. „Da ist die alte

Dame, die ich neulich nach Hause gebracht habe. Sie möchte euch sprechen“, rief das Kind und öffnete die Tür. Und da stand sie, die alte Dame, mitten im Flur. Mit Pelz und Schals war sie richtig vermummt, und ihr Mantel war weiß vom Schnee.

Die Mutter sah auf den Türeingang und rief: „Mutter, du!“

„Ja“, sagte die alte Dame, „ich bin gekommen, um euch um Verzeihung zu bitten. Ich habe großes Unrecht getan und hatte nicht den Mut, es mir einzugestehen. Jetzt kam mir eure Tochter in den Weg, dieses liebe Kind. Das gab mir den Stoß. Ich möchte versuchen, es wieder gut zu machen. Damals vor zwölf Jahren habe ich gedacht, meine schöne und kluge Tochter kann doch nicht einen verkrachten Studenten heiraten, der halb lahm ist und der Sohn von irgendeinem kleinen Schreiber. Was ist das schon! Sie könnte doch einen Assessor haben, einen Regierungsrat oder Rechtsanwalt, der ihr etwas bieten kann. So dachte ich damals. Die Töchter meiner Freundinnen haben gut geheiratet, so schien es mir. Beide sind lange geschieden. Es ist verkehrt, wenn man daran denkt, irgendwo zu glänzen, um die anderen auszustechen. Vom Schein kann man nicht leben. Man betrügt sich selbst und, was schlimmer ist, auch andere. Und es ist schlimm, wenn man alt werden muss, ehe man das begreift und den Dingen auf den Grund geht, ehe es zu spät ist.“

„Alles wird gut“, sagte Herr Überbacher. „Es war für uns immer klar, dass es keine böse Absicht war, als du uns aus dem Haus gewiesen hattest. Du dachtest an das Wohl deiner Tochter. Jetzt sind wir fünfzehn Jahre zusammen, seit zwölf Jahren verheiratet, aber trotz manchem Kummer, den wir hatten, ist nie ein böses Wort über unsere Lippen gekommen. Und der letzte Schatten, der auf uns lag, ist nun getilgt. Ist es nicht ein wirkliches Weihnachtsfest, das wir jetzt feiern können, und das zusammen mit dir? Diesen Tag und diese Stunde werden wir im ganzen Leben nicht vergessen.“

Wie schmücke ich einen Weihnachtsbaum

Der grüne Baum mit seinen Lichtern und dem sinnbildhaften Schmuck gehört zu den Weihnachtssymbolen. In alter Zeit war der immergrüne Baum ein Symbol der Fruchtbarkeit, Wachstum und Leben. Am Christabend wurde er in die gute Stube geholt und mit Backwerk, Äpfeln und Nüssen geschmückt. Gegen Ende des 19. Jahrhunderts kamen die mit einfachem, essbarem Christbaumschmuck versehenen Bäume aus der Mode. Der industriell gefertigte Glitzerschmuck gewann die Oberhand. Eine Anleitung zum Schmücken eines Weihnachtsbaumes ist im „Goldenen Weihnachtsbuch“ und in der Zeitschrift „Gartenlaube“ von 1892 nachzulesen:

„Die Schmückung beginne zunächst mit den schwersten Gegenständen, welche am besten in der Nähe des Stammes und in die Mitte des Astes gebracht werden. Nach diesen empfiehlt es, sich die Nüsse anzubringen. Abwechselnd miteinander müssen goldene und silberne, etwa 3–4 Stück an die längeren und 2–3 an die kürzeren und an die obersten ganz kurzen Zweige, je nur ein Stück gebunden werden. Die ebenfalls vergoldeten und versilberten Tannenzapfen dürfen dagegen schon weiter nach vorn in das zweite Drittel des Astes, vom Stamme aus gerechnet, gebracht werden. Marzipan und Confekt nimmt sich am besten zwischen je zwei Nüssen aus. Glänzende Glaskugeln, Früchte und dergleichen gibt man mehr den oberen Ästen, um den Effekt der sich in denselben brechenden Lichtstrahlen zu genießen. Metallspiralen und Christbaumglocken vertheilt man an den Enden der Nebenzweige, weil diese dünner sind und aus dem Grunde leichter in Bewegung gerathen als die stärkeren Hauptzweige. Die Körbchen und Netze aus Papier gibt man den Nebenzweigen. Die einzelnen Sterne werden überall gleichmäßig vertheilt, während die Ketten über die Aeste schlingen und vertheilen. Papiertüten kommen stets an die Spitze der Zweige, am besten unterhalb der Lichter. Auf der Spitze des stehenden Baumes bringt man gewöhnlich einen großen Stern aus mit Goldpapier überzogener Pappe an, in dessen Oval man entweder einen selbstgemalten oder fertig gekauften Weihnachtsengel einklebt.

Prächtig nimmt sich auch ein breites Atlasband mit Goldfransen aus, welches in altgothischer Schrift den hehren Weihnachtsspruch: „Ehre sei Gott in der Höhe“ trägt.“

Bleibt nur zu hoffen, dass diese Anweisungen befolgt werden.

Wer erfand die Weihnachtskarte?

Weihnachten steht vor der Tür. Wir glauben uns in Sicherheit, denn schließlich sind alle Geschenke unter Dach und Fach.

Für den Weihnachtsbraten ist die Gans bestellt, die Topflappen für Oma sind gehäkelt und nett verpackt und für Tante Grete sind die Armmuffchen gestrickt. Habe ich auch wirklich nichts vergessen? Schon fällt es mir siedendheiß ein: Es sind noch keine Weihnachtsgrüße geschrieben. Im vorigen Jahr habe ich die Weihnachtskarten viel zu spät losgeschickt. Sie kamen erst nach Weihnachten an und das ist ja sicher nicht der Sinn der Sache.

Wer hatte eigentlich die „gute“ Eingabe, Weihnachtskarten zu erfinden? So genau lässt sich das nicht zurück verfolgen, zuerst jedoch waren die Neujahrsgrüße da. Bereits im 15. und 16. Jahrhundert tauschten die gebildeten Menschen schriftliche Neujahrsgrüße aus. Es waren gemalte Karten mit Liedern- und Neujahrswünschen. Erst zum Ende des 19. Jahrhunderts lernten auch die Kinder das (zweifelhafte) Vergnügen kennen, Weihnachts- und Neujahrskarten zu schreiben. Ob an die Tante oder den Onkel, an die Großeltern oder sonstige Verwandte, es wurde zur Pflicht, gemalte Grüße zu versenden. Die Texte der damaligen Zeit waren nicht wie heute, wo man schreibt: „Alles Liebe zu Weihnachten und viel Gesundheit“. Damals hieß es viel komplizierter als heute: „Sehr verehrte Großeltern“, und „empfiehlt sich Euer Enkel“.

Schnell erkannten auch die Drucker den Markt und stellten Briefformulare her, die die Kinder nur noch ausfüllen mussten. Zu Weihnachten war der Vordruck mit Kerzen geschmückt, zu Neujahr mit bunten Farben und Masken. Die erste Weihnachtskarte kam aus England. Im Jahre 1843 malte der Maler John Horsley eine dreiteilige Karte. In der Mitte saß die Familie um den Weihnachtsbaum herum, auf der linken Seite gab man Hungrigen zu essen, wie der alte Weihnachtsbrauch es auch besagte, rechts beschenkte man die Armen zum Neujahrstag. Horsley druckte seine Erfindung von Steinplatten und kolorierte sie anschließend mit der Hand. Ende des 19. Jahrhunderts wurde die Weihnachtskarte auch in Deutschland bekannt. Nun gehörte es zum „guten Ton“, Karten zu verschicken.

Und auch heute, trotz E-Mail und SMS greift jeder wieder gern zum Stift und schickt die persönlichen Grüße nach alter Väter Sitte von Haus zu Haus.

Die Bedeutung des Christbaumschmucks

Mit Weihnachten ist stets der Weihnachtsbaum verbunden. Aber was ist ein Weihnachtsbaum ohne Schmuck? Eben nur ein Tannenbaum. Kugeln, Tannenzapfen, Nüsse mit Gold- oder Silberschaum, Weihnachtssterne, Äpfel und allerlei Glückssymbole, Engel und Lametta, alles das und vieles mehr gehört zum Christbaumschmuck.

Der Apfel bedeutet Fruchtbarkeit. Äpfel zur Weihnachtszeit geben Kraft für den Winter. Außerdem erinnert er an warme Sommertage. Nüsse sind ein Symbol für die Fruchtbarkeit und geben warme Gedanken für den goldenen Herbst. Der Tannenzapfen steht für die Jungfräulichkeit und erinnert an die Jungfrau Maria. Oft sind die Zapfen in Schnee gehüllt, zeigen sie den Winter an. Kleine Päckchen und Geschenke im Baum erinnern an die Gaben für das Christuskind. Glückssymbole im Weihnachtsbaum verheißen Geldsegen. Herzen bringen Lebenslust und Liebe. Glocken läuten zur Heiligen Nacht und verkünden die frohe Botschaft: „Christus ist geboren“. Lametta ist als Christbaumschmuck viel jünger als die Weihnachtskugel.

Die feinen Metallfädchen stehen sinnbildlich für die Geschenke der Heiligen Drei Könige. Vögel in unterschiedlichen Variationen kündigen den Frühling an, im Käfig gehalten, steht für Vergeistigung, Tauben sind das Friedenssymbol und Pfauen zeigen die Pracht des Nachthimmels an. Häufig wird die Spitze des Weihnachtsbaumes mit einem Engel geschmückt. Engel verkünden die Geburt des Heilands. Sterne sind Symbole der Hoffnung. Aus Stroh gefertigt erinnern sie an das Stroh, auf dem das Christuskind lag. Mit Posaunen und Trompeten werden böse Geister vertrieben. Fische sind Symbole für das Wasser und Wasser bedeutet Leben. Für die Urchristen war der Fisch das Erkennungszeichen, denn Christus speiste mit wenigen Fischen eine große Schar von Menschen. Die Christbaumkugel selbst zeigt in ihrer Form Vollkommenheit an. Und die Kerze am Weihnachtsbaum, das Licht des Lebens, verschönert das Dunkle und bereitet Wärme im Herzen.

Wenn wir in diesem Jahr den Weihnachtsbaum schmücken, sollten wir daran denken, dass jedes Schmuckstück seine Bedeutung hat.

Der Christstollen

Wer kennt ihn nicht in der Vorweihnachtszeit und natürlich auch zu Weihnachten – den Christstollen. Seinen Ursprung fand er um das Jahr 1300 in Naumburg an der Saale. Aus alten Akten ist zu entnehmen, dass ein Bäcker aus Naumburg für den Bischof Heinrich von Naumburg im Jahre 1329 einen Weizenstollen fertigte. In der Residenzstadt Dresden wurde bis in das Jahr 1913 ein riesiger Stollen gebacken. Ihn lieferte die Bäckerinnung an jedem 2. Weihnachtstag an den sächsischen Landesfürsten. Der Stollen war jeweils eineinhalb Meter lang und hatte ein Gewicht von 36 Pfund. Getragen wurde dieser Stollen von acht Meistern und acht Gesellen.

Wie der Stollen damals wohl geschmeckt haben mag? Alte Rezepte sind überliefert. In allen katholischen Gegenden galt die Adventszeit als Fastenzeit, somit durfte keine Butter beim Backen verwandt werden, sondern nur Öl. Im Laufe der Zeit wurde die Stollenbäckerei immer besser. Das Öl verschwand im Stollen und die Butter hielt ihren Einzug.

Der Stollen wurde weit über Sachsen hinaus bekannt. Die Frauen der wohlhabenden Familien backten nun auch selbst. Schon in jener Zeit war der Stollen eine Köstlichkeit. Man nahm es übel, ihn mit Kuchen zu bezeichnen. Und auch noch heute ist der Stollen ein Backwerk, was aus der Weihnachtszeit nicht wegzudenken ist.

Woher stammt der Weihnachtsmann?

Wer kennt ihn nicht: den Weihnachtsmann. Mit seinem roten Mantel, seinem langen weißen Bart ist er der Gabenbringer für die Kinder. 1809 sah er noch ganz anders aus. Da trug er einen Hut mit breiter Krempe, hatte eine weite Kniebundhose an und hielt eine Pfeife im Mund. In dem Buch „Knickerbocker Geschichten aus New York" von dem Schriftsteller Washington Irving wurde er so beschrieben. In dem Gedicht von Clement Moore „A Visit from St. Nicolas" von 1822 stellt er sich als pausbackiger Kobold vor. Erst in den 20iger Jahren bekam der Weihnachtsmann seinen obligatorischen roten Mantel.

1931 beauftragte die Coca Cola Company den Zeichner Haddon Sundblom, für die Werbung einen Santa Claas zu zeichnen. Es entstand ein sympathischer, etwas pummeliger Weihnachtsmann mit rot-weißer Kleidung und einem langen weißen Bart. In den folgenden Jahren veränderte er die Figur für die Coca Cola Werbung zu einem fröhlichen, lachenden Weihnachtsmann. Später nahm der Zeichner sein eigenes Gesicht als Vorlage. Heute ist er der ganzen Welt vertraut, mit seinem langen weißen Bart, seinem fröhlichen Gesicht und dem roten Mantel mit weißem Pelzbesatz.

Die Geschichte vom Weihnachtsengel

Diese Geschichte könnte ich gar nicht schreiben, wenn nicht meine Großmutter gewesen wäre, die mir diese und noch viele andere Geschichten erzählt hat.

Meine Großmutter war eine sehr liebe Frau. Wenn ich sie besuchte, hatte sie immer etwas zum Knabbern für mich da. Diese Leckereien bekam ich aber immer erst dann, wenn sie anfing, mir eine Geschichte zu erzählen. Ich saß dann neben ihr auf dem plüschigen Sofa, lutschte an der Süßigkeit und wartete. Und dann ging es los. Meist begann Großmutter damit:

Weißt du, als ich klein war, habe ich mich immer sehr auf Weihnachten gefreut. Alle hatten Zeit für mich. Ich freute mich jedes Jahr, mit Großmutter zu basteln und zu backen. Manch hübscher Weihnachtsschmuck ist dabei entstanden. Weißt du, in damaliger Zeit schmückten nicht nur Kugeln den Weihnachtsbaum, auch aus Teig gefertigte Weihnachtsmänner, gold-gelb gebacken, angemalte goldene Tannenzapfen und gebastelte Weihnachtsengel gaben dem Weihnachtsbaum etwas Persönliches. Beim Backen waren es die Lebkuchen, die mir immer besonders gut schmeckten und die am Tannenbaum auch nicht lange überlebten. Heimlich, natürlich, wenn keiner zusah, klaubte ich diese vom Tannenbaum und verspeiste sie.

Das Jahr, in der diese Geschichte handelte, ist mir immer besonders in Erinnerung geblieben.

Wir wollten Engel für den Weihnachtsbaum backen. Der Teig war fertig ausgerollt, einen dicken Klumpen hatte ich vor mir liegen. Ich fing an, die Konturen eines Engels zu formen und mit einem Messer auszustechen. Gar nicht so einfach! Gut ein Engel hat Flügel, aber das lange wellige Haar war schon schwieriger. So sehr ich mich auch abmühte, irgendwie sah der geformte Klumpen immer nicht wie ein Engel aus.

Draußen war es schon richtig dunkel geworden. Ein Wind frischte auf und die Zweige des nahestehenden Baumes schlugen gegen die Fensterscheiben. Ich knetete und formte meinen Teig und wünschte mir, dass jetzt jemand käme, der mir helfen konnte.

Meine Großmutter erklärte mir, dass ich es schon hinbekommen würde, wenn ich nur wollte. Natürlich wollte ich, aber es klappte nicht, so sehr ich mich auch abmühte, aus der Knetmasse wollte und wollte kein Engel werden.

Doch plötzlich hörte ich eine Melodie, gesummt von einer hellen Stimme. „Großmutter, hörst du das?“, fragte ich sie. „Mein Kind, das ist der Wind, der die Zweige des Baumes an der Fensterscheibe reibt“, sagte sie. Ich lauschte nach draußen, sicher hatte sie recht. Während ich noch meine Ohren spitzte, fingen meine Finger plötzlich an sich selbstständig zu bewegen. Sie formten und ritzten eine Figur nach der anderen aus dem Teig. Jedes Teilchen sah anders aus und alle waren es Engel. Ein Engel hatte ein langes Kleid, der andere nur ein kurzes Röckchen an. Großmutter sagte kein Wort und schaute nur auf mein Werk.

Nach einer Weile hörte ich auf zu formen, mein ganzer Teig war verbraucht. Großmutter saß immer noch still am Tisch und sah mich an. Ich sah ungläubig auf die vielen großen und kleinen Engel, die vor mir auf dem Tisch lagen. War ich das gewesen? Das konnte ich nicht glauben, Großmutter nickte mir zu. Ob das mit der Musik, die ich gehört hatte, zusammenhing? Wer weiß!

Einen Engel habe ich nicht an den Weihnachtsbaum gehängt, sondern ihn in ein Kästchen gelegt und bis heute aufgehoben. Willst du ihn sehen?“ Großmutter stand auf, ging an ihre alte Kommode, zog die Schublade heraus und entnahm dieser ein Kästchen. Sie stellte es auf den Tisch und öffnete es.

Der schönste Engel, den ich je gesehen hatte, war darin. Er hatte ein langes weißes Kleid an, seine Haare und seine Flügel waren golden. Er sah nicht wie ein Lebkuchenengel aus. In den Händen hielt er eine Harfe und plötzlich vermeinte auch ich ganz zarte Töne zu hören, die von irgendwo herkamen.

Nein, das hatte ich mir eingebildet, sicher lag es nur an dieser wirklich schönen Geschichte.

Ein Weihnachtsfest aus meiner Kindheit

Es gab für mich drei wichtige Feste im Jahr und das waren natürlich mein Geburtstag, das Schützenfest und Weihnachten.

Sobald der Sommer seine Tore schloss, fieberten wir Kinder schon auf Weihnachten. Wenn der erste Herbststurm die Blätter von den Bäumen fegte, fragten wir, ob die Zeit für Weihnachten gekommen war. Meine Mutter erklärte uns, wenn das letzte Blatt von den Bäumen gefallen ist, ist Weihnachten nicht mehr weit. Es gab aber noch etwas, an dem wir uns orientieren konnten. Pünktlich zum 1. Advent wurden die Schaufenster der Geschäfte weihnachtlich dekoriert. Sogar im Schaufenster des Schlachters lag im Fenster eine mit Kugeln geschmückte Tannengirlande. Die elektrischen Kerzen brannten schon am Tage. Doch für uns Kinder gab es nur das Kaufhaus Hettig. Zwei Schaufenster wurden jedes Jahr mit Spielsachen bestückt, das eine war für die Mädchen, das andere für die Jungen. In dem Fenster für die Jungen gab es große und kleine Schaukelpferde, Cowboyhüte, Indianerschmuck, eine Dampfmaschine und eine Eisenbahn durchfuhr einen Tunnel in einer von Wiesen und Bäumen geprägten Landschaft.

Im anderen Fenster saß eine große Babypuppe umrahmt von vielen kleinen Puppen, daneben lag Puppenkleidung, eine Puppenstube war aufgebaut, ein Kochherd mit winzigen Töpfen und Pfannen daneben und in der Mitte stand ein wunderschöner Puppenwagen. Der Wagen war aus weißlackiertem Korb, die Stange zum Schieben leuchtete silbern, ausstaffiert war er mit Kissen und Zudecke aus rosa Stoff mit weißer Spitze umhäkelt. Wir Kinder standen davor und drückten uns die Nasen platt. Für mich war es klar, der Puppenwagen sollte es sein. Meine Freundin hatte schon lange einen und ich beneidete sie sehr darum.

Jeden Tag lief ich, oft ohne Frühstück, die Treppe unseres Hauses hinunter, hastete um die Ecke zum Kaufhaus, um den Puppenwagen zu betrachten. Ich hatte große Angst, dass er nicht mehr im Fenster stand, dass irgendjemand ihn für ein anderes Mädchen gekauft hatte. Abends im Bett betete ich zum lieben Gott und zum Weihnachtsmann, mir doch diesen wunderschönen Puppenwagen zu bringen. Ich wusste, dass meine Mutter ihn mir nicht kaufen konnte. Sie hatte einfach nicht das Geld, ich musste dringend neue Kleidung zu Weihnachten bekommen, der Mantel war viel zu kurz und die Röcke hatten wieder eine neue Häkelleiste bekommen. Ich war aus allen Sachen herausgewachsen. Deshalb hoffte ich auf den Weihnachtsmann. Nur er konnte es möglich machen, mir meinen Traum zu erfüllen.

Doch eines Morgens stand mein Puppenwagen nicht mehr im Fenster. Der Weihnachtsmann holt die Geschenke der Kinder erst kurz vor Weihnachten ab. Er konnte es nicht gewesen sein, denn zum Fest dauerte es noch zwei Wochen, wie mir meine Mutter auf meine immer wiederkehrende Frage – wann ist Weihnachten – erklärte.

Also hatte mein Traumpuppenwagen einen anderen Besitzer gefunden. Mit Tränen in den Augen stolperte ich nach Hause und die ganze Vorweihnachtsfreude war dahin. Doch Weihnachten kam immer näher und damit kehrte auch meine Freude zurück. Endlich war es so weit, der Heilige Abend stand vor der Tür.

Nach dem Gottesdienst durfte ich nicht sofort in die gute Stube, ich musste warten und warten. Großmutter verkürzte mir die Zeit, mit Geschichtenerzählen. Ich konnte gar nicht richtig zuhören, denn meine Ohren warteten auf das Läuten des Glöckchens. Als es erklang und die Tür sich zur guten Stube öffnete, sah ich den Weihnachtsbaum. Das elektrische

Licht war ausgeschaltet und nur die brennenden Kerzen des Baumes leuchteten hell. Der Weihnachtsbaum war mit Nüssen, Äpfeln, Schokoladenkringeln, Stanniolsternen und Kugeln geschmückt. Die Kugeln waren schon sehr alt und hatten an einigen Stellen ihre Farbe verloren. Doch das störte mich nicht. Bevor ich auf den Baum zustürmen konnte, nahm meine Mutter das Akkordeon und es wurden Weihnachtslieder gesungen. Von meiner Oma hatte ich schon einige Tage vorher ein Gedicht über Weihnachten gelernt. „Von drauß‘ vom Walde komm ich her, ich will euch sagen, es weihnachtet sehr“, ohne stecken zu bleiben, sagte ich es auf. Nach dieser Pflichtübung waren der Baum und natürlich die Geschenke unter ihm, freigegeben.

Ganz hinten in der Ecke fand ich ihn, den Puppenwagen aus dem Schaufenster. Ich war so glücklich, der Puppenwagen für mich ganz allein. Ganz still schickte ich ein „Dankeschön“ an den Weihnachtsmann und schob den Wagen stolz durch den Raum.

Viel später erfuhr ich, dass meine Mutter die ganze Blaubeerzeit über im Wald Blaubeeren pflückte und sie verkaufte, damit sie mir meinen Wunsch nach diesem Puppenwagen erfüllen konnte.

Weihnachten 1945

Ein Weihnachtsfest zwischen zwei Welten, zwischen dem Krieg mit Bombenangriffen und Vernichtung, dem Tod von Freunden und Verwandten und der Friedensbotschaft und dem Neubeginn. Die materielle Not hatte in den Jahren vielen Menschen die Hoffnung auf eine neue Zeit genommen. Frauen und Mütter warteten auf die Heimkehr ihrer Männer und Kinder auf ihre Väter. Die Versorgung von Lebensmitteln war katastrophal. Trotz allem war das Weihnachten 1945 zum ersten Mal seit Jahren ein Fest des Friedens und der Hoffnung.

Ich fragte Männer, die 1945 zu Hause waren, welche Erinnerungen sie an das Weihnachtsfest 1945 hatten.

Manfred T. erinnert sich: Zuerst gingen wir ganz früh am Heiligen Abend in den Wald, um ein Bäumchen zu schlagen. Dann holte Mutter die Weihnachtskiste vom Dachboden. Viel war nicht übrig geblieben, doch wir, mein jüngerer Bruder, Mutter und ich, schmückten den Baum mit den übriggebliebenen Kugeln und dem Lametta. Mutter hatte das Lametta jedes Jahr wieder vom Baum abgehängt, etwas glatt gestrichen und in Papier eingewickelt. Zwei

Kerzen hatten wir noch, die wir vor den Baum stellten. Mutter brach von dem Bäumchen die unteren Zweige ab und schmückte damit die Bilder meines ältesten Bruders und meines Vater. Das Bild meines Vaters stand auf der Kommode, das Bild meines Bruders hing über der Kommode an der Wand. Er war 1942 gefallen, mein Vater wurde vermisst. Ich war 16 Jahre alt und hatte unverschämtes Glück gehabt, nicht mehr eingezogen zu werden. Einige Tage vor Weihnachten hatte ich meine Reitstiefel gegen eine Wurst, Kartoffeln, Mohrrüben und eine Ente eingetauscht. Diese Stiefel, eigentlich gehörten sie meinem Vater, hatte ich den ganzen Krieg über gehegt und gepflegt. Sie waren wirklich kaum getragen. Es fiel mir schwer, sie wegzugeben, doch die Notwendigkeit etwas zum Essen zu bekommen war wichtiger, denn so ziemlich alles hatten wir schon eingetauscht. Ich kann mich noch genau an das wunderschöne mit Schnörkeln verzierte Essbesteck erinnern. Mutter und Vater hatten es 1932 zur Hochzeit bekommen. Es war, wie alles, in Lebensmittel umgewandelt worden und somit in unserem Bauch gelandet.

Die ganze Zeit waren wir kaum zur Kirche gegangen, entweder gab es keinen Prediger, oder aber man hatte Angst, sich so offen zum Glauben zu bekennen. Ich weiß es nicht mehr. Doch an diesem Heiligen Abend war die Kirche brechend voll, so dass wir keinen Sitzplatz mehr bekamen. Wir beteten für die vielen Toten und Vermissten und dankten Gott, dass wir den Krieg überlebt hatten. Das schönste Weihnachtsgeschenk kam nach Weihnachten. Es gab Nachricht von meinem Vater, er lebte, er war in Gefangenschaft geraten.

Erinnerungsfetzen von Harald M.: Weihnachten 1945 unterschied sich wenig von den anderen Weihnachtsfesten, nur, dass es in dem Jahr keine Geschenke gab, kein Buch, keinen Pullover, keinen Kuchen – rein gar nichts. Außer einem Stück Speck, was uns der benachbarte Bauer spendiert hatte.

Der Weihnachtsbaum war bunt geschmückt und mit zerknittertem Lametta behängt. Am unteren Zweig schaukelte, wie schon in meinen Kindertagen, ein Engel mit goldenen Flügeln. Die Kerzen waren noch vom vorigen Jahr – Stummel, die nur noch kurze Zeit brannten. Der Anblick des Weihnachtsbaumes mit den brennenden Kerzen gab mir ein unsagbar friedliches Gefühl, gemischt mit Rührung und Dankbarkeit, eben ein Weihnachtsgefühl.

Woher der Baum kam, kann ich nicht mehr sagen. Ein Baum war hier in der ländlichen Region leicht zu beschaffen, nur die Kerzen, die gab es nicht. Noch heute sehe ich oft in brennende Kerzen, sehe das flackernde Licht und denke an das erste Weihnachtsfest im Frieden.

Weihnachten 1950

In den ersten Nachkriegsjahren herrschte Mangel an allem. Bevor die Christbaumproduktion wieder anlief, mussten viele Familien auf Selbstgebasteltes zurückgreifen oder das als Schmuck benutzen, was sich aus alten Heeresbeständen anbot. Zu Beginn der 50iger Jahre boten Margarinehersteller kleine Weihnachtsfiguren aus Kunststoff an, die man beim Kauf einer Packung Margarine gratis dazu erhielt. Weihnachtsmänner, Engel, das Jesuskind in der Krippe, Esel, Ochse und Schaf wurden an dünnen Bändchen in den Weihnachtsbaum gehängt. Dazu kamen selbstgebastelte Strohsterne, geschnitzte Holzfiguren bunt bemalt, Metallfolienschmuck und natürlich Süßigkeiten. Mit zunehmendem Wohlstand gerieten solche Schmuckelemente schnell in Vergessenheit, der gläserne Christbaumschmuck trat in den Vordergrund. Bunte, goldene, silberne Kugeln und Figuren schmückten nun den Baum. Die Frauenzeitschriften schwammen und schwimmen noch heute auf dieser Welle mit. In den Adventswochen propagieren sie den aktuellen Schmucktrend. Für die fünfziger Jahre bleibt jedoch festzuhalten, dass der „bunte Baum" allgemein bevorzugt wurde, insbesondere dann, wenn kleine Kinder zur Familie gehörten.

Unter dem Weihnachtsbaum lagen die Dinge, die Kinderaugen strahlen ließen. Die hölzernen Pferdchen zogen schon vor hundert Jahren durch die Weihnachtsstuben, das Schaukelpferd mit dem plastiküberzogenen Sitz, der Puppenwagen mit Verdeck und eingebauten Kotflügeln und nicht zuletzt die Märklin-Eisenbahn. Natürlich durfte das Blechspielzeug nicht fehlen. Da gab es das Feuerwehrfahrzeug, der auf einem Tretroller fahrende Bär, der hüpfende Frosch und das pickende Küken. Dieses Spielzeug erlebte ihre letzte große Blütezeit, denn nun begann das Plastikzeitalter.

Der Weihnachts-Gemeinschaftsbaum

In diesem Jahr war das Stadtsäckel Weihnachten vollkommen leer. Die große Fichte, die jedes Jahr aus Finnland oder Schweden kam und den Marktplatz schmückte, sollte in diesem Jahr aus Kostengründen nicht bestellt werden. Der Beschluss des Rates – kein Weihnachtsbaum auf dem Marktplatz – wurde in der Zeitung bekannt gegeben.

Dieser Verzicht erregte die Gemüter der Einwohner. Weihnachten ohne einen Weihnachtsbaum auf dem Marktplatz, das war unvorstellbar. Leserbriefe über Leserbriefe zu diesem Thema füllten die Zeitungen. Weihnachten ohne den Weihnachtsbaum, was wäre das für eine Weihnachtszeit. Ein Aufruf eines Bürgers in der Zeitung lud zu einem Treffen ein. Und sie kamen alle, die Handwerker, die Angestellten, die Kaufleute und sogar der Bürgermeister. Es wurde diskutiert und beratschlagt. Eine Sammlung – eine Geldspende – das wäre gut. „Geld habe ich auch in diesem Jahr nicht übrig“, sagte ein Mann, „aber bei mir auf dem Grundstück steht eine große Fichte, viel zu groß für den Garten. Ich stifte diese Fichte als Weihnachtsbaum, doch fällen und transportieren müssen wir sie gemeinsam.“ Gesagt, getan!

Aus der Nachbarschaft wurde eine hohe Leiter geholt und ein langes Seil wurde wie ein Lasso über die Krone des Baumes gezogen und festgezurrt. Nun ging man mit Äxten und Sägen dem großen Baum zu Leibe. Mittlerweile waren Leute aus der ganzen Straße zusammen gekommen und standen schaulustig am Zaun. „Hilfe könnten wir gebrauchen, haltet nicht Maulaffen feil, sondern packt mit an", sagte einer der Baumfäller und hielt ihnen das lange Seil entgegen. Die Kräftigeren unter den Zuschauern ergriffen das Seil und auf Kommando zogen sie den Baum in die gewünschte Fallrichtung. Die Fichte neigte sich und nach einem Ruck fiel sie mit lautem Knall auf die Erde. Gerade als der Baum fiel, kam ein Landwirt mit Trecker und Anhänger vorgefahren. „Wenn der Baum schon gespendet wurde, ich spende den Transport", sagte er und stieg vom Trecker. Ganz vorsichtig hoben die Männer den Baum an und schoben mit vereinten Kräften das dicke Ende des Stammes auf den Anhänger. Weil die Spitze über den Hänger herausragte, stützten einige die Krone, damit sie nicht beschädigt wurde. Im Schritttempo fuhr der Zug, von einer Eskorte von Männern und Frauen begleitet, zum Marktplatz.

Auf dem Marktplatz hatte die Feuerwehr das Loch für die Aufnahme des Stammes vorbereitet. Vorsichtig zog man den Baum vom Wagen und der Stamm glitt in das vorbereitete Loch, während die Feuerwehrmänner die Spitze mit Stangen aufrichteten.

Mit Holzkeilen wurde der Baum ausgerichtet und verankert. Ein Raunen ging durch die Menge, als der Baum auf seinem angestammten Platz stand. Nicht so groß wie sonst, jedoch gleichmäßig, fast majestätisch gewachsen, stand er da. Der Elektriker brachte eine lange Lichterkette, die Kinder hatten selbstgebastelte Sterne, Herzen und Kugeln bereit. Flinke Finger hängten den Weihnachtsschmuck auf und als die Lichterkette brannte, wurde es plötzlich ganz still. Jeder für sich dachte, ich habe daran Anteil gehabt.

In der Zwischenzeit hatten Frauen einen Tisch aufgebaut und schenkten Glühwein und Kinderpunsch aus. Andere reichten Schmalzstullen und es duftete nach Selbstgebackenem. Als nun jemand noch sein Akkordeon auspackte und anfing, Weihnachtslieder zu spielen, stimmten alle ein.

Es wurde ein wunderschönes heimatliches Vorweihnachtsfest auf dem Marktplatz, wie in allen Zeitungen zu lesen war.

Stromausfall am Heiligen Abend

Alles war vorbereitet, die Gans brutzelte im Ofen, die Kartoffeln kochten, der Rotkohl schmorte vor sich hin. Der Weihnachtsbaum mit seinen elektrischen Lichtern gab ein schummeriges Licht in die Stube. Der Tisch war schon gedeckt, bald sollte der Gänsebraten auf den Tisch kommen. Aus dem Radio erklangen Weihnachtslieder. Die Oma schaltete das Deckenlicht an, um zu sehen, ob auch nichts auf dem Tisch fehlte. Die beiden Kinder, ein Junge und ein Mädchen, hatten ein Computerspiel bekommen und lieferten sich nun ein spannendes Autorennen. Der Vater saß im Lehnstuhl und las die Zeitung. Die Mutter war dabei die Äpfel auszustechen, denn es sollte traditionsgemäß gefüllten Bratapfel zum Nachtisch geben. „Leise rieselt der Sch..“, und damit wurde es dunkel im Haus und den Rest vom Schnee verschluckte das Radio.

Aus der Küche hörte man die Mutter schreien, „zum Teufel, was habt ihr wieder angestellt? Vater dreh die Sicherung wieder rein.“ Auch aus dem Kinderzimmer hörte man enttäuschte Stimmen, da der Computer dunkel war. Vater erhob sich aus dem Sessel, tastete sich zum Schrank, wo er wusste, dass dort immer eine Taschenlampe lag. Er griff in die Schublade und fasste ins Leere. „Wer hatte zuletzt die Taschenlampe?“ rief er. Natürlich niemand.

Aus der Küche rief die Mutter: „Auf der Kommode steht eine Kerze, zünde die doch an. Streichhölzer habe ich hier.“ Vater schloss die Schublade und orientierte sich Richtung Küche. „Verdammt“, schrie er, als er mit dem Zeh gegen den Sessel stieß. Während er sich noch den Zeh rieb, flammte vor ihm ein Streichholz auf. Die Mutter kam ihm aus der Küche mit einem brennenden Streichholz in der einen und der Streichholzschachtel in der anderen Hand entgegen. Zielsicher ging sie zur Kommode, musste aber noch einmal, bevor sie sich die Finger verbrannte, das Streichholz auspusten und ein neues an der Schachtel anreißen. Sie zündete die Kerze an und im flackernden Kerzenlicht konnte man die Konturen des Zimmers erkennen. Aus der Schublade der Kommode holte sie weitere Kerzen, die sie an der ersten anzündete. Eine davon drückte sie dem Vater in die Hand, damit er endlich den Weg zum Sicherungskasten finden konnte.

Mittlerweile hatten sich auch die Kinder im Wohnzimmer eingefunden. „Wann geht endlich wieder das Licht an, gerade als es so spannend war, muss der Strom weggehen“, rief der Junge. „Es liegt nicht an der Sicherung“, rief der Vater aus dem Keller, „seht nach draußen, auch da ist es stockdunkel. Ist sicher gleich vorbei.“ Mit diesen Worten kam er aus dem Keller und setzte sich wieder in den Sessel. Die Kinder wurden unruhig: „So ein Kram, das am Heiligen Abend. Ausgerechnet heute.“ „Mein Gott, der schöne Gänsebraten, der ist noch lange nicht richtig fertig“, sagte die Mutter. „Ich habe solchen Hunger“, sagte das Mädchen. „Mach doch einige Schnittchen“, meinte Vater. „Zu Weihnachten Schnittchen, eine schöne Bescherung,“ sagte der Junge.

Nun saß man und wartete, wartete auf den Strom. Nichts passierte – es blieb dunkel. „Ich habe noch alte Kerzenhalter von früher und sicher auch noch einige Kerzen“, sagte Großmutter. Sie stand auf und ging mit einer brennenden Kerze in den Abstellraum. Man hörte es wühlen, klappern und rascheln. Großmutter kam zurück: „Ich habe sie gefunden, 6 Halter und auch 6 Kerzen“. Vater befestigte die Halter am Tannenbaum, steckte die Kerzen ein und zündete diese an. Wohliges Licht erleuchtete die dunkle Ecke.

Mittlerweile war schon fast eine Stunde vergangen. Nun meldete sich bei allen doch der Hunger. Mutter ging in die Küche und schmierte einige Stullen, die sie mundgerecht auf einen Teller legte. „Heilig Abend und dann Stullen“, dachte sie und schüttelte leicht mit dem Kopf. In Null Komma Nichts war der Teller ratzekahl leer gefuttert. „Was machen wir jetzt? Es ist so langweilig“, sagte der Junge.

Großmutter hatte eine Idee. Sie holte aus ihrem Zimmer ein altes „Mensch ärgere dich nicht“ – Spiel und baute die Figuren auf: „Der Verlierer muss eine Geschichte erzählen“, sagte sie. Es wurde spannend, immer am Schluss wurden die Männchen von Großmutter umgestoßen und mussten an den Anfang zurück. Sie war die Verliererin.

Dann fing Großmutter an, Geschichten zu erzählen vom standhaften Zinnsoldaten, der Eisprinzessin, der Märchenfee und die Weihnachtsfeste aus ihrer Kindheit durften nicht fehlen. Sie erinnerte sich mit einem traurigen Lächeln an jene Tage, wie die Kerzen Weihnachten am Baum brannten, man zusammen saß und Weihnachtslieder sang.

Sie erzählte vom Tannenbaum, der mit Äpfeln, Nüssen, süßen Kringeln und mit Stanniolsternen geschmückt war. Und der große Engel, der auf der Spitze des Baumes thronte, sei schon sehr alt. Es wurde ganz still im Zimmer und die Kinder schauten mit großen Augen auf den Weihnachtsbaum, der mit seinen brennenden Kerzen bis in die letzte dunkle Ecke leuchtete. Das elektrische Licht war vergessen.

Doch dann kam wie ein Blitzschlag die Helligkeit zurück, grell leuchtete es die Wohnstube aus, die Stimme im Radio war laut und unwirklich wie aus einer anderen Welt: „Es ist 22 Uhr, die Nachrichten“.

Ein Weihnachtsfest mit Hindernissen

Es war ein Weihnachten, was ich wohl nie vergessen kann. Alles war durcheinander und das auf dem Heiligen Abend. Es begann damit, dass Vater unseren Weihnachtsbaum viel zu spät besorgte. Wie sagt man so schön – wer nicht kommt zur rechten Zeit, muss nehmen, was noch übrig bleibt. Und der übrig gebliebene Weihnachtsbaum sah auch dementsprechend aus.

Vater sagte, wie der Baum dort am Kaufhaus stand, hätte er gar nicht so schlecht ausgesehen. Der Verkäufer wickelte eine Schnur um die Zweige, Vater bezahlte und trug den Baum auf den Schultern nach Hause. Als die Tanne von den Schnüren befreit wurde, spritzten die Zweige auseinander. Und nun sah man die Bescherung.

Von einer Seite sah unser Weihnachtssymbol ganz ansehnlich aus, doch die Rückseite war nur mit zwei kleinen dünnen Zweigen besetzt und ansonsten nichts – eine große kahle Stelle. Wie sollte der Baum bloß mit seiner kahlen Seite in der Mitte des Wohnzimmers auf seinem angestammten Platz stehen?

Mutter sah auf den Baum und ich merkte, wie sie die Luft anhielt, um dann mit dem nächsten Atemzug die richtigen Worte rausssprudeln zu lassen. „Hast du denn keine Augen im Kopf gehabt? Wenn ich nicht alles selbst in die Hand nehme“, dröhnte sie los. „Und gerade dieses Jahr kommt meine Mutter zu Besuch“. Das war ein Argument, denn meine Oma fand immer irgendetwas, was sie kritisieren konnte. Der Baum stach dazu ja nun richtig ins Auge. Vater kratzte sich die Stirn: „Wenn wir den Baum in die Ecke stellen, sieht man die kahle Stelle bestimmt nicht.“ Gesagt, getan, der Baum wanderte von einer Ecke in die andere.

Doch entweder er stand vor der Anrichte, so dass Mutter die Türen nicht mehr öffnen konnte oder er war einfach nur eingequetscht. Es sah furchtbar aus.

Vater hatte eine Idee. Wenn wir Zweige besorgten, an der kahlen Stelle Löcher bohrten und dann die Zweige in die Löcher klebten, würde der Baum wieder passabel aussehen. Die Löcher waren schnell gebohrt. Auf der Diele stand eine Bodenvase mit Tannenzweigen. Wir holten die Zweige. Vater schnitzte sie spitz, füllte Klebstoff in die Löcher und setzte die Zweige ein. „Na, was sagt ihr nun?“

Er trat einen Schritt zurück und betrachtete sein Werk. „Ein bisschen komisch sieht es ja aus, doch könnten dort“, er zeigte auf die eingesetzten Zweige, „Kerzenhalter befestigt werden, ordentlich Lametta an den Schnittstellen verteilt, und die Kugeln lenken von den Ersatzzweigen ab. Ich denke, dann fällt es gar nicht mehr auf." Der Baum wurde geschmückt und Vater hatte recht, es fiel nicht auf. Der Weihnachtsbaum stand wieder mitten im Zimmer, wie wir es gewohnt waren.

Mittlerweile war es später Nachmittag geworden. Mutter stand in der Küche, um den Weihnachtsbraten zu begießen. Wie immer gab es eine Gans. Ich war nicht so sehr begeistert, hatte ich doch die Gans bei unserem Nachbarn herumlaufen sehen. Es war so eine schöne Gans gewesen, stattlich und einfach nicht zum Schlachten gemacht. Mutter bestand jedoch auf Gänsebraten, wie in jedem Jahr zu Weihnachten.

„Deck den Tisch, gleich wird meine Mutter kommen", rief sie mir aus der Küche zu. Bewaffnet mit Servietten, Kerzen und Bestecken begann ich den Tisch für den Festschmaus zu decken. „Nimm das gute Geschirr, aber sei vorsichtig, es ist sehr wertvoll." Ich nahm die Teller aus dem Schrank, stapelte sie übereinander, stellte Kompottschalen noch oben drauf (sonst hätte ich zweimal gehen müssen) und ging voll beladen ins Esszimmer.

Unsere Katze hatte sich ganz gemütlich vor der Schwelle des Zimmers auf einem Läufer niedergelassen. Aus den

Augenwinkeln sah ich sie im letzten Moment und versuchte ihr auszuweichen. Schon war es passiert, ich rutschte aus und fiel der Länge nach auf den Boden, mit mir die Teller und Schalen, die laut krachend auf dem Parkettboden zerschellten. Was nun geschah, will ich lieber verschweigen.

Endlich waren alle Hürden bewältigt, der Besuch trudelte ein, das Essen war vorzüglich und aller Ärger war vergessen. Vater stand auf und ging ins Wohnzimmer, um die Kerzen anzuzünden.

Als wir nun gemeinsam ins Wohnzimmer gingen, sah ich, wie die Kerzen an den geklebten Zweigen langsam wegrutschten. Ehe wir uns versahen, züngelten die Flammen von einem Zweig zum anderen.

Da standen wir nun vor dem Weihnachtsbaum, oder das was von ihm noch übrig war und konnten singen: „Am Weihnachtsbaum die Lichter brannten“.

Ein Weihnachtseinkaufsbummel

Es war nicht einfach, in Lüneburg mit dem Auto einen Parkplatz zu finden. Es ist ja auch verrückt, kurz vor Weihnachten in die Stadt zu fahren. Wie jedes Jahr habe ich es nicht geschafft, mir über Weihnachtsgeschenke Gedanken zu machen und einfach etwas ohne Sinn und Verstand kaufen, nein, das wollte ich auch nicht.

So kurvten wir, mein Mann, mein Enkelkind (sie hatte bestimmte Vorstellungen) und ich in Lüneburg herum. Alle Parkhäuser waren belegt. Fast am Rande der Stadt, auf einer großen Wiese, gab es noch Parkmöglichkeiten. Leicht genervt stellten wir das Auto ab und liefen den weiten Weg in die Innenstadt vorbei an weihnachtlich geschmückten Häusern.

Der Wind hatte aufgefrischt, es war lausig kalt geworden. Bevor wir mit den Weihnachtseinkäufen beginnen wollten, suchten wir erst einmal ein Café auf und schlürften genüsslich heiße Schokolade. Die Stadt war brechend voll, wie ein Schwarm Heuschrecken hetzten die Menschen durch die Straßen. Nie wieder fahren wir so kurz vor Weihnachten, schwor ich mir, doch hatte ich das nicht auch letztes Jahr gesagt?

Mein Enkelkind, Lea, 12 Jahre alt, quengelte, endlich in die Geschäfte zu gehen. So reihten wir uns in den großen Strom der Menschen ein. Immer darauf bedacht, uns nicht aus den Augen zu verlieren. Als wenn ich es geahnt hatte, stand ich plötzlich ganz allein da. Mein Mann und mein Enkelkind hatte die Menge verschluckt. Ich stand da, wild entschlossen vor Wut, nicht in Tränen auszubrechen und wartete auf einen Einfall. Was war unser erstes Ziel gewesen? Richtig – die Spielzeugabteilung. Ich hetzte durch die Straßen, durch die Menschenmassen in Richtung Kaufhaus. Ein Geruch von Schweiß und Wärme umfing mich. Ich knöpfte meinen Mantel auf, weil ich das Gefühl hatte zu ersticken.

An der ersten Kasse wartete eine riesige Schlange Menschen, an der zweiten ebenso, ein Stockwerk höher, auch hier das gleiche Bild. Da entdeckte ich sie fast am Ende der Schlange. Nun hieß es warten, bis die Menge aufrückte. Und so ging es weiter, von einem Laden zum nächsten, in der Schlange stehen an der Kasse und an der Umkleidekabine.

„Oma, ich muss mal“, also ab zur Toilette. „Ich muss dringend“ und wieder eine Menschenschlange. „Du musst warten, bis du an der Reihe bist“, beruhigte ich meine Kleine. „Es geht nicht, Oma, wirklich“, sie trat von einem Bein auf das andere und quetschte die Oberschenkel zusammen. Bloß jetzt nicht noch so ein Malheur. So stand ich an der Herrentoilette Schmiere (diese war ohne Schlange zu erreichen), und passte auf, dass kein Mann die Örtlichkeit betrat.

Als wir nun mit Tüten und Taschen bepackt aus den Geschäften kamen, hatte ich das Gefühl, total ausgelaugt zu sein. Inzwischen war der Sturm heftiger geworden. Zu allem Unglück fing es auch noch an zu regnen. Der Schirm lag gut und trocken im Auto. Ohne Schirm, dem Wetter ausgesetzt, hetzten wir gegen den Wind zur Parkwiese unseres Autos.

Am Stadtrand angekommen, stand unserer Wagen schon fast allein auf weiter Flur. Nur schnell ins Trockene. Mein Mann drückte auf den Autoschlüssel, doch das bekannte Geräusch „Klick" blieb aus. Die Tür öffnete sich nicht. Unser Auto war neu, die erste längere Fahrt. Mein Mann fummelte am Schloss, versuchte die Tür zu öffnen. Nichts – rein gar nichts bewegte sich. Der Regenwind peitschte über die Wiese.

Plötzlich kam mein Mann auf die Idee, den Schlüssel näher zu untersuchen. Und er fand die Lösung, im Schlüssel befand sich ein Ersatzschlüssel. Kein Klick – ein normales Aufschließen. Rein in den Wagen, weg vor Sturm und Regen ins Trockene.

Mein Mann versuchte den Wagen zu starten – nichts – kein vertrautes Geräusch – nur ein Knack – sonst nichts. „Die Batterie ist leer, ich habe wohl vergessen das Licht auszuschalten“.

Inzwischen war es dunkel geworden. Ein Fahrzeug nach dem anderen verließ die Wiese. „Haben Sie ein Starthilfekabel?“ „Leider nein, liegt im Auto meiner Frau“ oder „so etwas besitze ich nicht“ oder „ich habe keine Zeit“. Ich weiß nicht, wie viele Menschen wir fragten. „Lass uns eine Werkstatt anrufen“, sagte mein Mann. Er nahm das Handy: „Es ist leer, gib mir deines“. „Ich habe es gar nicht mit, liegt zu Hause auf der Station“. Auf dem Rücksitz des Wagens war unser Enkelkind eingeschlafen. Mit einer Decke zugedeckt, kuschelte sie und träumte bestimmt von all den Sachen, die für Weihnachten sein sollten.

Plötzlich hielt neben uns ein Auto. Ein junger Mann drehte die Scheibe herunter. Ein Starthilfekabel – zweimal angesetzt und der Wagen heulte auf.

Mein Mann zuckte das Portemonnaie und wollte unserem Retter etwas Geld zustecken, der jedoch winkte ab mit den Worten: „Es ist Weihnachten“, drehte sich um, stieg in seinen Wagen und fuhr los. Und ich habe vergessen, mir das Nummernschild zu merken, ihm ein großes Dankeschön auf diesem Weg.

Zwei Wünsche zum Weihnachtsfest

Es war am Abend vor Weihnachten, als zwei Wanderer in ein kleines Dorf im Lemgow kamen. Sie klopften an die Tür des Dorfschulzen und baten um Obdach.

„Nein, schert euch weg," sagte der Schulze, „für solche Pracher haben wir keinen Platz." Sie gingen weiter von Hof zu Hof, doch an alle Türen klopften sie vergebens. Außerhalb am Rande des Dorfes stand eine kleine armselige Hütte. Dort wohnte ein Häusler mit seiner Frau.

Die beiden Fremden klopften an die Tür und baten um einen Platz zum Schlafen. „Wir sind arme Leute. Ihr müsst mit dem Vorlieb nehmen, was wir haben." Die Wanderer traten ein und setzten sich gemeinsam mit den Gastgebern an den Tisch. Die Frau brachte dampfende Kartoffeln in einer Schüssel, dazu für jeden eine kleine Scheibe Speck. Es war ein ärmliches Essen, doch es mundete köstlich.

Als es dann Schlafenszeit war, wiesen die Häuslerleute den Gästen ihre eigene Schlafstatt an; es war die einzige, die sie hatten. Sie selbst bereiteten sich ein Lager aus Stroh auf der Diele.

Am nächsten Morgen ging man gemeinsam zur Kirche. Und als die Fremden nach dem Gottesdienst sich verabschieden wollten, luden die Häuslerleute beide ein, über die Weihnachtstage zu bleiben.

„Schon lange wollten wir unsern Schafbock schlachten, doch allein ist es viel zu viel Fleisch für uns. Ihr müsst tüchtig mitessen“, sagte der Häusler. So wurde es ein wunderbares Weihnachtsfest mit leckerem Essen.

Am dritten Tag verabschiedeten sich die Wanderer und dankten für die freundliche Bewirtung. Leider könnten sie nichts bezahlen, denn ihr Geldsäckel sei leer. „Wir haben euch nicht wegen eines Lohnes aufgenommen, sondern wir haben einfach geteilt“, sagte die Frau.

Beim Hinausgehen fragte einer der Wanderer: „Wie viele Hörner hatte der Schafbock?“ „Zwei, wie üblich“, entgegnete der Mann. „Dann mögen euch zwei Wünsche erfüllt werden“. „Wir wünschen uns nur unser täglich Brot auf Erden und möchten nach unserem Tod in den Himmel kommen“, antworteten beide wie aus einem Mund. „Das wünsche euch Gott“, mit diesen Worten verließen die beiden Fremden das Haus.

Seit diesem Tage gedieh das Vieh. Jede Krankheit verschonte sie. Die Kuh bekam drei Kälber statt nur einem, die zwei Schafe gebaren acht Lämmer, die Sau bekam so viele Ferkel, dass sie kaum zu zählen waren, der Korn trug reichhaltige Frucht, so dass sich schon nach einem Jahr der Wohlstand in der kleinen Hütte abzeichnete.

Die Nachbarn und Bauern des Dorfes wunderten sich und fragten, woher dieses Glück käme. Die Häusler machten kein Geheimnis daraus und erzählten von den Fremden und den zwei Wünschen.

So kam das Frühjahr, der Sommer und der Herbst gingen vorbei. Es kam der Winter und mit ihm Weihnachten. Am Weihnachtsabend standen die zwei Fremden wieder vor der Tür der Häusler. „Welch eine Freude", mit vielen Dankesworten bat man die Fremden hinein.

Wie es in einem Dorf üblich war, bekam der Dorfschulze die Ankunft der Fremden mit und erschien auch prompt vor der Tür der Häusler mit der Bitte, die Reisenden mögen doch bei ihm Quartier annehmen. Es wurde ein üppiges Mahl, denn ein Ochse war für die Weihnachtszeit gerade geschlachtet worden. Die Fremden erhielten ein eigenes Schlafzimmer mit Federkissen und obendrein noch warme Schlafdecken.

Am nächsten Morgen waren die zwei Fremden schon früh auf den Beinen, bedankten sich, denn sie wollten gleich weiter.

„Wie viele Hörner hatte der Ochse“, sagte der Fremde beim Hinausgehen, der Schulze erwiderte: „Zwei“, doch die Frau sagte laut dazwischen: „Fünf“. „Es ist gut“, sagte der eine Fremde, „Es sollen euch fünf Wünsche erfüllt werden.“ Mit diesen Worten verließen sie das Schulzenpaar.

Am nächsten Tage spannte der Mann die Pferde vor den Wagen, da zerriss der eine Strang und die Pferde strauchelten. „Hol euch der Teufel“, rief er und ehe er nach Luft schnappen konnte, waren beide Pferde verschwunden. „Wir haben ja noch vier Wünsche“, dachte er beruhigend, „ich kann mir so viele Pferde wünschen, wie ich will“, und machte sich zu Fuß auf den Weg nach Hause.

Dort angekommen erzählte er den Fehler seiner Frau. Diese war so wütend und entgegnete: „Sollte dich doch der Teufel holen“! Sie hatte es kaum ausgesprochen, schwups – war ihr Mann verschwunden.

Nun blieb ihr nichts weiter übrig, ihn zurück zu wünschen. Ärgerlich, da nun schon drei Wünsche vergeudet waren, fauchte er sie an: „Hättest du doch die erlogenen Hörner auf deinem Kopf sitzen“, und schon saßen zwei Hörner auf dem Kopf der Frau. Jetzt hatten sie also vier von ihren fünf Wünschen vertan. „Liebe Frau, ich werde die Hörner jetzt nicht zurückwünschen, wir werden uns

Geld herbeizaubern und dann können wir jeden Arzt konsultieren, der dir die Hörner wegschneidet. Doch damit war diese nicht einverstanden und tobte wutentbrannt, bis ihr Mann endlich die Hörner zum Teufel wünschte.

Mit all ihren Wünschen waren sie nicht reicher geworden, nein, sogar um einige gute Pferde ärmer.

Die Märchenfee

Dort wo sich Fuchs und Hase Gute Nacht sagen, liegt mitten im Wald, ganz versteckt hinter großen Windröschenhecken eine kleine Hütte. Sie ist kaum zu sehen, denn auf den roh geschlagenen Baumstämmen der Hütte hat sich im Laufe der vielen Jahre Moos gebildet.

Die Windröschen haben sich um die Holzhütte geschlungen, so dass nur eine kleine Öffnung in die Behausung hinein führt. Innen ist es warm und gemütlich. Und dort lebt die Märchenfee. Sie sammelt alle Märchen, die es auf der Erde gibt, schreibt sie auf und erzählt sie allen Kindern der Welt. Ja, ich habe sie nach langem Suchen in der kleinen Hütte im Wald gefunden. Ich bin zwar kein Kind mehr, doch Märchen haben mich von Kindheit an fasziniert. Man kann so schön träumen und einfach mal der Hektik des Alltags entfliehen.

Nur im Augenblick hat die Märchenfee große Sorgen, denn die Kinder glauben in der heutigen Zeit einfach nicht mehr an Märchen. Und das bedeutet, dass sie verschwinden wird, einfach so. Computer, Fernsehen und Video machen es der Märchenfee schwer, die Kinder überhaupt noch zu erreichen, erzählte sie mir. Sie erzählte mir folgende Geschichte aus dem Wendland, die ich euch heute erzählen will. Denn, wenn ich sie euch erzähle, wird die Märchenfee wieder weiter die Märchen der Welt sammeln und sicherlich auch an euch Kindern weitergeben.

Irgendwo zwischen Lüchow und Dannenberg lebt der Zauberer Nettelwurz. Er war im Laufe der vielen Jahre so alt geworden, dass er gar keine recht Lust mehr hatte zu zaubern. Früher war es so, dass gerade die Kinder an ihn glaubten, doch heute gibt es kaum noch Jungen und Mädchen, die überhaupt noch von ihm wissen. Oder kennt ihr den Namen Nettelwurz?

Gut, dann will ich euch von ihm erzählen, damit er nicht vergessen wird und vielleicht sich wieder bei irgendeinem Kind blicken lässt.

Nettelwurz sieht gar nicht aus wie ein Zauberer. Ein Zauberer hat eigentlich einen weißen langen Bart und trägt einen weiten Mantel und auf dem Kopf sitzt ein Zauberhut. Nettelwurz jedoch sieht wie ein ganz normaler Mann aus, ohne Bart, ohne Mantel und Hut. Sein Haar ist ganz weiß und etwas gebückt geht er auch schon, er ist ja schließlich schon uralt. Nettelwurz zaubert keine Spielsachen oder Süßigkeiten, nein, er zaubert Sorgen weg.

Vor vielen Jahren, es war am Heiligen Abend, ging Nettelwurz aus seinem Dorf in die Stadt Lüchow. Zu Fuß war es eine gute Stunde Weges. Als er in Lüchow ankam, blieb er stehen und atmete erst einmal kräftig durch.

Ach, war das ein Gewusel, die Menschen liefen durch die Straßen, als ob die Zeit so kurz war, dass alles im Eiltempo erledigt werden musste. Mütter zogen ihre Kinder hinter sich her. Die kleinen Beinchen hatten Mühe, mitzuhalten.

Und als er so langsam weiterging, entdeckte er unter einem Baum einen kleinen Jungen, der, trotz der Kälte, denn es hatte gefroren, auf der Erde saß. Sein kleines Gesicht war vom Weinen rot und angeschwollen. „Hallo", sagte Nettelwurz, „warum bist du so traurig?" „Ach, lass mich in Ruhe", schluchzte der Kleine, „ich will allein sein. Du kannst mir doch nicht helfen." Er wischte sich mit ganz klammen Händen, die Tränen aus seinen Augen fort, so als wenn er sich schämte, geweint zu haben. Doch Nettelwurz ließ nicht locker: „Was bedrückt dich denn so sehr?" fragte er. Sicher war es die warme angenehme Stimme und die lächelnden Augen, die dem Jungen Vertrauen einflößten.

„Ich darf mit keinem Fremden reden und auch nicht mit ihm gehen", sagte er. „Reden kannst du mit mir, aber gehen, nein das sollst du nicht mit mir," antwortete Nettelwurz.

Und dann strömten alle Sorgen aus dem Kleinen heraus. Der Vater war arbeitslos und die Mutter hatte auch die Arbeit als Näherin verloren. Es war kein Geld da und deshalb sollte dieses Jahr Weihnachten ausfallen. Nicht mal einen Tannenbaum wollten die Eltern besorgen. Außerdem saßen beide zu Hause am Küchentisch, Vater mit einem finsteren Gesicht, Mutter war nur am Weinen und Jammern. Und nun traten auch dem Jungen wieder Tränen in die Augen. „Mir geht es gar nicht um die Geschenke oder um ein Weihnachtsessen. Nur Vater und Mutter sollten wieder fröhlich sein, so wie sonst, wenn Vater mit mir Fußball spielte.“ Nettelwurz kratzte sich nachdenklich die Stirn, er überlegte angespannt. Plötzlich hellte sich sein Gesicht auf, er lächelte, als er sagte: „Geh nach Hause, es wird alles wieder gut werden. Und – einen Weihnachtsbaum sollt ihr auf jeden Fall bekommen.“ Der Kleine stand auf, sagte auf Wiedersehen und ging langsam den Weg hinunter und dachte: „Was sollte dieser alte Mann schon erreichen? Wie sollte er Vater und Mutter helfen?“ Und trotzdem war ein kleines bisschen Hoffnung wieder da.

Es fing an zu schneien, erst fielen nur wenige Schneeflocken vom Himmel, doch es wurden immer mehr. Die Wege waren schon richtig weiß. Als der Junge in seine Straße einbog, kam ihm der Vater entgegen. „Hilf deiner Mutter, den Weihnachtsbaum aufzustellen, ich muss noch mal weg. Wir sehen uns dann beim Abendessen." Ehe der Junge antworten konnte, war der Vater schon weitergeeilt. Als er nun das Haus betrat, trat seine Mutter freudig erregt auf ihn zu. Sie umarmte ihn und es sprudelte aus ihr hervor: „Vater musste noch mal fort. Er hat eine Arbeit gefunden. Ist das nicht wunderbar. Und einen Tannenbaum haben wir auch. Er stand einfach vor der Tür. Nun kann Weihnachten kommen."

Als der Vater am Abend nach Hause kam, war der Christbaum aufgestellt, die Kerzen brannten und es duftete nach Äpfeln und Mandeln. Für den Jungen und seine Eltern wurde es ein wirklich schönes Weihnachtsfest.

Und was glaubt ihr? War es Nettelwurz, der geholfen hat?

Der Engel und der Weihnachtsmann

Wisst ihr eigentlich, warum ein Engelchen oft den Weihnachtsmann begleitet? Dann hört zu.

Am Heiligen Abend schwingen sich die Engel auf Sternschnuppen und schweben aus dem Himmel auf die Erde, um die Menschen zu besuchen. Jedes Mal, wenn sie die Sternschnuppen verlassen und den Boden berühren, erklingt leise ein Glöckchen. Unerkannt schweben sie durch die Straßen und Wege.

Eines Tages zum Heiligen Abend passierte folgendes: Ein kleiner Engel verlor auf der Sternschnuppe das Gleichgewicht und stürzte kopfüber auf die Erde. Zum Glück hatte es geschneit und der kleine Himmelsbote plumpste ganz weich in eine mächtige Schneewehe. Ganz benommen rappelte er sich hoch, kämpfte sich aus dem Schnee heraus und stand nun mit beiden Beinen auf der Erde.

Leise klingelte das Glöckchen. Er drehte sich nach links, dann nach rechts. Wo war er gelandet? Kein Haus, keine Straße nur Bäume, viele Bäume, soweit sein Auge reichte. Noch niemals war er an diesem Ort gewesen. Ihm wurde

ganz ängstlich zumute. „Nimm dich zusammen“, sagte er leise zu sich selbst und stapfte einfach drauf los. Der Schnee knirschte unter seinen Füßen und bei jedem Schritt klingelte ein Glöckchen.

Der kleine Engel ging immer weiter, immer tiefer in den Wald hinein. Nach einige Zeit sah er in der Ferne ein Licht, erst war es nur ein Schein, doch je näher er kam, je heller leuchtete es. Zuerst konnte er nur einen Schlitten erkennen, davor waren mehrere Rentiere gespannt. Das Licht kam von einem Tannenbaum, der so hell leuchtete, als wenn viele Kerzen angezündet wären. Um den Baum herum saßen und standen alle Tiere des Waldes. Da war der Fuchs, daneben das Reh, der Hase machte Männchen, der Dachs saß ganz geruhsam auf seinem Hinterteil und kleine flinke Wiesel huschten hin und her. Sogar eine Maus naschte etwas aus ihren Pfoten.

Ein Weihnachtsbaum der Tiere, dachte der Engel und ging ganz nahe heran und das Glöckchen klingelte. Und nun entdeckte er auch einen Mann, der in einen roten Mantel gehüllt war. Aus seinem großen Sack zauberte er Gaben für die Tiere hervor. Da gab es Nüsse und Mandeln, Beeren und Früchte, sogar Mohrrüben und Äpfel verteilte er.

„Wer bist du?", fragte der Engel den Mann. „Ich bin der Weihnachtsmann und am heutigen Tage, dem Heiligen Abend beschenke ich alle Kinder der Welt. Doch zuerst öffne ich meinen Sack für alle Tiere des Waldes, denn für sie soll auch Weihnachten sein". Der kleine Engel erzählte sein Missgeschick und von seiner unglücklichen Landung im Schnee. „Wenn du mir hilfst, die Kinder zu bescheren, bringe ich dich wieder nach Hause", sagte der Weihnachtsmann mit einer tiefen Stimme.

Und seit diesem Tage begleitet ein Engel oft den Weihnachtsmann.

Vom verschwundenen Weihnachtsmann

Weit entfernt, dort wo immer Schnee und Eis zu Hause sind, hat der Weihnachtsmann seine Werkstatt. Von außen siehst du nur einen großen Eisberg, doch wenn du genau hinschaust, entdeckst du ein kleines Türchen. Draußen ist es lausig kalt, doch trittst du durch das Türchen in den Eisberg hinein, stehst du in einem großen Raum und der ist kuschelig warm.

Ein Leben und Treiben umgibt einen, dort sieht man viele Zwerge mit ihren roten Mützen herumlaufen, die einen rühren Farbe an, die anderen Klebstoff, andere malen und einige wiederum tischlern. Puppen und Kuscheltiere liegen geballt auf einem großen Haufen und werden über eine Rutsche eine Etage tiefer befördert. Dort stehen Zwerginnen in roten Kleidern mit einer ganz kleinen roten Zipfelmütze auf dem Kopf und sortieren Puppen und Tiere aus. Die Puppen gehen nach links, die Tiere nach rechts. Auf einem Fließband werden die Puppen weiter transportiert und zwar in die Näherei. Dort schaffen emsige Hände die schönsten Kleider und Anzüge, damit die Puppen nicht nackt auf den Gabentischen landen. Die Kuscheltiere, auf einem anderen Band, werden nach Gattungen sortiert, dort gibt es Elefanten und Bären, Igel und Eichhörnchen, natürlich auch Katzen und Hunde. Alles was das Herz begehrt findet man dort.

Ein Gang weiter ist die Tischlerei zu finden. Es wird gehobelt und gesägt, dass die Späne fliegt. Die kleinen Helfer des Weihnachtsmannes zaubern aus Holzstücken die schönsten Bauernhöfe, Puppenhäuser und natürlich auch Eisenbahnen und Autos. Sind die Spielzeuge fertiggestellt, werden sie in Körben zu nächsten Station gebracht.

Dort befindet sich die Malerei. Jedes einzelne Stück wird herausgenommen und angemalt. So entsteht manches wunderschöne Kunstwerk. Und wenn ein Kind mal einen ganz ausgefallenen Wunsch hat, auch dieser wird hier verwirklicht.

Der Weihnachtsmann mit seinem roten Mantel und dem langen weißen Bart geht von Station zu Station und besieht alle Sachen. Gibt hier und da noch einen Ratschlag, lacht und freut sich, dass alles so harmonisch läuft.

Schon voller Ungeduld wartet er auf die Fertigstellung, damit alle schönen Sachen auf den Schlitten verladen werden können, um allen Kindern auf der Welt zu

Weihnachten eine Freude zu machen. Doch in diesem Jahr wollte gar keine richtige Weihnachtsstimmung aufkommen.

Irgendetwas schmorte im Dunklen, jeder war bedacht, seine Arbeit ordentlich zu machen, kein Lachen, wie sonst immer, ertönte. Was war nur geschehen?

Und wenn man auf die Zwerge genau sah, waren nur traurige Gesichter zu erkennen. „Wie soll es nur weitergehen?“, fragte Zwerg Nr. 1. Wie im Chor antworteten alle: „Es ist so schrecklich“. „Wer soll nur die Kinder bescheren? Es ist alles fertig, warum bekommen wir keine Nachricht. Irgendjemand muss ihn doch gesehen haben, unseren Weihnachtsmann“, antwortete Zwerg Nr. 3. Alle antworteten: „Es ist so schrecklich“. „Er wollte nur nach seinen Rentieren sehen und ist dort niemals angekommen. Es muss etwas passiert sein, niemals hätte der Weihnachtsmann Weihnachten vergessen“, sagte ganz versteckt das Zwergenmädchen Nr. 5 und dabei rollten ihr dicke Tränen über die Wangen. „Wir haben schon überall gesucht, die Eisbären gefragt und den Schneehasen. Doch niemand hatte den Weihnachtsmann gesehen“, sagte ein Zwerg ohne Nummer.

Als sie nun alle so niedergeschlagen überlegten, was zu tun wäre, knallte die Tür auf. Herein trat ein ganz hässlicher

Weihnachtsmann, er hatte keinen roten Mantel an und trug auch keinen weißen Bart. Statt dessen war er in einen schwarzen Mantel gehüllt und trug auf dem Kopf einen schwarzen Schlapphut. Sein Bart war schwarz wie die Nacht. Er sah zottelig und ungepflegt aus. Ganz erschrocken zogen sich alle Zwerge in die äußerste Ecke zurück.

„Wer ist hier zuständig?", polterte der Unhold los. Alle Zwerge schubsten Zwerg Nr. 1 in den Vordergrund. „Ich", stammelte der kleine Wicht, „ich bin der Zwerg Nr. 1". „Wenn ihr euren Weihnachtsmann wieder haben wollt, dann muss dieses Jahr Weihnachten ausfallen. Gleich nach Weihnachten werde ich ihn wieder frei lassen, es sei denn, ihr findet ein gläubiges Kinderpaar, dass noch an den Weihnachtsmann glaubt", donnerte der Keinweihnachtsmann los. Mit diesen Worten drehte er sich um und verließ polternd den Raum.

Eine unheimliche Stille breitete sich aus. Die Zwerge, noch voller Angst, blickten hilflos auf die Tür, als wenn sie glaubten, der Unhold käme zurück. Nach einer Weile beruhigten sie sich und plapperten alle auf einmal los. „Ruhe", sagte Zwerg Nr. 1, „lasst uns überlegen, was wir machen können." „Woher bekommen wir zwei Kinder, die fest an den Weihnachtsmann glauben", piepste ein Zwergenmädchen aus dem Hintergrund. „Eine gute Frage, am besten wir fragen den Weihnachtsengel, der wird bestimmt

Rat wissen". Gesagt, getan, eine Abordnung von fünf Zwergen machte sich auf den Weg zu dem großen Tal, wo sich der Weihnachtsengel aufhielt. Der Weg war beschwerlich, es schneite so stark, dass die Zwerge Mühe hatten, den Pfad noch zu erkennen. Plötzlich baute sich vor ihnen eine riesige Schneewand auf. Mit erstaunten Augen sahen die Zwerge auf die Wand, als diese sich plötzlich öffnete. Vor ihnen stand der Weihnachtsengel in seiner ganzen Pracht, lange weiße Gewänder umhüllten ihn und über seinem Kopf leuchtete ein Stern.

„Der Keinweihnachtsmann hat unseren Weihnachtsmann, den richtigen Weihnachtsmann, entführt. Wir können ihn nur befreien, wenn wir ein gläubiges Kinderpaar finden. Doch, wo gibt es noch Jungen und Mädchen, die ganz fest an den Weihnachtsmann glauben?", fragte der Zwerg Nr. 1. „Ihr werdet ein Mädchen und einen Jungen finden, die noch ganz fest glauben. Sie sind auf der Suche nach dem Weihnachtsmann, um allen anderen Kindern zu beweisen, dass es ihn gibt", antwortete der Engel und flog hoch in die Luft.

Als der Weihnachtsbote die Wolken erreichte, verschwand die Schneewand und die Zwerge befanden sich wieder auf dem Weg. Es hatte aufgehört zu schneien, die Sonne brach durch die Wolken und der Schnee glitzerte wie tausend Diamanten.

Von weitem hörten die Zwerge ein lautes Kinderlachen. So schnell ihre kurzen Beine sie tragen konnten, rannten sie auf die Stimmen zu. Ein Junge und ein Mädchen hatten auf dem Weg einen Schneemann gebaut und waren gerade dabei, diesem eine Nase aus einem großen Tannenzapfen in das Gesicht zu stecken.

Das Mädchen zeigte mit dem Finger auf die Zwerge und sagte: „Wenn es Zwerge gibt, dann gibt es auch einen Weihnachtsmann". „Das habe ich doch immer gesagt", sagte der Junge.

Kaum hatte er den Satz ausgesprochen, donnerte es laut, der Schnee stob auseinander und mitten auf dem Weg, groß und zum fürchten schwarz, stand breitbeinig der Keinweihnachtsmann vor ihnen. „Es gibt ihn nicht, den Weihnachtsmann", polterte er los, „es hat ihn niemals gegeben".

„Doch", riefen beide Kinder wie aus einem Munde, „es gibt ihn und er kommt jedes Jahr zum Weihnachtsfest zu uns." „Das wissen wir genau", rief der Junge erbost, „wir glauben dir kein Wort. Es gibt den Weihnachtsmann. Geh weg und lass uns in Ruhe".

In diesem Moment wurde der Keinweihnachtsmann immer kleiner, er schrumpfte und schrumpfte, nun sah er nur noch so klein aus, wie eine Maus. Ehe die Kinder sich versahen, war er so klein geworden, dass sie ihn mit dem bloßen Auge nicht mehr wahrnehmen konnten.

Und plötzlich wuchs etwas anderes, fast an der gleichen Stelle, es wurde immer größer und größer. Nun konnten sie schon einen roten Mantel erkennen, dazu kam ein langer weißer Bart. Zuerst erkannten ihn die Zwerge. „Unser Weihnachtsmann, er ist wieder da", lachend liefen sie auf ihn zu. Jeder Zwerg kuschelte sich an seinen rundgeformten Bauch und ein Strahlen ging über ihre Gesichter.

Das Weihnachtsfest war gerettet.Die Zwerge plapperten durcheinander, so dass niemand mehr ein Wort verstehen konnte. „Gebt Ruhe, immer der Reihe nach", sagte der Weihnachtsmann mit seiner tiefen warmen Stimme. „Doch wer seid ihr denn", sprach er die Kinder an. „Ich bin Martin und das ist meine kleine Schwester Katrina", antwortete der Junge etwas schüchtern.

„Ihr lieben Kinder, ihr habt mich gerettet und damit auch Weihnachten für alle Kinder dieser Welt. Ich will euch einen Wunsch erfüllen. Was wünscht ihr euch am allermeisten?"

„Wir möchten einmal sehen, wo der Weihnachtsmann wohnt und woher all die schönen Spielsachen kommen", die kleine Katrina hatte den Mut gefasst zu antworten, obwohl ihre zarte Stimme fast den Dienst versagte. Und ehe die Kinder sich versahen, standen sie vor dem großen Eisberg mit dem Türchen darin und traten in das geheime Weihnachtsmärchen ein.

Das Kätzchen zu Weihnachten

Es war am Tag vor Weihnachten. Auf den Treppenstufen eines alten Hauses lag ein kleines schwarz-weißes Kätzchen, es hatte sich so zusammengerollt, dass das Näschen nicht zu sehen war. Es bemerkte nicht, wie die Menschen vorbeieilten, sah nicht die Autos, die auf der Straße fuhren, es hörte nichts. Es lag zusammengerollt auf der Stufe des Hauses. Der Wind pfiff um die Häuser, es schneite. Der Wind trieb den Schnee auf die Stufen und wehte auf das schwarz-weiße Kätzchen. Es hob den Kopf und öffnete die Augen. Es war kalt geworden, so eine Kälte hatte es noch nicht erlebt. Und dieses weiße Etwas auf ihrem Fell behagte dem Schnurrer überhaupt nicht. Es schüttelte sich, doch der Schnee klebte an seinem Fell. Wie schön war es gewesen mit den Geschwistern bei der Mutter zu kuscheln, den Geruch der Milch in der Nase, die Geborgenheit fehlte so sehr. Die kleine Katze hatte die Familie verloren, dabei war sie nur spielend hinter einem Kind hergelaufen und fand den Weg nicht mehr zurück. Und nun war sie allein, ganz allein in einer großen Welt.

Sie sprang von der Stufe und lief durch den Schnee von Straße zu Straße. Ihr Bauch knurrte verdächtig, so einen großen Hunger hatte sie noch nie verspürt. Plötzlich flog ein großer weißer Ball auf sie zu und zerplatzte auf ihrem Körper. Voller Schreck lief sie die Straße weiter, immer weiter, bis sie merkte, dass sie in Sicherheit war. Der Schnee fiel immer dichter. Traurig setzte sich das Kätzchen auf den Bürgersteig, es hatte allen Mut verloren.

Nun wurde es auch noch dunkel, nur Lichter eines Tannenbaumes erleuchteten die Straße. Still war es, kaum ein Geräusch war zu hören. Trotz des knurrenden Magens musste es einen warmen Schlafplatz finden, aber wo? Dort an der Tanne unter den Zweigen war es trocken und warm. Das Kätzchen krabbelte unter die Zweige, rollte sich zusammen und schlief ein.

In der Zwischenzeit war der Weihnachtsmann unterwegs und verteilte aus dem großen Sack die Geschenke für die braven Kinder. Er wollte gerade in das Haus am Tannenbaum gehen, dort wohnte der kleine Uli. Was hatte er sich nur gewünscht? Der Weihnachtsmann überlegte und überlegte. Jetzt fiel es ihm wieder ein, es war ein Pferdchen. Er wühlte in seinem großen Sack, doch das Pferdchen konnte er nicht finden. So setzte er sich auf die Bank, die direkt an der Tanne stand und stülpte den Sack einfach um. Heraus fielen Puppen, Teddys und noch vieles mehr, nur das Pferdchen war nicht zu sehen. Doch ganz unten in der Ecke war noch etwas. Der Weihnachtsmann griff

hinein und holte das Pferdchen heraus. „Ich muss mich sputen, es ist schon spät“, sagte er und sammelte alle Sachen wieder in den Sack. Er griff unter die Zweige der Tanne und nahm einen Teddy, der unter die Zweige gefallen war. Da war doch noch etwas Weiches, er griff zu und beförderte das weiche Etwas in den Sack.

Was glaubt ihr, was das war? Richtig, das Kätzchen, es war so müde vom Herumlaufen und sehnte sich nach Wärme. In dem Sack war es so mollig warm, dass es nur einmal die Augen öffnete und gleich weiter schlief. Sicherlich träumte es vom warmen Kamin oder von einem Becher voll Milch.

Von Haus zu Haus ging der Weihnachtsmann und brachte allen Kindern eine Weihnachtsüberraschung. Der Sack war fast leer, nur ein Geschenk für die kleine Rabea fehlte noch. Sie hatte sich so sehr eine Puppe gewünscht. Der Weihnachtsmann griff in den Sack, doch das fühlte sich nicht wie eine Puppe an. Es war viel zu weich und außerdem nicht steif. Er nahm das Etwas aus dem Sack und hielt es in die Höhe. „Miau", rief das Kätzchen und versuchte sich aus der Umklammerung zu befreien. „Ein Kätzchen, das habe ich mir so sehr gewünscht". Rabea nahm dem Weihnachtsmann das Samtpfötchen aus der Hand und streichelte es. Das Kätzchen schnurrte zufrieden und kuschelte sich in die Arme des Kindes, nun hatte es doch ein richtiges Zuhause.

Das Portemonnaie

Nur noch drei Tage bis Weihnachten. Und ich habe wieder noch keine Geschenke besorgt. Einmal für Mutter und Vater, Großmutter und natürlich Tante Frieda, die ich nicht vergessen darf. Tante Frieda schenkt mir immer etwas ganz Besonderes. Letztes Jahr bekam ich von ihr eine Barbiepuppe mit ganz langem Haar. So lang, dass das Haar bis zu den Füßen reichte. Mein Sparschwein ist geknackt, 25 Euro sind es geworden. Es ist zwar nicht viel, aber es muss reichen. Also ziehe ich meine warme Winterjacke an und mache mich auf den Weg in die Stadtmitte unseres Städtchens. Vater hat sich im Gartenschuppen eine kleine Werkstatt eingerichtet.

Oft sitzt er dort nach Feierabend und bastelt irgendwas. Man hört ihn sägen und hämmern. Mein Puppenhaus vom vorigen Weihnachten war bestimmt nicht vom Weihnachtsmann gekommen. Sicher hatte Vater damit zu tun. Gerade gestern hörte ich ihn schimpfen, weil er wieder mal irgendein Werkzeug suchte. Eine gute Idee: Eine Werkzeugtasche wäre das Ideale, oder vielleicht ein Buch über Werkzeuge? Mittlerweile bin ich am Marktplatz angekommen und stehe vor der Buchhandlung.

Nein, zuerst versuche ich es mit einer Werkzeugtasche. Also auf in die andere Richtung zum Baumarkt. Dort angekommen suche ich gleich nach der Werkzeugabteilung. Nägel und Schrauben in Behältern, Kneifzangen und Bohrer. Für einen Hobbybastler das Paradies. Im unteren Regal liegt die gesuchte Werkzeugtasche. Sie ist gerollt und mit einem Band verschlossen. 10 Euro kostet sie. Na ja, dann muss ich eben bei den anderen Geschenken sparen. Gesagt, getan, ran an die Kasse und gekauft. Befriedigt ziehe ich ab. Das erste Geschenk ist gekauft.

Für Großmutter wäre eine große Teetasse angebracht, das ist genau das, was sie braucht. Meine Großmutter trinkt den ganzen Tag Kräutertees. Sie stehen in ihrem Küchenschrank. Wieder in der Stadtmitte angekommen, gehe ich an einem kleinen Laden vorbei. Im Fenster sehe ich große Teetassen mit Blumenornamenten in bunten Farben. Genau diese Tasse mit den Streublümchen, ich glaube, es sind Margeriten und Vergißmeinnicht, nehme ich. Großmutter liebt Vergißmeinnicht. In ihrem Garten gibt es riesige Beete davon. Sie hat mir mal eine Geschichte über ein Vergißmeinnicht erzählt. Ein getrocknetes Blümchen liegt immer in einer Schale auf der Kommode. Sie sagte mir, dass dieses Vergißmeinnicht sie an ihren Mann erinnert und dabei hatte sie Tränen in den Augen. Doch, ich denke, dass ist das richtige Geschenk für sie.

Ich gehe in den Laden, kaufe den Teepott und lasse ihn gleich hübsch verpacken und bekomme sogar noch eine Tragetasche dazu. Sechs Euro muss ich bezahlen. Stolz verlasse ich den kleinen Laden. Großmutter wird sich freuen.

Doch nun wird es schwierig, was nehme ich für Tante Frieda? Tante Frieda sagt immer, wenn man sie fragt: „Aber Kind, ich habe doch alles."

Eine Weihnachtsgeschichte wäre doch mal etwas ganz anderes. Ich betrete den Buchladen. Überall sind die Bücher ausgelegt. Man kann fast die Übersicht verlieren. Auf dem Tisch finde ich Weihnachtsbücher. Aber wie soll ich mich bei dieser großen Auswahl entscheiden? Ein kleines Buch fällt mir ins Auge, es heißt: „Das Weihnachtskätzchen". Genau, das ist das richtige Buch für meine Tante Frieda. Sie hat nämlich eine Katze, nein, es ist ein Kater. Sie nennt ihn „Schnurri". Seinen Namen trägt er zu recht, denn er schnurrt ununterbrochen, nicht nur dann, wenn er gestreichelt wird.

Das Buch kostet 8 Euro. Ich nehme es und stelle mich bei der Kasse an. „Welches Papier? Möchtest du, das grüne oder rote?" Ich hatte gar nicht gemerkt, dass ich schon an der Reihe war. „Das grüne bitte, ich finde es passt besser zu Tante Frieda", antworte ich brav. Als ich mit dem schön verpackten Buch den Laden verlasse, rechne ich: 10 Euro für Vater, 6 Euro für Großmutter und 8 Euro für Tante Frieda, das macht zusammen 24 Euro. Jetzt habe ich nur noch einen Euro übrig. In meinem Kaufrausch habe ich das Geschenk für Mutter vollkommen vergessen. Was mache ich jetzt? Mit einem Euro kann ich keine großen Sprünge mehr machen. Ganz in Gedanken schlendere ich die Straße hinunter und pralle plötzlich gegen einen Mann.

„Schön langsam, mein Kind, sieh hin, wo du hingehst", sagt er und ein Lächeln zieht über sein Gesicht. „Entschuldigung, ich habe geträumt", mit diesen Worten schleiche ich mich an ihn vorbei und mache mich aus dem Staub. „Peinlich, peinlich", sage ich leise vor mich hin. Doch mein Problem ist dadurch noch nicht aus der Welt. Einen Euro habe ich noch, ich könnte eine Süßigkeit kaufen, nein, das geht nicht. Mutter wäre traurig, wenn alle anderen so schöne Sachen von mir bekommen und sie nur ... Ich drehe auf dem Absatz um und gehe, den Blick in Gedanken auf die Erde gesenkt, den Weg zurück. Vielleicht könnte ich ..., nein, das geht auch nicht. Oder ... nein, auch das nicht. Einen Gutschein für das folgende Taschengeld, wäre das die Lösung? Ich weiß nicht so recht.

Ich stoppe, vor mir liegt etwas auf der Erde. Ich schaue mich um, kein Mensch achtet auf mich. Genau hier habe ich den netten Mann angerempelt. Ich bücke mich und hebe den Gegenstand auf – es ist ein schwarzes Portemonnaie. Sollte mir damit geholfen sein? Ich öffne die Klappe der Geldtasche, 150 Euro finde ich darin. Nun kann ich doch für Mutter noch etwas ganz Schönes kaufen. Oder? Wem mag das Portemonnaie wohl gehören? Dem Mann, mit dem ich zusammen gerempelt war oder vielleicht einer armen Frau, die auch gerade Geschenke für ihre Lieben kaufen wollte und nun gar nichts mehr hat? Behalten oder nicht, das ist die Frage. Ich blättere das Nebenfach des Täschchens durch und finde mehrere Kreditkarten und an der Seite in einer Plastikhülle eine Anschrift, vielmehr eine Visitenkarte.

Es ist bald Weihnachten, man sollte eine gute Tat tun. Somit mache ich mich auf den Weg in die angegebene Straße. Ich stehe vor einem kleinen Geschäft mit allen möglichen Artikeln. Als ich den Laden betrete, steht der nette Mann vor mir, den ich beinahe über den Haufen gerannt hatte. „Kleines Fräulein, was kann ich für dich tun", spricht er mich an. Ganz verdattert stottere ich: „Ein Portemonnaie, gefunden mit dieser Anschrift". Der Mann greift in seine Jackentasche, fasst in die Hosentasche und sucht noch in der Seitentasche, sein Portemonnaie ist verschwunden. Weiter stottere ich: „Habe Weihnachtseinkäufe gemacht, habe nur noch einen Euro und für Mutter habe ich noch nichts gekauft". Warum ich das sage, weiß ich nicht. Es ist einfach so aus mir rausgerutscht.

Der Mann geht in den hinteren Bereich des Ladens und kommt wieder, in den Händen hält er eine große Flasche mit einer rosa Flüssigkeit, die er mir reicht. Badeschaum, steht drauf. „Für deine Mutter“, sagt er und reicht mir die Flasche. Dann kramt er in seinen Jackentaschen, nimmt die Hand wieder heraus und drückt mir außerdem noch 15 Euro in die Hand. „Das ist für dich, dafür kaufst du dir etwas Süßes“. „Danke und frohe Weihnachten“, sage ich und renne aus dem Laden. Was ist nur in mich gefahren, wie konnte ich nur? Draußen stehe ich nun, die wunderschöne Flasche Badeschaum in der Hand. Ich lege sie vorsichtig in meine Einkaufstüte und mache mich langsam auf den Weg. Vollbepackt trage ich meine Geschenke stolz nach Hause. Das war wirklich ein aufregender Nachmittag. Ich fühle mich rundherum zufrieden, nun kann Weihnachten endlich kommen.

Der Winterkobold

Wenn der Sommer vergangen ist und die Bäume ihre Blätter fallen lassen, ist es nicht mehr lange und der Winter hält Einzug. Dann kommen vom Nordpol her die Winterkobolde. Eine lange Wanderung haben sie hinter sich gebracht. Am Tage schlafen sie, nachts wandern sie bis in unsere Wälder. Und wenn Väterchen Frost einmarschiert, sind die Winterkobolde nicht weit. Sie sehen aus wie klitzekleine Zwerge, haben eine rote Zipfelmütze auf dem Kopf, am Körper ein braunes Wams und eine rote Hose. Sie sind so klein, dass sie sich gut hinter einer Kastanie verstecken können. Und wenn es schneit und die Erde gefriert, verstecken sie sich gern in Scheunen und auf Dachböden. Am Tage kann sie niemand sehen, doch nachts werden sie agil. Sie schleichen in Stuben und Kammern und treiben mancherlei Schabernack. Es ist selten, nur einen Kobold im Haus zu haben, meist sind es drei oder vier, die ihr Unwesen bei den Menschen treiben. Sie haben nur dumme Streiche im Kopf und mancher Mensch hat sich schon fürchterlich über sie geärgert.

In diesem Jahr kam der Winter sehr spät. Als von heute auf morgen es plötzlich schneite, suchten drei kleine

Winterkobolde, die die ganze Zeit im Wald herumgetollt hatten, eine Bleibe. Eigentlich hatten sie die Aufgabe, auf die Schneeflocken zu achten, aufzupassen, dass alle Flöckchen gleichmäßig auf die Erde fallen, doch Lust auf diese Arbeit hatten sie nicht. So wanderten sie aus dem Wald und kamen an ein Haus, das am Waldesrand stand. Sie versuchten durch Ritzen und Löcher in das Haus zu gelangen, doch leider waren alle Öffnungen zugestopft. Sie konnten nur in einen kleinen Schuppen gelangen. Dort drin lag allerlei Gerümpel, Gartenwerkzeug wie Harke und Spaten. In einer Ecke stand eine Tanne.

Plötzlich öffnete sich ganz unerwartet die Schuppentür und ein Mann trat ein. Voller Schreck sprangen die drei Kobolde in die Tanne und klammerten sich an den Zweigen der Tanne fest. Oh je, war das ein Geschaukel. Die Kleinen hatten Mühe sich festzuhalten. Der Mann nahm die Tanne hoch und brachte sie ins Haus. In der Stube steckte er sie in einen Baumständer aus Eisen, schüttelte sie noch einige Male hin und her, die Winterkobolde rutschten vor und zurück und klammerten sich noch fester an die Zweige. Dann trat der Mann einige Schritte zurück und betrachtete den Baum.

„Mutter, sieh mal, ist er so gerade?“, fragte er. „Ja, eine wunderschöne Tanne“, antwortete die Frau, die nun auch ins Zimmer getreten war. „Wir können mit dem Schmücken beginnen, bevor die Kinder kommen“.

Es wurde gerückt und geschüttelt. Die kleinen Winterkobolde huschten von einem Zweig zum anderen, um nicht gesehen zu werden. Und als sich plötzlich einer im Spiegelbild einer Kugel sah, erschrak er so heftig, dass er den Halt verlor und auf den Boden fiel. Voller Angst, entdeckt zu werden, floh er unter einen Schrank und rührte sich kein bisschen. Endlich trat Ruhe ein, der Baum war fertig geschmückt, Mann und Frau verließen das Zimmer. Der kleine Winterkobold sprang aus seinem Versteck hervor und inspizierte das Zimmer. Was gab es so alles zu sehen. Rund um die Tanne lagen auf dem Boden viele Geschenke. Ein kleines Auto, in das er gleich hereinkrabbelte. Die beiden anderen hatten im Baum eine Glocke entdeckt. Von beiden Seiten schaukelten sie die Glocke hin und her und her und hin. Jedes Mal ertönte ein heller Ton. Doch auf einmal löste sich der Aufhänger der Glocke vom Zweig. Die Glocke fiel auf den Boden und zersprang in tausend Teile. Das machte den Kobolden so richtig Spaß. Sie nahmen den nächsten Anhänger ins Visier, es war eine goldene Kugel. Sie schaukelten hin und her und her und hin. Schon brach der Aufhänger, die Kugel stürzte zu Boden und zersprang in zwei große Teile. Und ehe man sich versah, lagen unter der Tanne viele zerbrochene Kugeln, Sterne und Glocken. Plötzlich öffnete sich die Tür, der Mann, die Frau und ein Kind betraten das Zimmer. Schnell wie der Wind huschten die drei kleinen Winterkobolde unter den Schrank. Doch was war das, eine dicke Schnauze schnuffelte an ihrem Versteck. Voller Angst kauerten sich die Drei zusammen. Die Menschen standen fassungslos vor dem Weihnachtsbaum. Aller Weihnachtsschmuck lag zerbrochen am Boden. „Der Hund war nicht im Zimmer“, sagte der Mann. Die Frau ging hinaus und brachte Schaufel und Kehrblech mit, fegte alles auf und brachte die Scherben nach draußen. Jetzt kam Bewegung in die kleine Kobolde. So schnell ihre Füße sie tragen konnten, rannten sie zwischen den Beinen der Frau durch die Tür nach draußen. Doch da stand schon mit grimmigem Gesicht Väterchen Frost.

„Eure Aufgabe habt ihr nicht erfüllt,“ sprach er laut mit einer tiefen Stimme. „Seht den Schnee an, er kommt nur in Haufen auf die Erde. Ich warne euch, wenn ihr nicht sofort mit eurer Arbeit beginnt, dürft ihr nie wieder Winterkobolde sein“. Mit diesen Worten drehte er sich um und stapfte von dannen. So schnell die drei kleinen Winterkobolde konnten, sausten sie von Schneehügel zu Schneehügel und verteilten den Schnee gleichmäßig auf Wiesen, Felder und Straßen.

„Ui, das macht Spaß“, riefen sie und rutschten durch den Schnee, dabei plusterten sie sich so auf, dass sie wie kleine Schneebälle aussahen. Wenn der Schnee auf die Erde fällt, seht genau hin, vielleicht könnt ihr auch einen Winterkobold entdecken.

Vom beinah verdorbenen Weihnachtsfest

Am Abend vor dem vierten Advent stapfte der Wünsche-Schlucker durch den Schnee in die Stadt Dannenberg hinein. Er war kugelrund, tannengrün und hatte entsetzlich watschelige Füße und ein riesiges Maul. Als er in die Fenster der Menschen sah und merkte, wie zufrieden sie am Kamin saßen und es nach Bratäpfeln und Nüssen roch, dachte er: „Denen werde ich das Weihnachtsfest gehörig vermiesen, Wünsche und glückliche Menschen hasse ich." Wenn er in der Nähe war, konnte er nämlich, durch sein riesiges Maul, alle Wünsche der Menschen einfach wegschlucken. Jeder Wunsch, der gedacht war oder ausgesprochen wurde, war verschwunden und niemand erinnerte sich mehr an diesen Wunsch.

Der Wünsche-Schlucker watschelte also durch Dannenberg, um sich ein Quartier zu suchen. Er fand es hoch oben in der Spitze des Waldemarturms. „Das ist der beste Platz", dachte er, „von hieraus kann ich am meisten sehen." Bevor er sich schlafen legte, blickte er noch einmal in die Runde. Und wie vom Blitz getroffen, blieben seine

Augen am Badezimmerfenster des Bürgermeisters hängen. Dieser putzte sich nämlich gerade die Zähne und wünschte sich dabei für dieses Jahr einen großen schönen Tannenbaum auf dem Marktplatz vor dem alten Rathaus. Der Wünsche-Schlucker riss sein Maul auf und schwups – weg war der Wunsch. Der Bürgermeister kratzte sich am Kopf und überlegte: „Ei, verflixt, ich habe mir doch gerade etwas gewünscht!“ Aber so sehr er auch nachdachte, es fiel und fiel ihm nicht mehr ein.

Am nächsten Morgen, als der Wünsche-Schlucker aufwachte, spürte er sofort seinen knurrenden Magen. „Sechs bis sieben fette Wünsche, kämen mir so gerade recht“, murmelte er muffelig und blickte vom Turm in die Runde und hatte sofort gute Laune. So viele Wünsche auf einen Schlag und Ruck-Zuck hatte er sie geschluckt, die ganzen Wünsche. Es waren zwei Eisenbahnen, mehrere Cowboy- und Indianerfiguren, fünf Fahrräder, ein Puppenwagen, ein Fernseher, viele Videospiele und einen Computer.

Und so ging es mittags und abends weiter. Es waren Ritterburgen, Autos, Küchengeräte aller Art – eben was Kinder und Eltern sich so zu Weihnachten wünschten und alles verschwand in seinem immersatten Bauch. Durch seine Beute übermütig geworden, legte er zwei Tage vor Weihnachten den Bürgern der Stadt kleine Zettel in die Briefkästen:

„Fröhliche Weihnachten wünscht Euch vom Waldemarturm der Wünsche-Schlucker“, stand auf dem Papier, „mich schnappt Ihr nicht, es sei denn Ihr habt in der Stadt ein wunschloses Kind.“ Den Zettel fand am Morgen auch der kleine Robert. Er hatte von der Anwesenheit des Wünsche-Schluckers noch nichts bemerkt, denn Robert hatte für Weihnachten keinen Extrawunsch mehr. Sein Wunsch war schon, bevor der Vielfraß in die Stadt kam, in Erfüllung gegangen. Seine seit langem kranke Mutter war gesund geworden. Und das hatte er sich vorgenommen: Sollte seine Mutter zu Weihnachten wieder gesund sein, wollte er sich nichts anderes mehr wünschen. „Warte nur, bis es Abend wird“, dachte Robert empört, „dir werde ich es zeigen!“ Mit Anbruch der Dunkelheit schlich sich Robert durch die Straßen hoch zum Waldemarturm. Leise darauf achtend, dass keine Stufe knarrte, war er oben unter dem Dach angekommen. Er sah, wie der Wünsche-Schlucker sich aus dem Fenster lehnte, um noch in seinem riesigen Maul, Wünsche verschwinden zu lassen. Robert konnte ein Niesen nicht unterdrücken. Der Wünsche-Schlucker drehte sich um, sah Robert in die Augen und stammelte: „Ein wunschloses Kind“, dabei verlor er das Gleichgewicht und stürzte mit einem lauten Schrei aus dem Fenster hinunter. Am Fuße des Turms zersprang er in tausend kleine Teile. Von diesem Moment an konnte sich jeder in der Stadt wieder an seine Wünsche erinnern.

Das Zwerglein Zappelbein

Der kleine Zwerg Zappelbein lebt im Märchenland, das weit hinter den großen dunklen Wäldern liegt. Im Märchenland leben Zwerge, Elfen, Zauberer, Gnome und Kobolde. Das Märchenland ist ein großes Dorf mit vielen kleinen und großen Hütten. Im schönsten Haus wohnt der Märchenkönig, der das Märchenland regiert und für Ordnung sorgt.

Zappelbein lebt mit seinen Eltern in einer kleine Hütte, nicht größer, als ein Schuhkarton, denn er ist nur 10 cm groß, so klein, dass er in deiner Manteltasche Platz findet. Er trägt eine enge Strumpfhose, darüber ein Hemd, das lang über den Hosenboden reicht. Auf dem Kopf hat er eine rote Zipfelmütze, die über seinen großen Ohren Halt findet.

Zappelbein trägt seinen Namen nicht zu unrecht. Er kann mit seinen zwei Beinchen nicht einen Augenblick still stehen. Immer ist er in Bewegung und auf seinem Hosenboden stillsitzen, kann er gar nicht. Immer heckt er irgendetwas aus und meistens gibt es dann Ärger, genau wie an diesem Tage.

Draußen auf der Wiese vor dem Haus des Märchenkönigs steht eine Tanne. Sie ist bunt geschmückt, denn bald ist Weihnachten. An der Tanne hängt eine große vergoldete Glocke, die bei jedem Windzug leise klingt.

An diesem Tage hatte Zappelbein wieder einmal Langeweile. Er ging auf die Wiese vor dem Haus des Märchenkönigs, sah die geschmückte Tanne und berührte einen Zweig. Erst ganz zart, doch dann schüttelte er mit aller Kraft so stark, dass der Klöppel der goldenen Glocke hin und her schlug. Das Geläute schallte nicht nur über die Wiese hinaus, sondern erreichte auch das Haus des Märchenkönigs, der gerade seinen Mittagsschlaf halten wollte. Erbost fuhr er hoch, stürzte aus dem Haus, um zu sehen welcher Unhold ihn in seiner Mittagsruhe störte.

Als Zappelbein den Märchenkönig sah, machte er sich schleunigst auf die Socken, denn eine Nacht im Kartoffelkeller zu verbringen, das hat niemand gern. Und das war nicht das erste Mal, dass Zappelbein im Keller, wo die Kartoffeln gelagert waren, eine Nacht verbringen musste.

Die Strafe bei Ruhestörung war, eine Nacht ohne Bettdecke und Kopfkissen im Kartoffelkeller zu schlafen. In Panik rannte das Zwerglein einfach los, querfeldein und immer den Kartoffelkeller vor Augen, den er nun schon sehr genau kannte. Er rannte so schnell, dass er über eine Wurzel stürzte und in ein tiefes Loch fiel. Mühsam rappelte er sich auf und sah, dass er in eine Höhle gefallen war. Nach oben konnte er nicht, denn er war viel zu klein, um hinauf zu klettern. So lief er weiter, immer tiefer in die Höhle hinein. In der Ferne sah er ein Licht. Er lief darauf zu und gelangte aus der Höhle hinaus. Er stand in einem Wald. Die Gegend, wo er sich befand, war ihm vollkommen fremd. Wo war er nur hingelangt?

Sein Magen knurrte, eigentlich war es jetzt Abendbrotzeit. Und müde war er auch. Er lehnte sein Köpfchen an einen Zweig, der von einem Bäumchen herunterhing und schon war er eingeschlafen.

Schwere Schritte weckten ihn auf. Er rieb sich die Äuglein und blickte auf. Da sah er vor sich zwei Menschenkinder, die sich hinunterbückten und ungläubig den Kleinen anstarrten. Zappelbein zog artig seine Mütze vom Kopf, machte eine Verbeugung und sagte: „Könnt ihr mir sagen, wie ich zur Märchenfee komme? Sie soll mir helfen, denn der Märchenkönig ist böse auf mich“. „Märchenfee, Märchenkönig, so etwas gibt es gar nicht. Doch wer bist denn du?“, sagte das Mädchen. „Mein Name ist Zappelbein und ich komme aus dem Märchenland. Ich habe mich verlaufen und möchte wieder nach Hause“, antwortete das Zwerglein.

Da die Kinder, es waren ein Junge und ein Mädchen, auch keinen Rat wussten, beschlossen sie, den kleinen Wicht mit nach Hause zu nehmen. Das Mädchen nahm ihn hoch und steckte ihn in ihre Jackentasche. Zu Hause angekommen sahen sie, wie der Vater gerade den Weihnachtsbaum ins Haus trug, um ihn aufzustellen. Es war noch viel zu tun, denn heute war der Heilige Abend. Die Kinder zogen ihre Jacken aus, hängten sie an den Kleiderhaken auf dem Flur, gingen ins Wohnzimmer und halfen den Baum zu schmücken. Darüber vergaßen sie völlig den kleinen Gast, der immer noch in der Jackentasche steckte.

Zappelbein versuchte indessen sich aus der Tasche der Jacke heraus zu wühlen. Als es ihm endlich gelang, wäre er beinahe abgerutscht und auf den Boden gefallen. Da kam ihm der lange Schal zugute, der aus dem Jackenärmel bis auf den Fußboden hing. Er hangelte sich Stück für Stück nach unten und hatte endlich festen Boden unter den Füßen. Er schüttelte sich und ging einige Schritte auf das Wohnzimmer zu. Er sah die Kinder, wie sie um den Baum herumwirbelten, an den einen und anderen Zweig bunte Kugeln und Figuren hängten. Aber er sah auch einen Riesen, der so groß war, wie die Tanne, die mitten im Zimmer stand. Ängstlich versteckte sich Zappelbein hinter dem herunter hängenden Schal. Das war zu viel für unser kleines Zwerglein. Sein kleines Herz pochte, als wenn es zerspringen wollte. „Bitte, Märchenfee, hilf mir," flüsterte

er so leise, weil er Angst hatte, dass ihn doch der Riese hören könnte. Riesen gab es auch im Märchenland, doch die kannte er nur aus Erzählungen. Noch nie hatte er einen gesehen.

Als ob die Märchenfee seinen Wunsch gehört hatte, schwang plötzlich die Haustür ein wenig auf. Zappelbein nahm seine Beine in die Hand und lief so schnell es irgendwie ging auf die Tür zu und quetschte sich durch den Spalt nach draußen. Da stand er nun, allein im fremden Land und hatte große Angst. Außerdem war es sehr kalt geworden, der Nordwind blies ihm durch die Kleidung und er fror jämmerlich. Einige Meter vor ihm entdeckte er ein kleines Loch, gerade groß genug, um hinein zu krabbeln. In der kleinen Behausung wehte kein Wind und es war warm. Über große Wurzeln hinweg, führte ein Weg ganz tief in die Erde. Zappelbein kroch weiter und immer tiefer in den Gang hinunter. Auf einmal wurde der Weg breiter, es wurde höher und Zappelbein hörte ein Gemurmel von Stimmen. Jetzt siegte seine Neugier, die Angst war fast verschwunden. Weit hinten sah er einen Lichtschein, die Stimmen wurden lauter und nun konnte er auch schon etwas verstehen. „Rot und blau, Kinder lieben leuchtende Farben“, sagte eine tiefe Stimme. „Wir müssen uns beeilen, denn in einer Stunde muss alles ausgeliefert werden.“ Der kleine Zwerg ging weiter und stand plötzlich in einer großen Halle.

Vor ihm stand der Weihnachtsmann, der gerade im Begriff war, den Schlitten mit Geschenken für die Kinder zu beladen. Vor den Schlitten waren Rentiere gespannt, die schon ganz ungeduldig mit den Hufen scharrten. Als der Weihnachtsmann den Wichtel entdeckte und fragte, wo er herkäme, erzählte Zappelbein seine lange Geschichte. „Steig erst einmal auf und hilf mir, alle Geschenke zu verteilen".

Und ehe Zappelbein sich versah, brauste der Schlitten schon los in die Luft. So gut der kleine Zwerg konnte, half er dem Weihnachtsmann hier eine Puppe abzuliefern und dort eine Eisenbahn.

Einige Stunden später saß Zappelbein wohl geborgen im Schoße der Märchenfee. Das ganze Märchenland war froh, dass er wieder da war. Und in den Kartoffelkeller musste er auch nicht, aber die Mittagsruhe des Märchenkönigs hat er nie wieder gestört.

Wie die Winterelfe die Schneekönigin suchte

Kennt ihr eine Winterelfe? Nein? Aber ihr kennt eine Sommerelfe, die mit ihren Flügeln, dem kurzen Röckchen und der Blütenhaube auf dem Kopf nicht größer ist als ein Nadelöhr, im Sommer von Blume zu Blume fliegt, um den Nektar auszusaugen.

Die Winterelfe hat auch Flügel, nur trägt sie kein Röckchen und auch keine Blütenhaube auf dem Kopf, sondern sie hat ein weißes Mäntelchen an, auf dem Kopf eine weiße Pudelmütze und um den Hals trägt sie einen weißen Schal, der mit vielen kleinen Glasperlen bestickt ist. Sie fliegt auch nicht von Blüte zu Blüte wie die Sommerelfe. Sie huscht im Winter mit den Schneeflocken hin und her und auf und ab und wenn du genau hinsiehst, kannst du sie an ihrem Schal erkennen, der beim Fliegen immer hoch und nieder weht.

Wenn der Winter vorbei ist, kuschelt sich die Winterelfe unter eine lange Baumwurzel und schläft so lange, bis Väterchen Frost wieder auftaucht. Dann ist sie ausgeschlafen und wartet auf die ersten Schneeflocken. In diesem Jahr kam der Winter sehr früh, schon im September gab es den ersten Frost. Die kleine Winterelfe wachte auf und stürmte hinaus, um mit den Schneeflocken zu spielen.

Doch wie enttäuscht war sie, als sie ihre Nase hinausstreckte. Nirgends war ein Flöckchen Schnee zu sehen. Sogar auf den Bäumen hingen noch die Blätter. Was kann nur geschehen sein, dachte sie, es ist doch Winter. Also flog sie in den Wald und suchte den Schnee. Aber überall wo sie auch hinflog, weder auf den Büschen noch auf den Bäumen konnte sie auch nur eine einzige Schneeflocke entdecken.

Ganz traurig setzte sie sich unter einen Baum und überlegte, was sie tun könnte. Sie musste die Schneekönigin suchen. Als sie noch sehr klein war, hatte sie die Schneekönigin einmal mit vielen anderen Winterelfen aufgesucht. Doch im Laufe der Jahre hatte sie vergessen, wo die Schneekönigin wohnte.

„Am besten wäre es, das Kräuterweibchen aufzusuchen, die schon ewig lange im Wald lebt“, dachte sie. Aber wo hatte das Kräuterweibchen seine Behausung? Vor ihr wieselte ein Marder herum, der wohl nicht genau wusste, in welche Richtung er laufen sollte. „Hallo, Herr Marder, sagen Sie mir doch bitte, wo das Kräuterweibchen wohnt?" Der Marder war stehen geblieben: „Bis zur nächsten rechten Gabelung, dann immer geradeaus, dann kommst du direkt auf ihre Hütte zu". „Vielen Dank", rief die Elfe und flog schnell davon.

Als sie die Gabelung erreichte, sah sie die Hütte schon von weitem. Vor der Tür saß das Kräuterweibchen auf einer Bank.

„Kannst du mir sagen, wo die Schneekönigin wohnt?" fragte die Winterelfe noch im Flug. Das Kräuterweibchen war so in Gedanken versunken, dass es richtig zusammenzuckte. „Wie kannst du mich nur so erschrecken, ich habe gerade meine Vorräte gezählt. Der Winter kommt bald und damit der Schnee. Ich muss bis dahin noch viel tun".

Sie überlegte einen Moment und sagte: „Du fragst nach der Schneekönigin. Das ist nicht so einfach. Der Weg ist weit und beschwerlich. Komm setz dich zu mir." Mit diesen Worten zeigte sie mit der Hand auf die Bank. Das Winterelfchen setzte sich zu ihr und wartete.

Die Kräuterfrau fing an zu erklären. „Wenn der Mond im vollem scheint, dann kannst du den Weg erkennen, der zur Schneekönigin führt. Du musst ganz fest an sie denken. Wenn deine Gedanken zum Schneeschloss hineilen, wird der Mond dir den Weg leuchten. Du darfst aber kein Wort dabei sprechen, auch wenn du angesprochen wirst, darfst du nicht antworten, sonst verlischt der Mondstrahl und du findest den Weg nicht mehr.“ Die Winterelfe bedankte sich und flog davon.

Auf einem Busch machte sie Rast, um nun auf den Mondschein zu warten. Mittlerweile war es dunkel geworden, langsam stieg der Mond über die Bäume, ganz groß sah er aus. Die kleine Elfe flatterte aufgeregt hin und her.

So wie das Kräuterweibchen gesagt hatte, huschte ein Mondstrahl über die Wipfel der Bäume und verharrte auf einem Weg. Langsam flog sie dem Mondschein nach, ganz dicht über dem Boden, um ja nicht irgendeine Abzweigung zu verpassen und dachte nur an die Schneekönigin.

„Huhu“, rief eine Eule, „wohin des Weges?“ Doch die Elfe antwortete nicht, sondern flog immer weiter.

Plötzlich änderte der Mondschein seine Richtung. Beinahe hätte die Winterelfe die Abzweigung übersehen. Und weiter flog sie, immer dem hellen Schein nach. Ein Fuchs wechselte über den Weg und sah die Elfe herannahen. Er stoppte, denn beinahe hätte das Elfchen ihn gerammt. „Pass doch auf, wo du hinfliegst“, knurrte er sie an, doch sie antwortete nicht und flog immer weiter.

„Nimmt denn der Weg gar kein Ende“, dachte sie, als sie in der Ferne auf dem Weg etwas großes Dunkles liegen sah. Es war ein riesiger Stein, hell angestrahlt vom Licht des Mondes. „Das muss der Eingang zum Schloss der Schneekönigin sein“, überlegte die Elfe, denn hinter dem Stein lag alles in tiefer Dunkelheit. Sie flog um den Stein herum, einmal und auch ein zweites Mal, doch es war nirgends ein Eingang zu sehen. Doch plötzlich sah sie ein Mäuschen, dass mit den Pfoten gegen den Stein kratzte. Mit großen Augen beobachtete sie die kleine Maus. Da öffnete sich der Stein und ein Loch entstand und die Maus verschwand darin. Die Winterelfe schaffte es noch, mit hineinzuschlüpfen.

Oh, wie wunderschön, Eis und Schnee hatten eine herrliche Winterlandschaft gezaubert und mitten drin stand, vom Nordlicht angestrahlt, ein Schloss mit einer großen Treppe, die an einem Tor endete. Die Winterelfe stand da und staunte. Wie aus Diamanten und Kristallen geformt glitzerte alles rings um sie her. Das Tor öffnete sich und dabei wirbelte der Schnee auf und tausend Schneeflöckchen tanzten. Am liebsten wäre sie gleich in den Tanz hineingeflogen, doch sie blieb stehen, denn die Schneekönigin trat auf die Treppe hinaus. Sie trug ein weißes, langes, glänzendes Kleid, auf dem Kopf thronte eine Krone von Bergkristallen. In ihrer Hand hielt sie einen Stab aus blassblauen Steinen.

„Winterelfe, was willst du von mir?“ fragte die Schneekönigin. „Das Mondlicht hat mir gesagt, dass du kommen wirst.“ „Ich“, stotterte die kleine Elfe, „der Winter ist noch nicht da, ich kann nicht mit den Schneeflocken tanzen“. Ganz aufgeregt klangen ihre Worte. „Komm herein und ruh dich aus, wir werden eine Lösung finden“. Bei diesen Worten öffnete sich wieder das Tor, die Schneekönigin trat ein und zog die ganz verdatterte Elfe hinter sich her.

Sie befanden sich jetzt in einem großen Saal, überall hingen und standen große und kleine Spiegel und der Boden spiegelte eine riesige Eisfläche wider. Am Ende des Raumes war ein Thron placiert, rechts und links daneben saßen weiße Engelchen mit einer Schneehaube auf dem Kopf.

Die Schneekönigin schritt durch die Halle und setzte sich auf ihren Thron. Auf ein Zeichen ihrer Hände schüttelten die Engelchen ihre Köpfe und es wirbelten von allen Seiten Schneeflocken auf die Winterelfe zu, so dass sie sich richtig zusammen nehmen musste, um nicht mit den Flocken haschen zu spielen. „Spiel nur“, sagte die Schneekönigen zu der kleinen Winterelfe, „es ist noch Zeit bis zum Winter“. Das Elfchen wirbelte in die Luft, jagte und warf die Schneeflocken auseinander, so dass man fast keine Hand mehr vor Augen sehen konnte. Doch, wenn man ganz genau hinsah, konnte man den kleinen weißen Schal im Schneegestöber auf und nieder wehen sehen.

„Nun ist es genug", rief die Schneekönigin. Und sofort setzte sich der Schnee wieder auf die Köpfe der Engelchen „Schließ die Augen und träume vom Winter. Wenn du aufwachst, ist auch der Winter in der Welt eingekehrt". Als die Winterelfe ihre Augen öffnete, lag sie mitten im Schnee. Um sie herum wirbelten die Schneeflocken. „Uih", rief sie, schwang sich in die Luft und tanzte den ganzen Winter lang mit den weißen Flöckchen. Sie hatte gar keine Zeit zu überlegen, wie sie wieder in den Wald gekommen war, oder ob sie nur alles geträumt hatte.

Aber eines wusste sie genau, die Schneekönigin hatte das vollbracht.

la mia GRANDE Enciclopedia dalla A alla Z

EdiBimbi

miti e leggende

musica

oceani

Oceania

pesci

piante

Prima guerra mondiale

Seconda guerra mondiale

Sistema solare

sport

tempo atmosferico

Terra

uccelli

vichinghi

Tavole speciali

aeroplano

Africa

agricoltura e allevamento

America meridionale

America settentrionale

anfibi e rettili

animali preistorici

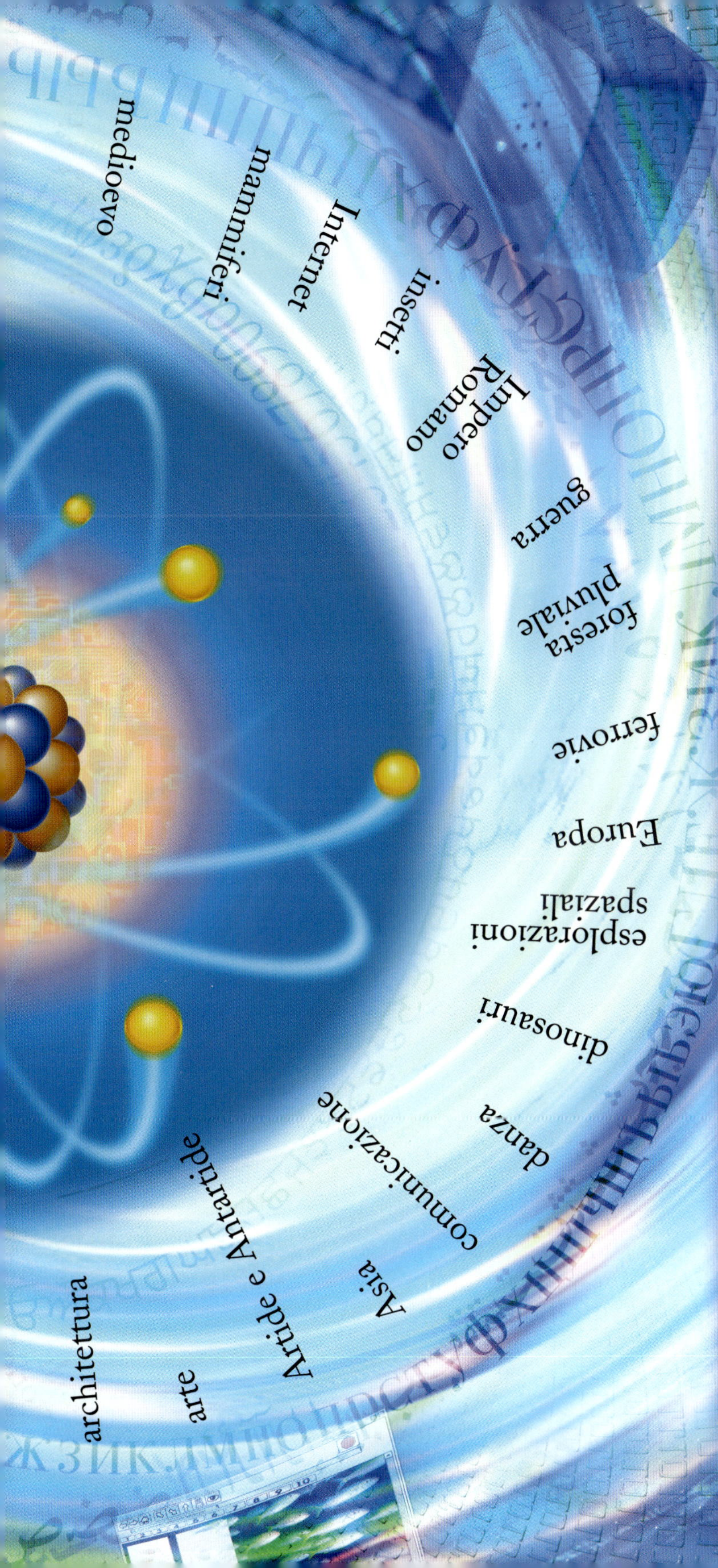

Come usare questa enciclopedia

Questa enciclopedia è semplice e divertente da consultare. Puoi cercare un lemma (o voce) in particolare, sono disposti in ordine alfabetico oppure puoi semplicemente sfogliare il libro e curiosare tra le mille informazioni che contiene. Dovresti trovare informazioni a sufficienza consultando le voci principali, per esempio **orso**, o **pianeta**. Se quello che stai cercando non compare tra le voci principali, prova nell'indice analitico alla fine dell'enciclopedia: troverai certamente indicazioni sull'argomento che ti interessa. Tavole speciali dedicate ad argomenti di rilievo come le epoche storiche, i dinosauri e i continenti del mondo contengono moltissime notizie interessanti. L'elenco delle tavole di approfondimento è riportato qui a lato.
Le parole in **neretto** all'interno dei lemmi rimandano ad altri lemmi di approfondimento.
Ogni lemma dedicato a uno stato è provvisto di un riquadro contenente i dati riepilogativi: troverai la bandiera dello stato e le informazioni sulla forma di governo, sulla capitale, e ancora superficie totale, popolazione, lingua e moneta.
Lungo il testo, in parallelo ad alcuni lemmi, troverai box di approfondimento con curiosità o informazioni molto speciali. Dopo aver letto le informazioni che ti interessano, controlla la guida ai siti Web riportata a p. 426: in questi siti accuratamente selezionati troverai ulteriori informazioni utili con quello straordinario strumento che è Internet.

A

abaco

L'abaco è un semplice strumento di calcolo usato nei tempi antichi da babilonesi, egizi, greci e romani. È costituito da file di palline infilate in asticelle o fili metallici. Le palline della prima fila rappresentano le unità, quelle della seconda le decine, quelle della terza le centinaia, e così via. In alcune parti dell'Asia e del Medio Oriente l'abaco è usato ancora oggi.

Per eseguire operazioni matematiche, talvolta gli antichi romani utilizzavano invece appositi sassolini che chiamavano *calculi* e da cui derivò il nostro termine "calcolare".

abbreviazione

Un'abbreviazione è la forma accorciata di una parola. Le parole si abbreviano per risparmiare spazio e soprattutto tempo, perché le forme abbreviate sono più veloci da scrivere. A volte vengono utilizzate le prime lettere delle parole, come in "Dott." per "Dottore" o "Avv." per "Avvocato", altre volte soltanto l'iniziale, come "S." per "Santo". Dopo l'abbreviazione si aggiunge sempre un punto per segnalare che si tratta di una parola abbreviata.

abete, *vedi* conifere

▽ Gli **aborigeni** furono i primi esseri umani ad abitare l'Australia. Ancora oggi realizzano dipinti sulle pareti delle caverne e sulla corteccia degli alberi, quasi sempre ispirati ad antichi miti che risalgono a molte migliaia di anni fa.

aborigeni

Il termine "aborigeno" significa semplicemente "originario di una determinata località", ma viene solitamente usato per indicare le prime popolazioni che abitarono l'Australia. Gli aborigeni giunsero in Australia dall'Asia sudorientale più di 40 000 anni fa. Non avevano dimore permanenti e si spostavano continuamente alla ricerca di cibo, cacciando animali con armi come il boomerang e le lance.

Gli europei che si trasferirono in Australia 200 anni fa circa non ebbero alcun rispetto per gli aborigeni. Fortunatamente, però, oggi gli ultimi aborigeni sono cittadini australiani a tutti gli effetti e il governo ha concesso loro alcuni territori sui quali rivendicavano diritti di proprietà.

Abruzzo

Regione (1 338 898 ab.) dell'Italia centromeridionale che confina con le Marche, il Lazio e il Molise, e si affaccia a est sul mare Adriatico. Occupata in massima parte dall'Appennino abruzzese, comprende i massicci del Gran Sasso, del Morrone e della Maiella ed è attraversata dai fiumi Tronto, Tordino, Vomano, Pescara, Sangro, Trigno. L'agricoltura e l'allevamento ovino rappresentano le principali risorse. Come altre regioni d'Italia (Sicilia e Friuli), anche l'Abruzzo è soggetto a **terremoti**.

Le sue province sono: L'Aquila (capoluogo), Chieti, Pescara e Teramo.

accelerazione

Quando un'automobile aumenta la velocità con cui si muove, accelera. Se si lascia cadere una pallina dalla cima di un edificio molto alto, anch'essa inizia ad accelerare, raggiungendo la velocità di 9,8 m al secondo dopo un solo secondo. Dopo due secondi si trova a cadere a una velocità di 19,6 m al secondo: per ogni secondo di caduta aumenta la propria velocità di 9,8 m.

La pallina accelera perché viene attratta verso il centro della Terra dalla forza di gravità.

acciaio, *vedi* ferro e acciaio

acido

Un acido è un composto chimico liquido spesso tossico. Alcuni acidi, come l'acido solforico, l'acido nitrico e l'acido cloridrico sono molto forti e possono corrodere, ossia consumare, anche i metalli più robusti. Altri acidi, al contrario, sono innocui. Tra questi, l'acido citrico, che dà ai limoni e alle arance quel caratteristico sapore aspro, e l'acido acetico, contenuto nell'aceto.

L'acido lattico, invece, è prodotto dal latte quando inacidisce e anche dai nostri muscoli quando si contraggono.

Tutti gli acidi fanno diventare di colore rosso un tipo speciale di carta chiamata *cartina al tornasole*, usata dai chimici.

Esistono poi sostanze che sono l'opposto degli acidi: sono chiamate *alcali* o *basi*, e fanno diventare di colore blu le cartine al tornasole. La soda caustica, per esempio è una base molto forte. Gli alcali sono i principali ingredienti del sapone.

acqua

La superficie della Terra è costituita per il 71% da acqua: per la maggior parte si tratta dell'acqua salata dei mari, per il resto dell'acqua dolce dei fiumi, dei laghi e dei ghiacciai. Senza l'acqua, la vita non sarebbe possibile: la vita ebbe infatti inizio proprio nell'acqua e il corpo di tutti gli esseri viventi è costituito per lo più da acqua.

L'acqua contiene minerali che assorbe dal terreno e dalle rocce che la circondano e può esistere in forma solida, come il ghiaccio, liquida o gassosa, come il vapore. A 0 °C l'acqua solidifica e si trasforma in ghiaccio, mentre a 100 °C inizia a bollire e si trasforma in vapore.

Le nuvole (*vedi* **tempo atmosferico**) sono enormi ammassi di particelle d'acqua: esse contengono milioni di tonnellate di acqua che ricade sulla terra sotto forma di pioggia. Una parte di quest'acqua rimane nel terreno o nel sottosuolo per anni, ma la maggior parte di essa ritorna negli oceani, trasportata dai fiumi o dai torrenti.

△ Nei laboratori, gli **acidi** sono segnalati da apposite etichette (1) di avvertimento. Gli acidi della frutta hanno un sapore aspro e sono innocui (2). L'acido dei pungiglioni delle vespe (3) provoca una reazione molto dolorosa, infine le batterie delle automobili (4) contengono acido solforico.

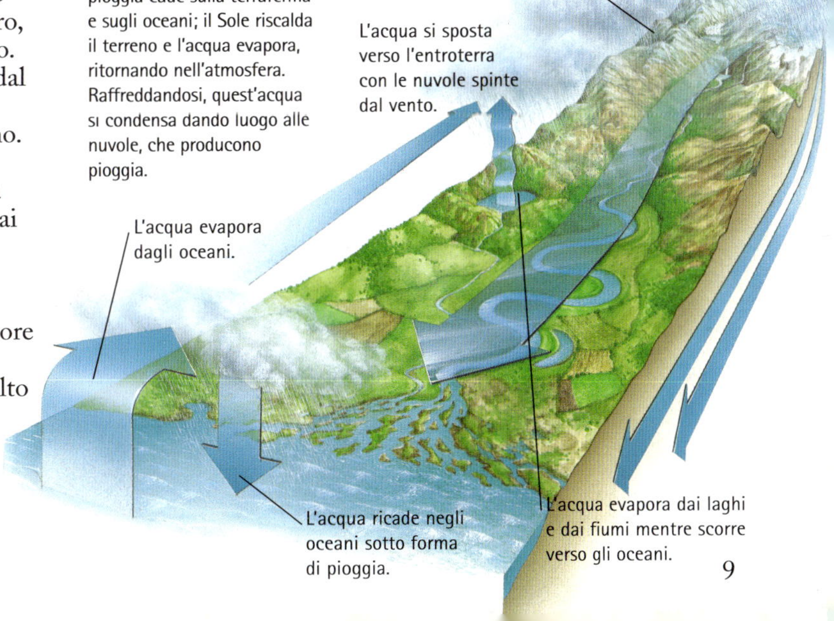

▽ L'**acqua** presente sul pianeta viene costantemente riciclata in un processo chiamato *ciclo dell'acqua*. La pioggia cade sulla terraferma e sugli oceani; il Sole riscalda il terreno e l'acqua evapora, ritornando nell'atmosfera. Raffreddandosi, quest'acqua si condensa dando luogo alle nuvole, che producono pioggia.

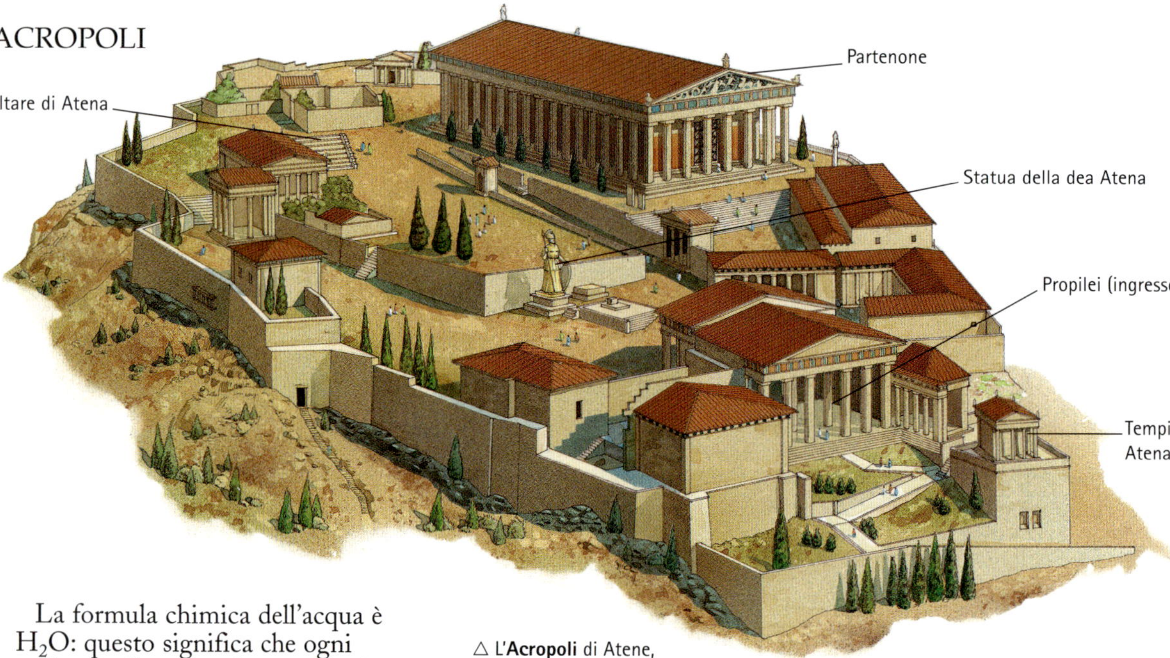

△ L'**Acropoli** di Atene, come doveva essere attorno al 400 a.C.

La formula chimica dell'acqua è H_2O: questo significa che ogni molecola d'acqua è formata da due atomi di idrogeno e da un atomo di ossigeno. Se si fa passare elettricità attraverso l'acqua con due elettrodi, l'acqua si separa nei due gas che la compongono, idrogeno e ossigeno.

Questo processo è chiamato *elettrolisi*.

acropoli

"Acropoli" è una parola di origine greca che indica la parte centrale, più elevata, di molte città dell'antica Grecia.

L'acropoli più famosa ancora esistente ai giorni nostri è quella di Atene, capitale della Grecia moderna, dove si trovano le rovine di antichi templi costruiti attorno al 400 a.C., quando Atene era una città ricca e potente. Il **Partenone**, il più grande e importante di questi templi, fu eretto in onore di Atena, dea protettrice della città, ed è caratterizzato da una serie di gigantesche colonne di marmo bianco.

All'inizio del XIX secolo, molte sculture in marmo che adornavano il Partenone furono sottratte da Lord Elgin, ambasciatore britannico in Grecia, e sono ora visibili al British Museum di Londra. Sono in molti però a pensare che le sculture dovrebbero essere restituite alla Grecia.

Il grande Fidia

In cima all'**Acropoli** si ergeva il Partenone, uno splendido tempio fatto innalzare da Pericle in onore di Atena Parthènos, dea protettrice di Atene. Il Partenone fu opera di Ictino e Callicrate, sotto la supervisione del grande Fidia che realizzò i modelli spesso direttamente al momento dell'esecuzione. Scultore greco di straordinario talento, Fidia fu celebrato dagli antichi come il maggior artista del suo tempo.

acustica

L'acustica è lo studio del suono e del modo in cui si propaga. Quando un architetto progetta una sala per concerti o un teatro, deve occuparsi anche della qualità sonora dell'edificio: durante una conferenza o un concerto le onde sonore raggiungeranno tutti i posti a sedere? Ci saranno fastidiosi fenomeni di eco provocati dalle pareti e dal soffitto?

Le onde sonore si propagano in linea retta e possono essere riflesse o assorbite dalle diverse superfici che esse colpiscono. Scegliendo materiali diversi per rivestire le pareti o i soffitti, gli architetti sono in grado di deviare le onde sonore nella direzione più appropriata.

adolescenza

L'adolescenza è il periodo della vita in cui i bambini crescono fino a diventare adulti. I cambiamenti caratteristici dell'adolescenza hanno inizio solitamente tra i 10 e i 13 anni di età nelle femmine e tra gli 11 e i 14 nei maschi. I cambiamenti continuano per diversi anni, modificando il corpo dell'adolescente sotto molti aspetti: nelle bambine i fianchi diventano più larghi, inizia a svilupparsi il seno e si verifica anche il primo ciclo mestruale, segno che un giorno le future donne potranno avere figli. Nei maschi, invece, la voce diventa più profonda e iniziano a crescere i primi peli facciali.

Maschi e femmine, poi, sviluppano entrambi una peluria nell'area pubica e sotto le ascelle.

Gli adolescenti spesso si sentono goffi e soffrono di sbalzi di umore, ma ben presto questa sensazione di disagio scompare e si ritrovano giovani uomini e giovani donne.

aeroplano, *vedi* pp. 12-13

Afghanistan

L'Afghanistan è uno stato dell'Asia costituito da un territorio montagnoso compreso tra la ex Unione Sovietica, il Pakistan e l'Iran. La capitale è Kabul, la più grande città del paese. Quasi tutti gli abitanti, chiamati *afgani*, sono musulmani, ossia seguaci dell'islamismo. Nel 1979 le truppe russe invasero l'Afghanistan per aiutare il governo, amico dell'Unione Sovietica, che si era insediato con un colpo di stato. Quando nel 1988 i sovietici si ritirarono, ebbe inizio una lunga guerra civile, al termine della quale un gruppo di musulmani, chiamati *taliban* o *talebani*, assunse il controllo di più del 90% del paese.

Alcuni capi talebani sostennero le organizzazioni terroristiche (*vedi* **terrorismo**) che organizzarono l'attacco a New York City e Washington dell'11 settembre 2001. In seguito a questi avvenimenti gli Stati Uniti, con l'appoggio degli alleati della NATO, hanno lanciato azioni di guerra provocando ben presto la caduta del regime. Nel dicembre del 2001 la Conferenza di Bonn ha eletto un governo di transizione e nel 2002 l'assemblea dei capi tribali ha finalmente eletto il presidente della repubblica. Dal 2002 è comunque presente sul territorio una forza multinazionale di sicurezza dell'ONU. Con la costituzione firmata nel 2004 l'Afghanistan è una repubblica islamica presidenziale. Le elezioni parlamentari del 2005 hanno completato il processo di istituzionalizzazione, che però ancora non garantisce la pace in un paese a tutt'oggi lacerato dai conflitti interni, come dimostrano le elezioni presidenziali del 2009, svoltesi tra attentati, minacce e pesantissime accuse di brogli, e i continui attentati alle truppe del contingente NATO.

AFGHANISTAN
Forma di governo: repubblica islamica
Capitale: Kabul
Superficie: 652 864 km²
Popolazione: 23 993 500 ab.
Lingue: pashto, dari
Moneta: nuovo afghani

Africa, *vedi* pp. 14-15

aggettivo

Un aggettivo è una parola che descrive, quantifica o modifica un sostantivo. "Un cavallo *grigio*" è più preciso di "un cavallo". Possiamo specificare ancora meglio scrivendo "un *grande* cavallo *grigio*". Le parole "grande" e "grigio" sono aggettivi che descrivono il sostantivo "cavallo".

Gli aggettivi possono essere usati prima o dopo il sostantivo.

L'aeroplano *Blackbird* americano poteva volare oltre i 26 000 m di altitudine, più in alto di qualsiasi altro. Lassù l'aria è estremamente fredda e rarefatta e contiene pochissimo ossigeno.

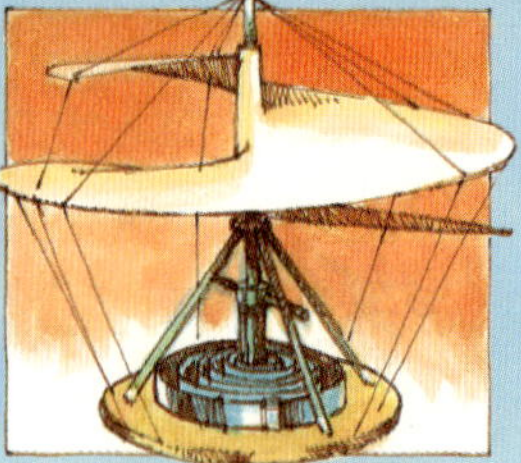

Disegno di una macchina volante realizzato da Leonardo da Vinci.

AEROPLANO

Oggi noi diamo per scontata la possibilità di viaggiare in aereo, ma ci vollero migliaia di anni perché il nostro sogno di volare come gli uccelli divenisse realtà. Il primo volo a motore, infatti, fu effettuato soltanto all'inizio del XX secolo.

Il pallone ad aria calda dei fratelli Montgolfier.

GLI ALBORI

Nei miti e nelle leggende sono frequenti i racconti straordinari di uomini capaci di volare. Così, nell'antichità, numerosi inventori coraggiosi ma sconsiderati saltavano da alte torri indossando ali posticce, e ogni tentativo si rivelava un fallimento. Nel XVI secolo, Leonardo da Vinci, illustre artista e inventore, realizzò il progetto di un primitivo elicottero, ma una simile macchina non avrebbe mai potuto essere costruita ai suoi tempi.

L'era dei viaggi aerei ebbe inizio con il primo volo di una mongolfiera, o aerostato, nel 1783 e settant'anni dopo si levarono in cielo i primi *dirigibili*, enormi palloni aerostatici dotati però di comandi, motore ed eliche. Nello stesso periodo furono inventati anche i primi alianti: si dimostrò così che era possibile volare con mezzi più pesanti dell'aria dotati di ali.

▷ I biplani sono dotati di due paia di ali

AEREI MILITARI

Gli aerei furono utilizzati per la prima volta come mezzi di combattimento nella Prima guerra mondiale e nel 1939 quasi tutte le grandi nazioni ormai possedevano un'aviazione militare. La Germania diede vita a una forte aviazione chiamata *Luftwaffe*, che utilizzò in attacchi a sorpresa all'inizio della seconda guerra mondiale. I tedeschi sapevano bene che nessuno scontro terrestre poteva essere vinto senza il controllo dei cieli sovrastanti.

Nella Seconda guerra mondiale i bombardieri a lungo raggio ebbero un ruolo importante nella tattica dell'aviazione britannica, americana, tedesca e giapponese. Da allora, i missili teleguidati hanno offuscato l'importanza dei bombardieri, ma gli aerei con pilota a bordo sono tuttora necessari come difesa contro gli odierni bombardieri veloci. I moderni caccia (o aerei da caccia) possono volare a bassissima quota a velocità elevatissime, passando così al di sotto dei radar nemici senza essere individuati.

LA CONQUISTA DEI CIELI

Con l'invenzione del motore a benzina negli anni 80 del XIX secolo si ebbero anche i primi velivoli a motore. Il 17 dicembre 1903 i fratelli Wright salirono sul loro fragile aeroplano, il *Flyer*, ed effettuarono il primo volo a motore con persone a bordo, percorrendo poco più di 36 m. Da quello storico volo, i progressi nell'aviazione sono stati straordinariamente rapidi. Nei primi aerei, motori a pistoni alimentavano eliche che facevano avanzare i velivoli. Molti piccoli aerei usano ancora oggi le eliche, ma gli aerei più grandi sono per lo più dotati di motori a reazione, molto più potenti.

AEREI DI LINEA GIGANTESCHI

Grazie agli aerei di linea a reazione, viaggiare su lunghe distanze è ora molto semplice e poco costoso. Il *Boeing 747* è stato il primo dei cosiddetti grandi jumbo jet. Questo riuscitissimo aereo di linea è entrato in servizio nel 1970 e può trasportare fino a 560 passeggeri. Ha un'apertura alare di 60 m, è lungo 70 m e pesa quasi 320 tonnellate. Il 747 può volare a una velocità di 910 km orari per una distanza di 8000 km.

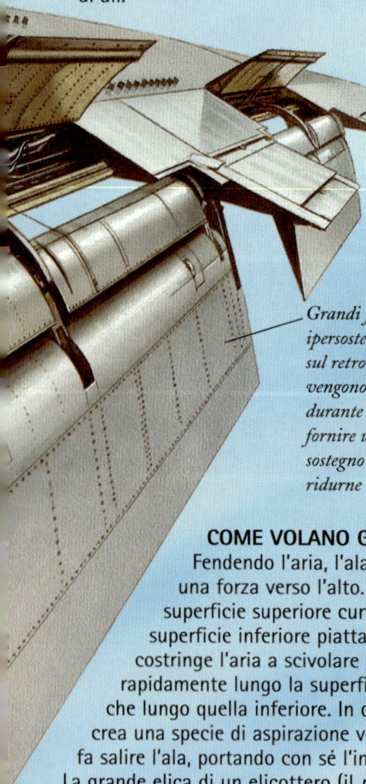

Grandi flap, o ipersostentatori, disposti sul retro delle ali vengono abbassati durante l'atterraggio per fornire un maggiore sostegno all'aereo e ridurne la velocità

COME VOLANO GLI AEREI?

Fendendo l'aria, l'ala dell'aereo crea una forza verso l'alto. L'ala ha la superficie superiore curva e la superficie inferiore piatta: questo costringe l'aria a scivolare più rapidamente lungo la superficie superiore che lungo quella inferiore. In questo modo si crea una specie di aspirazione verso l'alto che fa salire l'ala, portando con sé l'intero aeroplano. La grande elica di un elicottero (il *rotore*) ha la stessa forma curva sopra e piatta sotto, ed è chiamata *superficie portante*.

Boeing 747-400

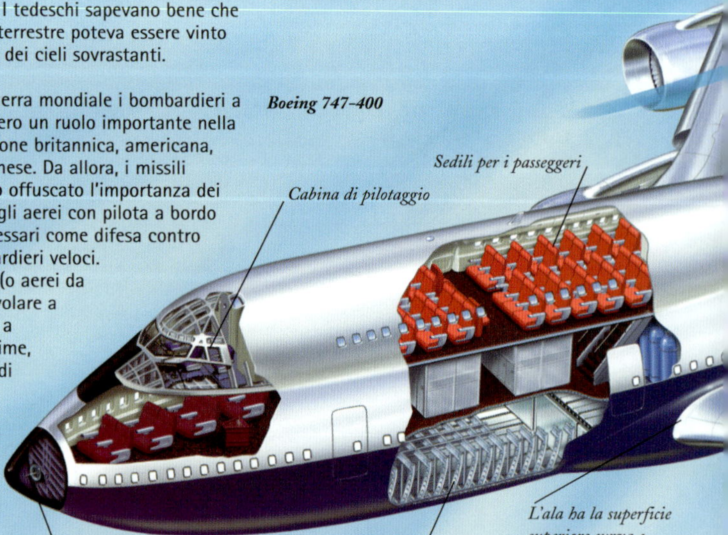

Storia del volo

1783 Primo volo in mongolfiera dei fratelli Montgolfier
1852 Henri Giffard inventa il dirigibile con motore a vapore
1853 George Cayley costruisce il primo aliante guidato da un pilota
1903 Orville e Wilbur Wright compiono il primo volo a motore
1919 Prima trasvolata atlantica
1927 Lindbergh compie la trasvolata atlantica in solitario
1939 Primo aereo a reazione, l'*Heinkel He 178*
1939 Primo elicottero a rotore singolo, il *Sikorsky VS-300*
1942 Primo caccia a reazione, il *Messerschmitt Me 262*
1947 L'aereo con motore a razzo *Bell X-1* supera la velocità del suono
1952 Il *Comet* è il primo aereo di linea a reazione del mondo
1964 Primo aereo da guerra con ali a geometria variabile, lo statunitense *F-111*
1976 Entra in servizio l'aereo di linea supersonico *Concorde*
1978 Prima trasvolata atlantica in mongolfiera
1981 Il *Solar Challenger*, il primo aereo a energia solare, attraversa la Manica
1986 Il *Voyager* compie il giro del mondo senza scalo

Primati dell'aviazione

Aereo da guerra più veloce: *Lockheed SR-71 Blackbird*, 3 529 km/h, USA
Aereo di linea più veloce: *Concorde*, 2 333 km/h, Gran Bretagna/Francia
Aereo più pesante: *Antonov AN-225*, 600 tonnellate, Russia
Elicottero più grande: *Mil Mi-26*, 55 tonnellate, Russia

Elicottero a doppio rotore Chinook

F-16 Fighting Falcon

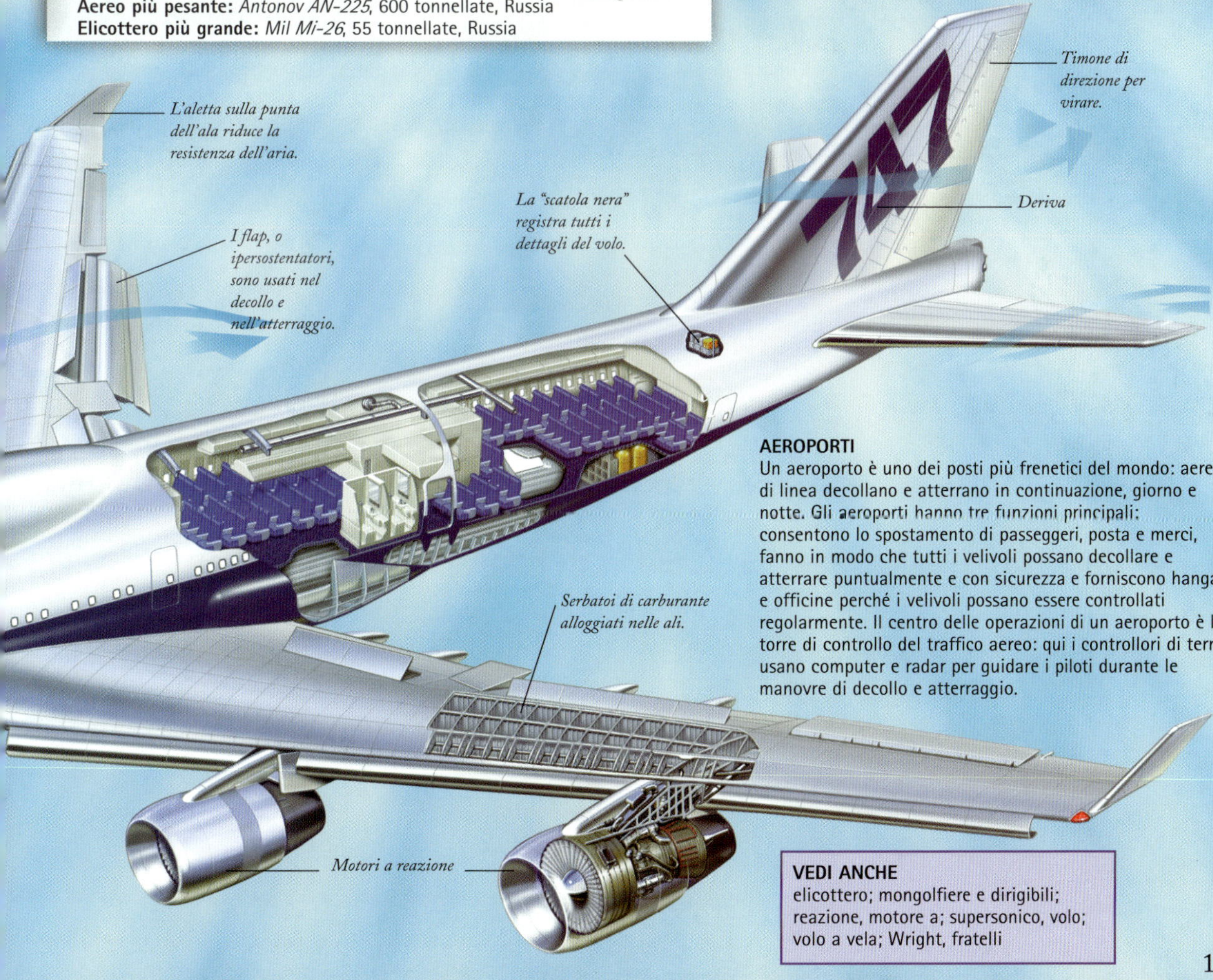

AEROPORTI

Un aeroporto è uno dei posti più frenetici del mondo: aerei di linea decollano e atterrano in continuazione, giorno e notte. Gli aeroporti hanno tre funzioni principali: consentono lo spostamento di passeggeri, posta e merci, fanno in modo che tutti i velivoli possano decollare e atterrare puntualmente e con sicurezza e forniscono hangar e officine perché i velivoli possano essere controllati regolarmente. Il centro delle operazioni di un aeroporto è la torre di controllo del traffico aereo: qui i controllori di terra usano computer e radar per guidare i piloti durante le manovre di decollo e atterraggio.

VEDI ANCHE
elicottero; mongolfiere e dirigibili; reazione, motore a; supersonico, volo; volo a vela; Wright, fratelli

Gli avvoltoi orecchiuti si nutrono della carne in putrefazione degli animali morti.

AFRICA

L'Africa è un grande continente che si estende dal mar Mediterraneo, a nord, al capo di Buona Speranza, a sud.

Il boomslang è un serpente arboricolo ed è tra i più velenosi che vivono in Africa. Dà la caccia a lucertole e uccelli sulle cime degli alberi.

AFRICA SELVAGGIA

Grandi zone dell'Africa sono ancora allo stato selvaggio. L'arroventato deserto del Sahara si estende su gran parte della zona settentrionale del continente: questa terra sconfinata di sabbia e pietraie è uno dei luoghi più torridi del pianeta. Nei pressi dell'equatore, che attraversa il centro dell'Africa, si trovano vaste foreste pluviali dagli alberi giganteschi. Le foreste sono sempre umide perché ricevono grandi quantità di pioggia torrenziale.

Più di un terzo dell'Africa è occupato da un'alta pianura, o altopiano, ricoperta per gran parte da una prateria chiamata *savana*. Grandi branchi di animali da pascolo, come elefanti, antilopi e zebre, vagano nella savana, cacciati da altri animali predatori, principalmente leoni.

MONTAGNE, LAGHI E FIUMI

Una grande fenditura nella crosta terrestre, chiamata *Rift Valley*, attraversa l'Africa orientale ed è circondata da montagne, burroni e profondi laghi. Le vette più elevate si trovano in Etiopia, Kenya, Uganda e Tanzania. Il più grande lago africano, il lago Vittoria, riempie un ampio bacino al centro della Rift Valley: è come un mare interno ed è circondato da fertili terreni agricoli.

I fiumi principali dell'Africa sono: il Nilo, il Niger, il Congo, lo Zambesi e il Limpopo. Sono usati per la pesca, come mezzi di trasporto e per l'irrigazione dei campi.

LE POPOLAZIONI AFRICANE

L'Africa è abitata da popolazioni molto diverse tra loro. Al nord vivono arabi e berberi, molti dei quali seguono la religione musulmana. I popoli di colore che vivono a sud del deserto del Sahara rappresentano tre quarti della popolazione africana e sono suddivisi in oltre 800 gruppi etnici.

L'Africa conta 53 nazioni, più di qualsiasi altro continente, e i popoli che vi vivono parlano oltre 2000 lingue diverse.

△ Il deserto del Sahara presenta vaste aree di dune sabbiose modellate dal vento.

▽ Le sorgenti sono vitali per gli animali che vivono nelle calde pianure erbose dell'Africa, soprattutto nella stagione secca.

STILE DI VITA

Molti africani sono dediti all'agricoltura e coltivano cacao, cotone, zucchero, caffè, tè, banane e alberi della gomma. L'Africa produce tre quarti della produzione mondiale di olio di palma, utilizzato nella preparazione del sapone e della margarina. Il continente possiede inoltre risorse minerarie estremamente preziose, come oro, diamanti, stagno e rame. In alcune parti dell'Africa settentrionale e occidentale si trovano anche ricchi giacimenti di petrolio.

La maggior parte degli africani vive in villaggi tribali, all'interno dei quali regnano una cultura e uno stile di vita peculiari. Le aree industriali e urbane, però, stanno crescendo rapidamente. Le maggiori città africane sono: Il Cairo e Alessandria d'Egitto, Lagos in Nigeria, Kinshasa nella Repubblica Democratica del Congo e Città del Capo nella Repubblica Sudafricana.

Grandi stormi di fenicotteri rosa si radunano attorno ai laghi salati dei paesi dell'Africa orientale, come il Kenya.

AFRICA
Superficie: 30 303 262 km²
Monte più alto: Kilimangiaro, Tanzania, 5 895 m
Massima depressione: lago Assal, Gibuti, 155 m al di sotto del livello del mare
Lago più grande: lago Vittoria, 68 100 km²
Fiume più lungo: Nilo, 6 671 km
Deserto più vasto: Sahara, 9 000 000 km²
Stato più grande: Sudan
Stato continentale più piccolo: Gambia
Stato insulare più piccolo: Seicelle
Città più popolata: Il Cairo, Egitto, 11 894 000 ab.
Popolazione totale: 994 896 870 ab.

L'INFLUENZA EUROPEA

Per secoli gli europei seppero ben poco dell'Africa e delle sue genti. Verso la fine del XV secolo, però, i portoghesi scoprirono una comoda rotta marittima per l'India navigando attorno alla punta meridionale dell'Africa. Ben presto fu così possibile tracciare sulla mappa la linea costiera dell'Africa, ma soltanto pochi mercanti ed esploratori si avventuravano all'interno del continente.

Nel XVI secolo i marinai europei iniziarono a importare schiavi dall'Africa. Tra il 1 500 e il 1 800 furono trasportati nelle Americhe 14 milioni di schiavi, acquistati dai mercanti presso le tribù che vivevano sulle coste africane.

◁ *In occasione di cerimonie speciali le donne masai dell'Africa orientale indossano abiti dai colori vivaci e collari di perline.*

LA CONQUISTA DI UN CONTINENTE

Nel XIX secolo alcune nazioni europee iniziarono a fondare colonie in Africa. Il continente fu così diviso tra inglesi, francesi, belgi, tedeschi, portoghesi e italiani. Le potenze europee importarono in Africa nuovi stili di vita, ma ben presto gli africani si opposero al dominio straniero.

LA CONQUISTA DELL'INDIPENDENZA

Negli anni 50 e 60 del secolo scorso la maggior parte delle colonie divennero nazioni indipendenti. Molte, però, erano molto povere e dovettero affrontare sanguinose guerre civili, con fazioni opposte che lottavano per la conquista del potere. Oggi l'Africa sta lentamente sviluppando una propria economia con l'aiuto dei paesi più ricchi.

Molti abitanti dell'Africa vivono a tutt'oggi di agricoltura. Questa donna dello Zambia sta trasportando pannocchie di granoturco.

VEDI ANCHE
apartheid; Congo; Egitto; Etiopia; foresta pluviale; Kenya; Niger; Nilo; Sahara; savana; schiavitù; Repubblica Sudafricana

agopuntura

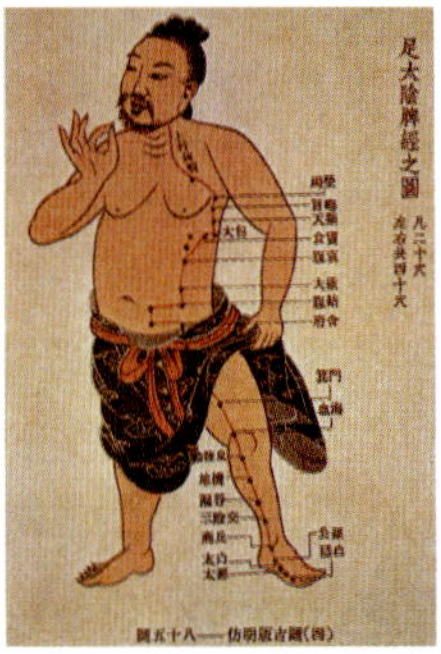

△ L'**agopuntura** è una pratica terapeutica che prevede l'utilizzo di sottilissimi aghi. Secondo la medicina cinese, gli aghi sbloccano il *ch'i* (l'energia vitale) e rimettono in salute l'organismo.

L'agopuntura è una pratica terapeutica che utilizza aghi sottilissimi inseriti in punti particolari del corpo.

L'agopuntura iniziò a essere praticata in Cina circa 5000 anni fa ed è tuttora in uso. Recentemente è stata accettata in molti altri paesi come un ramo della medicina alternativa. Viene spesso utilizzata per curare disturbi quali l'emicrania, l'asma e l'artrite.

agricoltura, *vedi* p. 18

AIDS

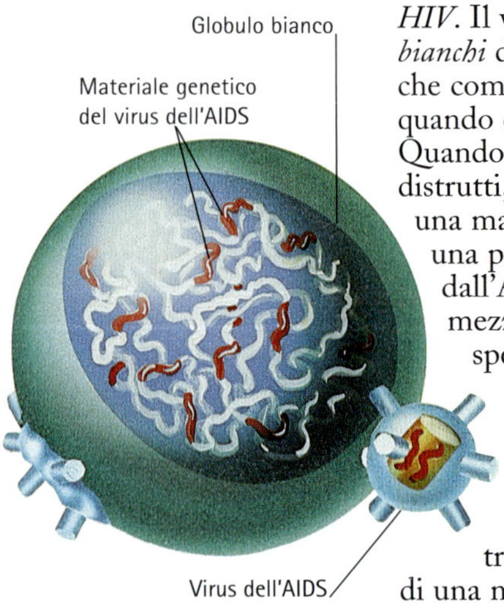

△ Una volta penetrato nel flusso sanguigno, il virus dell'**AIDS** si attacca a un globulo bianco, si moltiplica e si diffonde in tutto il corpo.

L'AIDS (Acquired Immune Deficiency Syndrome, ossia Sindrome da Immunodeficienza Acquisita) è una malattia causata da un virus chiamato *HIV*. Il virus dell'AIDS attacca i *globuli bianchi* del sangue, che sono le cellule che combattono i virus e i batteri quando entrano nel nostro corpo. Quando i globuli bianchi vengono distrutti, il paziente può ammalarsi di una malattia che non sarebbe grave per una persona sana. Le persone affette dall'AIDS, quindi, non hanno più i mezzi per combattere le malattie e spesso muoiono.

Le vie di contagio dell'AIDS sono principalmente il rapporto sessuale non protetto con l'uso di profilattici, il contatto sangue-sangue e la trasmissione nel grembo materno di una madre malata di AIDS.
Le persone che contraggono il virus dell'AIDS possono ammalarsi gravemente anche molti anni dopo il contagio. Attualmente non esiste una cura per l'AIDS, ma nuovi farmaci sono oggi in grado di controllare la malattia per molti anni. Ciò nonostante, l'AIDS resta un grave problema mondiale che uccide migliaia di persone ogni anno.

Albania

L'Albania è un piccolo stato dal territorio aspro situato tra la Serbia, la Macedonia e la Grecia sulla costa orientale del mar Adriatico. Gli albanesi vivono per lo più in remoti villaggi montani. L'Albania fu sotto il dominio della Turchia per oltre 400 anni. Dopo la Seconda guerra mondiale divenne uno stato comunista, ma nel 1992 fu ripristinato un sistema politico a più partiti. Nel 1997 il paese fu lacerato da una rivolta armata. L'ordine fu presto ristabilito dalle forze dell'ONU. Nel 2005 alle elezioni vi è stata l'affermazione del partito democratico, riconfermato alle successive elezioni del 2009, anno in cui l'Albania si è candidata ufficialmente a entrare nell'Unione Europea.

albatro

L'albatro è un grande uccello che trascorre gran parte della vita volando sopra i mari. Esistono 14 specie diverse di albatro, la maggior parte delle quali vive nelle regioni a sud dell'equatore. Questi grandi uccelli spesso seguono le navi per giorni e giorni, raccogliendo gli avanzi di cibo gettati fuori bordo e si posano a riva soltanto per riprodursi o durante forti tempeste. Normalmente, infatti, per dormire e per mangiare gli albatri si posano sulla superficie del

◁ L'**albatro** urlatore ha le ali più lunghe di qualsiasi altro uccello: possono infatti raggiungere la lunghezza di 3,5 m. L'albatro vola planando sull'oceano a pelo dell'acqua sfruttando le correnti d'aria.

mare e si lasciano cullare dalle onde. Si nutrono principalmente di calamari, meduse e pesci. Questi grandi uccelli bevono così tanta acqua marina che sono dotati di speciali ghiandole, disposte sul capo, per eliminare tutto il sale che ingeriscono.
Ogni anno migliaia di albatri muoiono impigliati nelle reti da pesca e nelle lunghe lenze dei pescatori, e sono quindi sempre più rari.

alberi

Gli alberi sono piante bellissime e molto utili. Alcuni alberi producono frutti, mentre altri, soprattutto le **conifere**, vengono coltivati per il legname.

Il legno degli alberi non è solo un prezioso materiale da costruzione, ma è anche utilizzato per fabbricare la carta e in alcuni paesi viene bruciato come combustibile. Gli alberi sono essenziali per l'ambiente perché arricchiscono l'atmosfera di ossigeno e contribuiscono a proteggere il suolo dall'erosione operata dal vento e dalla pioggia.

L'albero più grande è un tipo di sequoia che può superare i 100 m di altezza. In Nevada, negli Stati Uniti, esiste un pino aristato che si pensa abbia almeno 4900 anni!

Esistono due tipi principali di alberi: le conifere, o alberi a legno dolce, e gli alberi decidui, o a legno duro. Le **conifere**, come pini, abeti, larici, pini nordamericani e abeti rossi, hanno foglie simili ad aghi. Sono anche chiamate *sempreverdi* perché conservano il fogliame tutto l'anno.

Le conifere producono semi all'interno delle squame che compongono le pigne, i loro frutti.

Gli *alberi decidui*, come querce, frassini, aceri, olmi, betulle e ippocastani, sono alberi con foglie larghe che cadono in autunno.

continua a p. 19

ALBANIA
Forma di governo: repubblica
Capitale: Tirana
Superficie: 28 748 km²
Popolazione: 3 155 300 ab.
Lingua: albanese
Moneta: lek

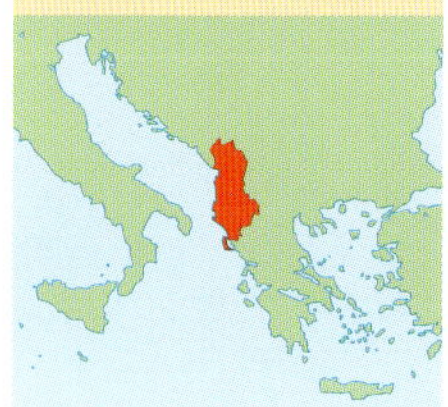

▽ Le diverse specie di **alberi** possono essere identificate in base alle loro caratteristiche. Ogni tipo di albero possiede una combinazione ben definita di colore e di struttura della corteccia, di forma e colore delle foglie e dei semi. A distanza, alcuni alberi possono essere identificati anche dalla forma caratteristica delle loro fronde.

Quercia rossa

Albero deciduo con la chioma fitta di forma rotonda

In autunno le foglie diventano rosse e gialle.

I frutti della quercia sono chiamati ghiande.

Corteccia di colore grigio argento

Pinabete di Brewer

Albero sempreverde a forma di cono

Foglie a forma di aghi

I semi sono contenuti all'interno di lunghe pigne di colore marrone.

AGRICOLTURA E ALLEVAMENTO

Agricoltura e allevamento comprendono tutte le attività relative alla coltivazione di alcune specie vegetali e alla cura del bestiame per la produzione di alimenti, bevande e tessuti.

△ *Le* mietitrebbiatrici *sono macchine in grado di tagliare e battere ad alta velocità i cereali per separarne i chicchi.*

△ *I metodi di irrigazione furono inventati in Medio Oriente attorno al 4 000 a.C. Si tratta di sistemi speciali per portare acqua ai campi e favorire la crescita delle colture.*

ORIGINI DELL'AGRICOLTURA

Le popolazioni preistoriche, 13 000 anni fa, iniziarono a radunare le prime greggi di animali selvatici e già nel 7 000 a.C. gli uomini avevano imparato che spargendo semi sul terreno sarebbero nate piante che avrebbero fornito cibo a loro e ai loro animali. Le prime coltivazioni, effettuate con l'aiuto di bastoni e zappe rudimentali, furono probabilmente grano, orzo e miglio. Nel 3 000 a.C. gli agricoltori della Mesopotamia (il moderno Iraq) inventarono l'aratro trainato dai buoi, così le colture crescevano meglio.

▽ *Il latte è normalmente prodotto dalle vacche allevate nelle fattorie e negli allevamenti, ma anche le capre e le pecore possono essere allevate per produrlo. Nelle moderne fattorie gli animali sono munti da mungitrici automatiche.*

△ *Il riso è l'alimento principale per oltre la metà della popolazione mondiale. In Asia le piantine di riso vengono solitamente fatte germinare in campi all'asciutto e poi trapiantate manualmente nelle* risaie, *campi allagati con pochi centimetri di acqua.*

RIVOLUZIONI AGRICOLE

Gli ultimi 500 anni hanno visto importanti evoluzioni nell'agricoltura. La rotazione dei raccolti ebbe inizio nel XVII secolo quando ci si rese conto che colture da foraggio come rape, piselli e trifoglio miglioravano la qualità del terreno impoverito dai troppi raccolti. Ogni anno gli agricoltori alternarono quindi raccolti di foraggio e cereali come il grano. Gli allevatori iniziarono a nutrire il bestiame nelle stalle durante l'inverno sviluppando razze più resistenti e vigorose di bovini, pecore e maiali. Nel XIX secolo i campi coltivati divennero sempre più grandi, comparvero i primi trattori e le mietitrebbiatrici, introdotte negli USA attorno al 1830.

L'AGRICOLTURA OGGI

Oggi la maggior parte delle aziende agricole dei paesi industrializzati è meccanizzata e vi lavorano poche persone. Il pollame è solitamente allevato al chiuso all'interno di gabbie: il cosiddetto *allevamento in batteria*. Tuttavia, mentre molte nazioni producono un eccesso di prodotti alimentari, quelle più povere soffrono ancora terribili carestie. Nuovi metodi di coltivazione sono stati introdotti nei paesi in via di sviluppo per aiutarli a risolvere questo problema.

▷ *L'anno agricolo tradizionale inizia sul finire dell'inverno con l'aratura dei campi che vengono poi seminati in primavera e mietuti a fine estate.*

AGRICOLTURA BIOLOGICA

Dall'inizio del XX secolo gli agricoltori utilizzano prodotti chimici come i concimi e gli antiparassitari perché migliorano la resa dei raccolti. Oggi però si sta tornando a metodi di coltivazione più "naturali", i cosiddetti *metodi biologici*, perché i consumatori cominciano a preoccuparsi per le sostanze chimiche nocive presenti nel cibo.

VEDI ANCHE

alimenti; aratro; bovini; cereali; concime; irrigazione; maiale; mulino a vento; pecora; verdure

continua da p. 17

Gli alberi decidui hanno fiori che si trasformano in frutti, all'interno dei quali si trovano i semi.

Lo strato più esterno di legno del tronco e dei rami di un albero è chiamato *corteccia*. La corteccia è legno morto, robusto e impermeabile che protegge il legno sottostante, che è vivo: sotto questo aspetto, la corteccia svolge la stessa funzione degli strati più superficiali della pelle che ricopre il nostro corpo. Gli alberi crescono formando strati, o anelli, di legno nuovo che fanno aumentare di diametro il loro tronco. Questo nuovo legno all'interno dell'albero preme contro la corteccia esterna, che spesso si spacca e si stacca dal tronco.

Alberti, Leon Battista

Architetto e trattatista tra i più grandi dell'*Umanesimo* (1404-1472). Visse a Firenze e dal 1443 a Roma, presso il papa Niccolò V, come esperto di urbanistica. In quegli anni Alberti maturò la sua idea di un'architettura intesa come diretto recupero dello spirito classico di Roma. Tra le sue opere ricordiamo il *Tempio Malatestiano* a Rimini e il completamento della facciata di *S. Maria Novella* a Firenze. È anche autore di una ricca produzione letteraria in latino (*De re aedificatoria*, *De statua*, *De pictura* dedicati al Brunelleschi) e in volgare (*Della famiglia*).

albinismo

Gli animali albini sono tutti bianchi perché la loro pelle o il loro pelo sono privi di *pigmenti*, ossia di sostanze coloranti. Gli albini ereditano questa mancanza di colorazione dai loro progenitori (*vedi* **genetica**). Da un albino può comunque nascere un individuo normale, ma questi, a sua volta, potrà dare alla luce individui albini.

Tra gli esseri umani gli albini sono molto rari. In Europa e negli Stati Uniti meno di un bambino su 20000 è albino.

Albinoni, Tomaso

Compositore e violinista (1671-1750). Proveniente da agiata famiglia borghese, si dedicò inizialmente alla musica come dilettante, passando più tardi al professionismo. Compì gli studi a Venezia, dove trascorse quasi tutta la vita. Della vasta attività di Albinoni nell'ambito melodrammatico (48 opere composte soprattutto per i teatri veneziani tra il 1694 e il 1740) è pervenuta un'unica partitura completa (*Il Radamisto*, 1701) oltre ad alcune arie staccate. La sua fama è legata alla produzione per strumenti ad arco e per archi e oboi che si collega alla tradizione di A. Corelli, ma annuncia il futuro concerto per strumento solista e orchestra. Il famoso *Adagio per archi e organo in sol minore* è in realtà un'elaborazione del musicologo R. Giazotto, probabilmente derivante da una Sonata a 3 di Albinoni.

alchimia

L'alchimia era la **chimica** del Medioevo: uno strano miscuglio di magia, scienza e religione.

Le persone che praticavano l'alchimia sognavano di trovare la cosiddetta *pietra filosofale*, una sostanza che sarebbe stata in grado di trasformare in oro i normali metalli come il piombo, di curare le malattie e di conservare la giovinezza. Inutile dire che gli alchimisti non trovarono mai la pietra filosofale, ma nelle loro ricerche svilupparono molto le conoscenze nel campo della chimica e inventarono apparecchiature tuttora usate dai chimici dei giorni nostri.

alcol

Esistono diversi tipi di alcol. Quello che conosciamo meglio è l'alcol contenuto nella birra, nel vino e nelle bevande alcoliche come il whisky, che ha l'effetto di inebriare le persone, ossia di ubriacarle. L'alcol si forma in seguito

Umanesimo

L'*Umanesimo* è un movimento culturale che ebbe inizio in Italia tra la fine del XIV sec. e l'inizio del XV, caratterizzato dallo studio appassionato delle lingue e della letteratura greca e latina, e della civiltà classica come fondamento spirituale dell'uomo. Influenzò tutta la cultura europea fino alla crisi rivoluzionaria del XVIII sec. L'umanista è un uomo che vuole una "nuova umanità", e studia poesia, retorica, etica e politica.
Lo studioso umanista tende a negare tradizione culturale e autorità, ritenendosi capace di autonomia critica e di senso storico, dovuto alla sua grande cultura. L'umanista prende spunto da grandi maestri quali Cicerone, Virgilio, Orazio e dai grandi maestri classici. È un intellettuale, un erudito, un filologo, e lo è perché ama prima di tutto la verità e la cerca nel "cuore dell'uomo". Gli stessi umanisti si trovano concordi: **Francesco Petrarca** è considerato il padre dell'Umanesimo, ed è il nuovo ideale di *sapientia*, delineato dal Petrarca, che si trasformerà nel tentativo di scoperta integrale dell'uomo.

Nasce l'alfabeto

L'invenzione dell'**alfabeto** è attribuita a popolazioni semitiche del Medio Oriente che realizzarono l'evoluzione dei primi sistemi di scrittura, come per esempio la scrittura cuneiforme della Mesopotamia e la scrittura geroglifica dell'Egitto.
I segni dapprima rappresentavano oggetti e singoli concetti, gli *ideogrammi*, poi, rappresentarono gruppi e singoli suoni.

△ **Alessandro Magno** fu un grande generale che governò su un vasto impero. Possedeva un vero genio per la pianificazione delle battaglie e il comando delle truppe. Qui è in groppa al suo destriero, *Bucefalo*.

a un processo chiamato *fermentazione* in cui i lieviti agiscono sullo zucchero contenuto nei cereali e nella frutta e lo trasformano in alcol. Se si desidera un alcol di gradazione elevata, il liquido fermentato deve essere distillato.

L'alcol è utilizzato nella produzione di profumi e farmaci. L'alcol chiamato *glicolo* è utilizzato come antigelo nei radiatori delle automobili perché, come tutti gli alcol, ha un punto di congelamento molto basso.

Alessandro Magno

Alessandro III, re di Macedonia (356-323 a.C.), una regione a nord della **Grecia antica**, detto poi *Magno* (cioè il Grande) fu uno dei più potenti generali della storia. Allievo di **Aristotele**, grande filosofo greco, divenne re nel 336 a.C. Conquistò le città-stato greche e poi partì alla volta dell'Oriente per conquistare la Persia, che allora rappresentava il più grande impero del mondo. Nel 326 a.C. l'impero di Alessandro Magno si estendeva dalla Grecia fino all'India, ma quando il suo esercito raggiunse il fiume Indo era ormai stremato dalle lunghe marce e battaglie e Alessandro dovette fare ritorno in patria. Giunto a Babilonia contrasse una grave febbre e morì, a soli 33 anni.

alfabeto

L'alfabeto è un insieme di lettere, o simboli, utilizzati per rappresentare graficamente, ossia scrivere, i suoni di una lingua. Il termine alfabeto deriva dai nomi delle prime due lettere dell'alfabeto greco: alfa e beta. Le 26 lettere dell'alfabeto italiano moderno derivano dall'alfabeto latino di 2500 anni fa. Altri alfabeti oggi di uso comune sono l'alfabeto greco, arabo, ebraico e russo, o cirillico. La maggior parte di essi contiene simboli per le vocali (suoni dolci come "a" ed "e") e per le consonanti (suoni più duri come "s" e "t"). L'alfabeto arabo e quello ebraico, invece, indicano soltanto le consonanti.

Alfieri, Vittorio

Poeta (1749-1803). Di nobile famiglia, ebbe un carattere inquieto e ribelle che lo portò a viaggiare lungamente per l'Europa; si stabilì poi a Firenze, dove è sepolto in S. Croce.

L'odio verso il tiranno e l'amore per la libertà sfociano nell'Alfieri in un estremo individualismo aristocratico e libertario; al vertice della vita spirituale egli colloca la poesia, intesa come massima espressione della libertà di coscienza.

Tra le sue opere più famose ricordiamo: *Saul*, *La congiura de' Pazzi*, le *Rime*.

alga

Le alghe sono un gruppo di piante marine che crescono sugli scogli e sul fondo del mare. Le alghe non hanno né foglie né fiori, ma fronde robuste e coriacee.

Come la maggior parte delle piante, le alghe hanno bisogno della luce del Sole per produrre il cibo di cui si nutrono. Poiché i raggi solari non penetrano nel mare oltre una certa profondità, sui fondali più profondi non vivono alghe.

In alcuni paesi, come la Cina e il Giappone, diversi tipi di alghe vengono consumati come se si trattasse di normali ortaggi.

algebra

L'algebra è un ramo della **matematica** nel quale si usano le lettere per rappresentare i numeri e segni matematici particolari per rappresentare i collegamenti tra le varie lettere.

Ne fanno parte le *equazioni*, specie di "affermazioni" in cui le due parti che si trovano prima e dopo il segno di uguaglianza (=) devono essere uguali, per esempio x + 3 = 9.

Risolvere un'equazione significa trovare il numero (*incognita*) che rende vera l'affermazione.

Algeria

ALGERIA
Forma di governo: repubblica
Capitale: Algeri
Superficie: 2 381 741 km²
Popolazione: 34 895 500 ab.
Lingua: arabo, francese, tamazight (berbero)
Moneta: dinar algerino

Questo grande stato dell'Africa settentrionale confina con altri sei stati e con il mar Mediterraneo.

Gran parte dell'Algeria è occupata dal vasto deserto del Sahara, dove abitano soltanto poche persone, i *berberi*. La maggior parte degli algerini vive invece nelle città disposte lungo una striscia sottile che costeggia il mar Mediterraneo.

Algeri è la capitale e anche la città più grande del paese.

I francesi occuparono l'Algeria nel 1830 e vi rimasero finché il paese non conquistò l'indipendenza nel 1962, dopo una lunga e violenta guerra.

Molti musulmani, però, si opposero strenuamente al nuovo governo algerino, perché temevano che introducesse valori del mondo occidentale. Tra la fine del 2010 e primi mesi del 2011 grandi manifestazioni si sono svolte in tutto il paese contro l'aumento dei prezzi dei generi alimentari e contro il presidente Bouteflika, in carica dal 1999.

alimenti

Si definisce alimento qualsiasi sostanza fonte di nutrimento per un essere vivente. Senza alimenti non ci sarebbe la vita. Per l'uomo gli alimenti diventano "cibo" attraverso la preparazione, un comportamento che non esiste tra gli altri animali. Gli esseri umani necessitano di cibo per molte ragioni: principalmente perché fornisce l'energia necessaria al movimento e al mantenimento di una certa temperatura corporea e perché aiuta l'organismo a rimanere sano.

I tre principali tipi di alimento umano sono: le *proteine*, i *grassi* e i *carboidrati*, ai quali si aggiungono anche alcuni tipi di minerali e vitamine. Una *dieta bilanciata* (che comprende, cioè, tutte queste sostanze) è necessaria per mantenersi in buona salute.

Oggi noi mangiamo una grande varietà di alimenti che possono essere accuratamente preparati e cotti prima di essere consumati.

Sempre più spesso gli alimenti che consumiamo vengono lavorati in apposite aziende, dove possono essere imbottigliati, inscatolati, surgelati o essiccati prima di essere messi in commercio.

aliscafo

La maggior parte della potenza del motore di una nave è utilizzata per superare la resistenza dell'acqua attorno allo scafo dell'imbarcazione, ossia attorno alla sua parte inferiore.

▽ Le **alghe** sono un gruppo di piante semplici che vivono nelle acque poco profonde dei mari, nelle quali liberano ossigeno. Le alghe forniscono cibo e riparo a molti animali, come granchi, lumache di mare e gamberi.

△ L'**alligatore** americano nidifica lungo le sponde sabbiose dei fiumi. Ogni femmina depone dalle 30 alle 40 uova e costruisce cumuli di piante e terra per tenerle al caldo. Questa femmina sta portando verso il fiume i suoi piccoli appena nati.

L'aliscafo risolve questo problema utilizzando specie di "ali" subacquee che sollevano lo scafo appena fuori dalla superficie dell'acqua.

Queste ali sono fissate allo scafo in corrispondenza della *prua* (parte anteriore) e della *poppa* (parte posteriore) e sollevano l'imbarcazione non appena acquista velocità, facendola scivolare sull'acqua. Diminuendo così la resistenza dell'acqua, l'aliscafo procede a una velocità molto più elevata di quella di un'imbarcazione normale.

△ Gli **aliscafi** possono navigare a maggiore velocità rispetto alle altre imbarcazioni grazie alle "ali" che li sollevano sulla superficie dell'acqua. Sono per lo più utilizzati per il servizio passeggeri espresso su brevi distanze.

allevamento, *vedi* p. 18

alligatori e coccodrilli

Gli alligatori e i coccodrilli sono grandi e possenti animali appartenenti alla famiglia dei rettili (*vedi* **anfibi e rettili**). Esistono due specie di alligatori: quello americano che vive negli Stati Uniti del sud e il più piccolo alligatore cinese che vive nello Yangtze Kiang.

Vi sono invece 20 specie di coccodrilli, tra le quali il coccodrillo del Nilo, che vive in Africa, e il coccodrillo marino dell'Australia e dell'Asia meridionale.

Alligatori e coccodrilli sono predatori aggressivi che danno la caccia a pesci, tartarughe e grandi mammiferi.

Oggi sono meno comuni di un tempo a causa della caccia a cui li sottopone l'uomo e dell'inquinamento delle zone paludose e dell'habitat in cui vivono.

alluminio

L'alluminio è presente nella crosta terrestre in quantità superiore a qualsiasi altro metallo.

La maggior parte dell'alluminio è ricavata dalla *bauxite*, un tipo di *roccia metallifera* (ossia una roccia o un minerale che contengono metalli).

La bauxite è trattata con sostanze chimiche e collocata in grandi forni elettrici, dove viene attraversata da una corrente elettrica che separa l'alluminio dagli altri minerali e lo fa cadere sul fondo del forno.

L'alluminio è di colore argentato ed è leggero: pesa soltanto un terzo dell'acciaio. Il suo utilizzo è fondamentale negli oggetti che necessitano al tempo stesso di leggerezza e di robustezza.

alluvione

Esistono due tipi di alluvioni: quelle causate dai fiumi che straripano e le inondazioni degli oceani, provocate da alte maree e da forti venti che soffiano dal mare verso terra. I fiumi solitamente straripano in primavera, quando all'acqua prodotta dalla fusione di neve e ghiaccio si aggiungono le piogge stagionali. Il livello del fiume si innalza così tanto che l'acqua esce dagli argini.

Nel corso della storia, tre grandi fiumi hanno provocato regolarmente alluvioni: il Nilo in Egitto, il Mississippi negli USA e l'Huang Ho, o Fiume Giallo, in Cina. Due grandi dighe furono costruite sul Nilo ad Assuan per ricavare energia idroelettrica per la produzione di elettricità. Prima che le dighe di Assuan controllassero le acque del Nilo, le inondazioni annuali del fiume creavano una zona di terreno fertile nel mezzo del deserto sabbioso.

L'inondazione più nota è quella leggendaria provocata dal Diluvio Universale narrata nella Bibbia. L'evento su cui è basato questo episodio del Vecchio Testamento potrebbe essere avvenuto attorno al 3000 a.C., quando il fiume Eufrate inondò una vasta area della Mesopotamia meridionale (l'attuale Iraq).

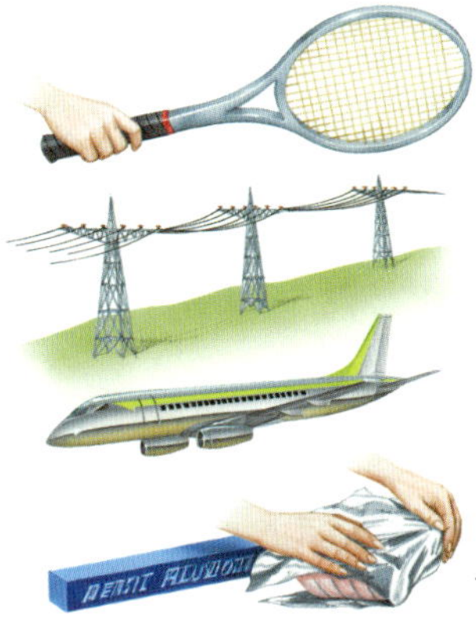

Un metallo utile

L'**alluminio** è un metallo molto utile. Tra i suoi impieghi, è utilizzato per le racchette da tennis, per i cavi elettrici, per gli aerei e molte altre cose. Tra le sue molte proprietà vi sono il basso peso specifico, l'elevata resistenza alla corrosione, l'alta conducibilità termica ed elettrica, l'elevata plasticità e l'eccellente duttilità e malleabilità.

Alpi

Le Alpi sono la più importante catena montuosa d'Europa. Queste montagne si sviluppano dalla Francia sudorientale alla Germania meridionale, fino alla ex-Iugoslavia.

Il **monte Bianco**, con i suoi 4807 m di altezza, è la vetta più alta delle Alpi e si trova in territorio italiano. Fitte foreste coprono le ripide pendici delle montagne e le valli sono occupate da numerosi laghi, il più grande dei quali è il lago di Ginevra (al confine tra Svizzera e Francia).

Le Alpi attirano molti turisti appassionati di alpinismo, sci e pesca.

▽ Il Bangladesh si trova in una zona soggetta ad **alluvioni**, che lasciano un terreno fertile sul quale i contadini possono coltivare due o tre raccolti all'anno. Le inondazioni inaspettate, però, possono distruggere le coltivazioni.

America centrale

L'America centrale è una striscia di terra che unisce gli Stati Uniti e il Messico, a nord, all'America meridionale, a sud. È costituita dalle repubbliche di Belize, Guatemala, El Salvador, Honduras, Nicaragua, Costa Rica e Panama. Bassipiani, fitte foreste e paludi sono distribuiti lungo le coste, mentre all'interno vi sono alte montagne. L'America centrale occupa una zona dal clima molto caldo, così le grandi città si trovano per lo più sugli altipiani, molto più freschi.

L'America centrale non comprende il Messico, e spesso si usa una denominazione diversa, *America Latina*, per definire tutta l'area che si estende dal Messico fino al Brasile e all'Argentina: gli abitanti di questi paesi parlano infatti spagnolo e portoghese, due lingue che derivano dall'antico latino.

Le popolazioni dell'America centrale si dedicano a coltivazioni tropicali come la canna da zucchero, il caffè, il cotone e le banane. Le industrie sono relativamente scarse in quest'area.

Nel XVI secolo, soldati e coloni giunsero in America centrale dalla Spagna e gran parte dei territori divennero colonie spagnole. Prima di allora la regione era abitata da numerose tribù indigene, tra le quali i **maya**. Nel 1838 Guatemala, Honduras, Costa Rica, Nicaragua ed

El Salvador conquistarono l'indipendenza dalla Spagna. Panama si separò dalla Colombia nel 1903, ma il Belize restò una colonia britannica fino al 1981.

△ L'**America centrale** comprende sette stati. La maggior parte della popolazione parla spagnolo ed è per lo più di religione cattolica.

America meridionale,

vedi pp. 26-27

America settentrionale,

vedi pp. 28-29

amido

L'amido è una sostanza che si trova nelle piante. Cereali come il grano, il riso e il granoturco sono particolarmente ricchi di amido. Altre piante che lo contengono sono i piselli, i fagioli e le patate.

L'amido è un *carboidrato*, ossia è costituito da carbonio, ossigeno e idrogeno, gli stessi elementi di cui è composto lo zucchero. È importante includere l'amido nell'alimentazione perché è una cospicua fonte di energia.

L'amido puro è una polvere bianca utilizzata per la realizzazione di molti prodotti alimentari. Si usa anche per applicare una copertura lucida ad alcuni tipi di carta e per rendere più rigidi i tessuti di cotone, lino e altri materiali, che vengono così "inamidati".

Amnesty International

Organizzazione umanitaria internazionale fondata nel 1961 in Gran Bretagna e attiva in oltre 100 Paesi, con lo scopo di difendere la dignità della persona umana contro ogni violazione fisica e morale. Ha poteri consultivi presso l'Unesco e il Consiglio d'Europa. Ha ricevuto il Premio Nobel per la pace nel 1977.

Solidarietà

Amnesty International è indipendente da qualsiasi governo, parte politica, interesse economico o credo religioso. I suoi valori fondamentali sono: Solidarietà internazionale, Azione efficace per singole vittime, Copertura globale per ogni vittima ovunque nel mondo, Universalità e indivisibilità dei diritti umani, Imparzialità e indipendenza, Democrazia e rispetto.

L'edredone, una specie di **anatra**, vive in località marine. Le sue morbide piume sono utilizzate per imbottire giacche a vento, trapunte e cuscini.

Amundsen, Roald

Esploratore norvegese (1872-1928). Compì la traversata del passaggio di Nordovest tra l'Atlantico e il Pacifico e raggiunse per primo il Polo Sud il 14 dicembre 1911, un mese prima della sfortunata spedizione guidata dal capitano Scott.

anatra

Le anatre sono uccelli acquatici con le zampe palmate appartenenti alla stessa famiglia dei cigni e delle oche.

I due principali tipi di anatre sono: le *anatre di superficie*, che si nutrono di quello che trovano sulla superficie dell'acqua, e le *anatre tuffatrici*, che si immergono sott'acqua alla ricerca di cibo.

Il germano reale, una delle specie di anatre più conosciute, vive nei pressi di stagni, laghi e fiumi dell'emisfero settentrionale del pianeta.

Ande

Le Ande sono la catena montuosa più lunga del mondo, che si estende per 7500 km lungo tutta la costa occidentale dell'America meridionale.

Numerose vette superano i 6000 m di altezza e l'Aconcagua, con i suoi 6960 m, al confine tra l'Argentina e il Cile è la montagna più alta di tutto il continente americano.

Molte cime sono in realtà vulcani ancora attivi.

Le Ande sono ricche di minerali come il rame, l'argento e l'oro.

Andersen, Hans Christian

Scrittore danese (1805-1875). Rimasto orfano, visitò l'Europa (anche l'Italia). I suoi studi furono discontinui e nel 1830 cominciò a scrivere romanzi, poesie ma soprattutto fiabe. Alcune delle sue fiabe, come *La sirenetta*, *Il brutto anatroccolo* e *La piccola fiammiferaia*, ancora oggi sono famose in tutto il mondo.

ANDORRA
Forma di governo: coprincipato parlamentare
Capitale: Andorra la Vella
Superficie: 468 km²
Popolazione: 84 082 ab.
Lingua: catalano
Moneta: euro

Andorra

Il Principato di Andorra è un minuscolo stato montuoso situato tra Francia e Spagna. Capi di stato congiunti sono il presidente francese e il vescovo di Urgel in Spagna. La capitale sorge a 1 000 m di altitudine ed è un centro turistico e bancario, essendo Andorra un "paradiso fiscale", cioè un paese in cui non si pagano le tasse.

anfibi e rettili, *vedi* p. 31

ANGOLA
Forma di governo: repubblica presidenziale
Capitale: Luanda
Superficie: 1 246 700 km²
Popolazione: 18 497 600 ab.
Lingua: portoghese
Moneta: kwanza

Angola

La Repubblica dell'Angola è un grande stato dell'Africa sudoccidentale situato sulla costa dell'oceano Atlantico.

Possiede preziosi giacimenti di diamanti.

Il Portogallo rivendicò il dominio sull'Angola nel 1482. Nel 1960 gli angolani si ribellarono ai portoghesi e iniziò una rivolta che si concluse nel 1975, con la concessione all'Angola della piena indipendenza da parte del Portogallo. Ebbe così inizio una violenta guerra tra fazioni angolane rivali, alcune aiutate da eserciti stranieri. La guerra civile è terminata nel 2002, quando il governo e i ribelli hanno firmato un cessate il fuoco. Nel 2008, si sono tenute le prime elezioni dopo 16 anni, vinte dal partito marxista.

angolo

Un angolo è formato da due rette che si incontrano. Le dimensioni degli angoli sono misurate in gradi sessagesimali (°). Un angolo *retto* misura 90° ed è quello che si osserva nei quadrati. Un angolo *acuto* misura meno di 90° e un angolo *ottuso* tra i 90 e i 180°. L'angolo *piatto* è di 180° e l'angolo *giro* di 360.

anguilla

Le anguille sono pesci dal corpo lungo e sottile ricoperto da minuscole squame e dotato di una lunga pinna dorsale. Le due specie più famose sono l'anguilla d'acqua dolce europea e quella americana, il cui ciclo di vita è senz'altro singolare. Quando è il momento della riproduzione, le anguille adulte lasciano i fiumi, i ruscelli e le paludi in cui vivono e nuotano per migliaia di chilometri fino all'oceano Atlantico, dove, dopo essersi riprodotte (ossia, dopo aver deposto le uova e averle fecondate), muoiono.

Quando le uova si schiudono, le minuscole anguille giovani hanno il capo trasparente e non assomigliano affatto ai loro genitori. Questi piccoli trovano la via di ritorno alle loro località originarie in America settentrionale e in Europa.

Le giovani anguille crescono nell'acqua dolce dove completano il loro sviluppo finché non sono pronte per affrontare nuovamente il lungo viaggio attraverso l'Atlantico. Questi spostamenti delle anguille sono un esempio di migrazione.

animali

Un animale è qualsiasi essere vivente che non appartenga al gruppo delle piante. Non si sa con esattezza quanti tipi diversi di animali vivano sulla Terra e nuove specie vengono scoperte ogni anno. La principale differenza tra gli animali e le piante è il modo di procurarsi il cibo. Gli animali mangiano piante o altri animali, mentre le piante estraggono il loro nutrimento da sostanze che assorbono attraverso le radici o le foglie.

Gli animali, inoltre, diversamente dalle piante, possono spostarsi da un luogo all'altro.

continua a p. 30

AMERICA MERIDIONALE

L'America meridionale si estende dalla Colombia, a nord, fino alla punta estrema del Cile, a sud. Vi si trovano la più lunga catena montuosa e la più grande foresta pluviale del mondo.

▷ *Esperti mandriani chiamati gauchos accudiscono il bestiame sulle sconfinate praterie argentine.*

MONTAGNE E FORESTA PLUVIALE

L'America meridionale è caratterizzata da una straordinaria varietà di paesaggi. La catena montuosa delle Ande, o cordigliera, scorre lungo la costa del Pacifico per 7 500 km e comprende la vetta più alta di tutto il continente americano, il monte Aconcagua, in Argentina, 6959 m al di sopra del livello del mare. Dalle altitudini delle Ande sgorga il Rio delle Amazzoni, uno dei fiumi più lunghi del mondo, che attraversa il continente per 6280 km per gettarsi infine nell'Oceano Atlantico in Brasile. Il bacino del Rio delle Amazzoni è un'area enorme occupata da una lussureggiante foresta pluviale tropicale in cui vivono innumerevoli varietà di piante e animali. Purtroppo questo importante habitat naturale si riduce di dimensioni di giorno in giorno a causa dell'abbattimento delle foreste operato dall'uomo.

PRATERIE E DESERTI FREDDI

Gran parte della zona orientale dell'America meridionale è occupata da una giungla lussureggiante, mentre più a sud vi sono immense regioni su cui si estendono praterie senza fine. Nelle praterie dell'Argentina e del Venezuela vi sono enormi allevamenti di bestiame e fertili terreni coltivabili. In America meridionale si trovano anche deserti freddi: il deserto Atacama nel nord del Cile è una delle località più brulle della Terra, mentre all'estremità meridionale del continente si trova il deserto della Patagonia, tra l'Argentina e il Cile, una regione desolata e inospitale.

△ *La pesca delle acciughe lungo le coste dell'oceano Pacifico. Anche sardine e tonni vengono lavorati e confezionati per essere esportati in tutto il mondo.*

LE POPOLAZIONI ATTRAVERSO I SECOLI

I primi abitanti dell'America meridionale furono i cosiddetti *amerindi*. Vi sono prove della loro migrazione dall'Asia, attraverso lo stretto di Bering, lungo l'America settentrionale fino ad arrivare in America meridionale nel 9000 a.C. circa. Queste popolazioni indigene diedero vita ad alcune delle più straordinarie civiltà del mondo, tra cui quelle degli aztechi e degli inca, che furono annientate dagli invasori europei nel XVI secolo.

△ La Boca, *con le sue case colorate, è il quartiere degli artisti di Buenos Aires, in Argentina. Nel XIX secolo in questo quartiere si stabilirono principalmente italiani provenienti da Genova.*

CONQUISTE E SACCHEGGI

Sul finire del XVI secolo, gli europei avevano già conquistato gran parte dell'America meridionale, attirati dall'oro e dagli altri minerali preziosi di cui quelle regioni abbondano. Avventurieri europei saccheggiarono gran parte delle ricchezze del continente e trasmisero numerose malattie europee agli indigeni, molti dei quali morirono dopo avere avuto contatti con gli invasori.

LE POPOLAZIONI ODIERNE

L'America meridionale comprende tredici stati indipendenti. Il più grande, il Brasile, occupa la metà del territorio, compresa gran parte del bacino amazzonico. Le popolazioni sudamericane parlano per lo più spagnolo, in conseguenza del loro passato di colonie della Spagna. In Brasile, invece, la lingua nazionale è il portoghese (la lingua dei suoi conquistatori), e in Guyana si parla inglese. Negli stati andini, come la Bolivia e il Perù, gli indigeni rappresentano ancora una grande percentuale della popolazione. La popolazione argentina è per lo più bianca di origine europea, mentre in Brasile vivono molti discendenti degli schiavi africani.

RISORSE NATURALI

L'America meridionale possiede una grande varietà di risorse naturali. Le Ande sono ricche di minerali: argento in Perù, stagno in Bolivia e rame in Cile. Il Venezuela è ricco di giacimenti petroliferi. Il Brasile produce un terzo del caffè del mondo, mentre le praterie dell'Argentina, dell'Uruguay e del Paraguay danno sostentamento a bovini e ovini, che forniscono carne a tutte le popolazioni dell'area. Dalle piante delle foreste pluviali vengono estratte molte sostanze medicinali importanti.

CULTURA E SPORT

L'America meridionale ospita alcune delle più vivaci e straordinarie popolazioni e culture. Molta attenzione è dedicata al gioco del calcio, infatti due delle maggiori squadre nazionali del mondo, il Brasile e l'Argentina, sono sudamericane. Uno dei più grandi calciatori di tutti i tempi, *Pelé*, giocava nel Brasile.

Il Brasile è inoltre la sede del più grande carnevale del mondo, che si svolge ogni anno a Rio de Janeiro. In questo periodo, solitamente febbraio o marzo, milioni di persone affollano le strade per festeggiare e assistere alle incredibili sfilate che si snodano per la città: è sicuramente la festa più grande e spettacolare del mondo.

◁ *Molte popolazioni indigene delle zone più remote vivono ancora in modo primitivo. Questo ragazzo di una tribù amazzonica caccia lanciando una freccia avvelenata con una lunga cerbottana.*

△ *Un'imponente statua di Gesù Cristo domina la baia di Rio de Janeiro, in Brasile.*

AMERICA MERIDIONALE
Superficie: 17 817 087 km²
Monte più alto: Aconcagua, 6959 m
Massima depressione: Salinas Chicas, Argentina, 42 m al di sotto del livello del mare
Lago più grande: Maracaibo, 14 243 km²
Fiume più lungo: Rio delle Amazzoni, 6280 km
Deserto più vasto: Atacama
Stato più grande: Brasile
Stato più piccolo: Trinidad e Tobago
Città più popolata: São Paulo, Brasile, 19 226 426 milioni di ab.
Popolazione totale: 388 524 773 ab.

VEDI ANCHE
Ande; Argentina; aztechi; Bolivia; Brasile; Cile; cowboy; Ecuador; equatore; foresta pluviale; inca; Paraguay; Perú; pesca; Rio delle Amazzoni; sport; Uruguay; Venezuela

AMERICA SETTENTRIONALE

△ *I cowboy accudiscono il bestiame nei ranch del Texas, USA.*

L'America settentrionale si estende dal mar Glaciale Artico (a nord) al Messico (a sud). Comprende i paesi dell'area delle Antille e il Messico, gli Stati Uniti d'America e il Canada. Solitamente è considerata insieme all'America centrale.

AMERICA SETTENTRIONALE
Superficie: 24 236 868 km^2
Monte più alto: McKinley, Alaska, USA, 6 194 m
Massima depressione: Valle della Morte, California, USA, 86 m al di sotto del livello del mare
Lago più grande: lago Superiore, 84 131 km^2
Fiume più lungo: Mississippi-Missouri, 5 620 km
Deserto più grande: Chihuahua, 363 000 km^2
Stato più grande: Canada
Stato più piccolo: Saint Kitts e Nevis
Città più popolata: Città del Messico, 19 231 829 ab.
Popolazione totale: 532 424 403 ab.

PAESAGGIO

L'America settentrionale presenta una grande varietà di paesaggi. Il suo clima varia dalla fredda e rigida tundra del nord ai caldi e aridi deserti e alle foreste pluviali del sud. Le Montagne Rocciose a ovest e i monti Appalachi a est sono due delle più importanti catene montuose del continente nordamericano. Al centro si estende una vasta pianura solcata da due dei più lunghi fiumi dell'America settentrionale, il Missouri e il Mississippi. In Alaska e nel Canada settentrionale quasi non crescono alberi, a causa del clima inclemente, mentre nel resto del Canada e nel nord degli Stati Uniti si estendono enormi foreste di sempreverdi che forniscono legname da costruzione. Due sono le meraviglie della natura dell'America settentrionale: le cascate del Niagara e il Grand Canyon.

POPOLAZIONI DELL'AMERICA SETTENTRIONALE

L'America settentrionale è un crogiolo di popoli e culture diverse. Per migliaia di anni, prima dell'arrivo dei primi esploratori nel XV secolo, fu abitata da popolazioni indigene, come gli inuit nel Canada settentrionale e le tribù di nativi americani nel resto del continente. Agli esploratori succedettero gli immigrati europei alla ricerca di nuovi insediamenti possibili. Gran parte delle terre furono così sottratte dai coloni europei alle popolazioni native, che dovettero subire le conseguenze di aspre guerre e dell'esposizione a nuove malattie. Oggi il continente è per lo più abitato dai discendenti degli immigrati.

△ *La* Borsa di New York a Wall Street *è uno dei principali mercati azionistici del mondo, nonché il centro finanziario dell'America settentrionale.*

Nel XVII secolo i coloni europei iniziarono a impiantare grandi piantagioni nel continente. Poiché necessitavano di molta manodopera per coltivare il tabacco e il cotone, decisero di importare schiavi dall'Africa. Per oltre 300 anni più di un milione di schiavi attraversarono l'oceano Atlantico. Il problema dello schiavismo fu aspramente discusso dagli stati del nord e del sud e provocò una guerra civile che lacerò gli Stati Uniti d'America dal 1861 al 1865. La schiavitù fu abolita dopo la guerra, ma molti afroamericani continuarono a vivere in uno stato di estrema povertà, senza godere degli stessi diritti dei bianchi. Negli anni 60 del secolo scorso molti attivisti nel campo dei diritti civili protestarono contro la discriminazione e si batterono per la parità dei diritti fra tutti i gruppi etnici. Oggi gli afroamericani rappresentano il 12 per cento della popolazione dell'America settentrionale.

La maggior parte della popolazione del continente vive sulla costa a est degli Stati Uniti, ma è Città del Messico la città più popolosa del continente nordamericano. Le lingue principali sono l'inglese, lo spagnolo e il francese, parlato in alcune zone del Canada.

INDUSTRIA

Metà della produzione industriale del mondo è realizzata in America settentrionale, grazie alle enormi risorse naturali di cui il continente dispone, come per esempio il legname. I nordamericani sono inoltre responsabili di molti progressi tecnologici degli ultimi decenni e hanno sviluppato industrie, come quella dei computer, che hanno posto il continente all'avanguardia della produzione industriale mondiale. Le industrie sono per lo più situate in Canada e negli Stati Uniti, che di conseguenza sono paesi estremamente ricchi e potenti. A confronto, la maggior parte dei paesi dell'America centrale e delle Antille sono invece estremamente poveri. Molti di questi piccoli stati non possiedono infatti le stesse risorse naturali degli Stati Uniti e del Canada e le loro economie sono quindi più deboli.

VEDI ANCHE
America centrale; Antille; Canada; immigrazione; inuit; Messico; nativi americani; Niagara, cascate; schiavitù; Stati Uniti d'America; tabacco; tundra

▽ *La lince vive nella tundra canadese, dove dà la caccia a uccelli e piccoli mammiferi.*

MAR GLACIALE ARTICO
Mare dei Čukči
Stretto di Bering
Mare di Groenlandia
Mare di Beaufort
ALASKA
Baia di Baffin
Stretto di Davis
Capo di Farewell
Golfo di Alaska
Grande Lago degli Orsi
Grande Lago degli Schiavi
CANADA
Mare del Labrador
Lago Athabasca
Baia di Hudson
Labrador
Lago delle Renne
MONTAGNE ROCCIOSE
Montagne Costiere
Altopiano Laurenziano
Lago Winnipeg
Lago Winnipegosis
Lago Manitoba
OCEANO PACIFICO
WASHINGTON
MONTANA
NORTH DAKOTA
MINNESOTA
Lago Superiore
MAINE
Ottawa
OREGON
IDAHO
SOUTH DAKOTA
WISCONSIN
Lago Huron
VERMONT
NEW HAMP.
WYOMING
Lago Michigan
Lago Ontario
MASS.
Catena Costiera
Grande Lago Salato
STATI UNITI D'AMERICA
Grandi Pianure
MICHIGAN
NEW YORK
RHODE I.
CONNECTICUT
Gran Bacino
IOWA
Lago Erie
NEVADA
NEBRASKA
PENNSYLVANIA
NEW JERSEY
CALIFORNIA
UTAH
INDIANA
OHIO
DELAWARE
ILLINOIS
WEST VIRGINIA
Washington DC
OCEANO ATLANTICO
COLORADO
KANSAS
MISSOURI
VIRGINIA
MARYLAND
Altopiano del Colorado
KENTUCKY
Appalachi
NORTH CAROLINA
ARIZONA
NEW MEXICO
OKLAHOMA
ARKANSAS
TENNESSEE
SOUTH CAROLINA
ALABAMA
GEORGIA
TEXAS
MISSISSIPPI
LOUISIANA
FLORIDA
Baia Sebastián Vizcaíno
Penisola di California
Golfo di California
Sierra Madre
Golfo del Messico
Nassau
BAHAMAS
MESSICO
Havana
CUBA
REPUBBLICA DOMINICANA
HAITI
ST KITTS E NEVIS
Port-au-Prince
Santo Domingo
DOMINICA
Città del Messico
Penisola dello Yucatán
Kingston
GIAMAICA
ST LUCIA
ST VINCENT E GRENADINE
GRENADA
Belmopan
BELIZE
Mar dei Caraibi
ARUBA
NETHERLAND ANTILLES
GUATEMALA
HONDURAS
Città del Guatemala
Tegucigalpa
San Salvador
NICARAGUA
Managua
Lago Nicaragua
San José
COSTA RICA
Panamá
PANAMÁ

I *predatori* sono **animali** che catturano e mangiano altri animali, chiamati *prede*. La principale preda del ghepardo è l'antilope.

continua da p. 25

Alcuni animali, come la microscopica ameba, si riproducono semplicemente dividendosi in due, ma in genere la femmina produce uova che vengono fecondate dal maschio.

Gli animali dotati di spina dorsale sono chiamati *vertebrati*. Essi comprendono uccelli, mammiferi, pesci, anfibi e rettili. Gli *invertebrati* sono animali privi di spina dorsale: insetti, meduse, molluschi, vermi, ragni e lumache ne sono tutti esempi. Essendo privi di ossatura interna, alcuni sono muniti di un guscio protettivo.

animali preistorici,

vedi **pp. 32-33**

Annibale

Generale cartaginese (247-183 a.C.). Combatté numerose guerre contro l'Impero Romano per mantenere il controllo delle preziose vie di commercio che attraversavano Cartagine, situata sulla costa dell'Africa settentrionale e capitale dell'impero cartaginese, uno dei più potenti del Mediterraneo nei tempi antichi. Grazie alle sue brillanti strategie militari, Annibale fu in grado di sconfiggere eserciti molto più grandi di quello cartaginese. Tuttavia, pur vincendo numerose battaglie importanti, non riuscì mai ad annientare i romani.

▽ Nel 218 a.C., **Annibale** condusse il proprio esercito dalla Spagna fino in Italia attraverso le Alpi. Oltre a 40 000 soldati, portò con sé 37 elefanti, con i quali intendeva spaventare le truppe nemiche dell'Impero Romano.

anno

Un anno è il periodo di tempo in cui la Terra compie un'orbita (ossia un giro completo) attorno al Sole.

Questo viaggio dura 365 giorni e sei ore (*vedi* **giorno e notte**). L'anno del nostro calendario dura soltanto 365 giorni, quindi ogni quattro anni le sei ore rimanenti vengono sommate insieme, formando un giorno supplementare.

Questi anni più lunghi, di 366 giorni, si chiamano *bisestili*.

continua a p. 34

I serpenti sono cacciatori. Il boa smeraldino dell'America meridionale avvolge la coda attorno a un ramo e attende, perfettamente immobile. Quando un uccello o un piccolo mammifero si avvicinano sufficientemente, attacca la preda!

△ *La maggior parte degli anfibi depone le uova nell'acqua, in uno strato gelatinoso di protezione. Quando le uova si schiudono, escono le larve, che nel caso di rane e rospi sono chiamate* girini. *Le larve possono respirare sott'acqua, proprio come i pesci. In due o tre mesi le larve si trasformano gradualmente in adulti e sono in grado di lasciare l'acqua.*

ANFIBI e RETTILI

Gli anfibi e i rettili sono due gruppi di animali straordinariamente vari. Gli anfibi hanno la pelle morbida e umida, mentre i rettili sono coperti di squame dure.

IL MONDO DEGLI ANFIBI

Gli anfibi comprendono rane, rospi, salamandre e tritoni. Sono animali che possono vivere sia in acqua che sulla terraferma, ma molti di essi nascono e trascorrono le prime fasi di vita nell'acqua. I luoghi in cui è più facile trovare gli anfibi sono stagni, ruscelli, fossati, paludi e foreste umide. Gli anfibi assorbono l'acqua e l'ossigeno dall'aria direttamente attraverso la pelle, che deve quindi rimanere sempre umida.

Tutti gli anfibi sono predatori. Cacciano una grande varietà di insetti e altri piccoli animali, solitamente nascondendosi per compiere un improvviso scatto e agguantare le loro vittime di sorpresa.

IL MONDO DEI RETTILI

I primi rettili comparvero sulla Terra circa 360 milioni di anni fa. Un gruppo di rettili, i dinosauri, furono le più spettacolari creature che abbiano mai abitato questo pianeta. Oggi i rettili comprendono lucertole, serpenti, alligatori, coccodrilli, tartarughe e testuggini. La maggior parte dei rettili vive sulla terraferma o nei fiumi e nelle paludi, ma vi sono alcune tartarughe e serpenti che vivono nell'acqua. Molti serpenti hanno il morso velenoso e se ne servono per uccidere le prede. Le tartarughe e le testuggini sono dotate di un guscio durissimo, detto *carapace*, che serve da protezione.

△ *Quando i piccoli degli alligatori escono dal guscio sono versioni in miniatura dei loro genitori.*

COMPENSAZIONE

Gli anfibi e i rettili sono *animali a sangue freddo.* Questo significa che la loro temperatura corporea aumenta e diminuisce a seconda che l'aria o l'acqua circostanti si riscaldino o si raffreddino. Quando fa freddo, devono restare esposti al Sole per riscaldarsi, ma se fa molto caldo devono ripararsi dai raggi del Sole.

La maggior parte degli anfibi e dei rettili vive nelle regioni più calde del mondo. Quelli che abitano le regioni più fredde trascorrono l'inverno in una specie di sonno profondo chiamato *letargo.*

◁ *La rana volante della Malesia è dotata di speciali membrane tra le dita delle zampe che fungono da minuscole "ali": in questo modo può volare in planata da un albero all'altro.*

VEDI ANCHE
alligatori e coccodrilli; letargo; lucertola; rane e rospi; salamandre e tritoni; tartarughe e testuggini

▷ *Il clamidosauro solleva il collare e spalanca la bocca per spaventare gli eventuali aggressori.*

◁ *L'*Ornithocheirus *era uno pterosauro che viveva lungo le coste, caratterizzato da un'apertura alare di 12 m: quasi cinque volte quella del più grande uccello oggi vivente. Alle sue spalle, lo Pterosauro* Tapejara *e altri uccelli primitivi si affollano sulla scogliera.*

▽ *Il* Meganeura, *uno dei primi insetti volanti, aveva un'apertura alare che poteva raggiungere i 70 cm. Viveva nelle foreste calde nello stesso periodo dei primi rettili, circa 300 milioni di anni fa.*

ANIMALI PREISTORICI

Fossili (resti conservati) di molti animali sono stati scoperti in tutto il mondo: alcuni risalgono a centinaia di milioni di anni fa.

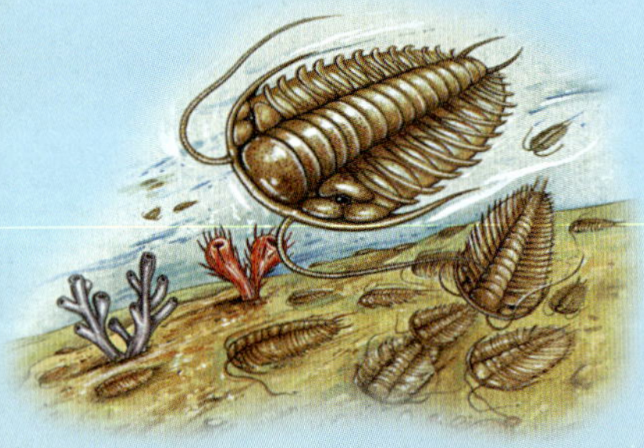

△ *Le trilobiti furono tra i primi animali a sviluppare un involucro protettivo rigido.*

PRIMI SEGNI DI VITA

I primi animali comparvero nei mari e negli oceani circa 3500 milioni di anni fa. Per la maggior parte si trattava di organismi unicellulari che si lasciavano trasportare dall'acqua. Circa 550 milioni di anni fa si evolvettero i primi animali complessi: *invertebrati* (animali privi di colonna vertebrale) dal corpo molle come le meduse e i vermi.

ANIMALI CORAZZATI

Alcune creature marine dal corpo morbido, come crostacei, coralli e ammoniti, svilupparono involucri o arti rigidi muniti di articolazioni. Per un certo periodo, tra 570 e 245 milioni di anni fa, le trilobiti munite di involucro furono gli animali marini più comuni sul pianeta. Le parti dure del loro corpo si sono spesso conservate come fossili.

△ *Il dimetrodonte era un feroce rettile carnivoro vissuto circa 275 milioni di anni fa.*

I PRIMI PESCI

I primi pesci comparvero circa 500 milioni di anni fa: furono i primi *vertebrati*, ossia animali dotati di spina dorsale. Inizialmente erano privi di mandibole e con la loro bocca a ventosa potevano ingerire cibo soltanto in frammenti piccolissimi. In seguito alcuni pesci svilupparono una corazza ossea e robuste mandibole mobili dotate di denti aguzzi. Questi adattamenti consentirono ai pesci di subentrare, come dominatori degli oceani, ai giganteschi scorpioni acquatici della lunghezza di 2 m.

DALL'ACQUA ALLA TERRAFERMA

Circa 380 milioni di anni fa, alcuni pesci iniziarono a strisciare sulla terraferma alla ricerca di nuove fonti di cibo. Possedevano polmoni primitivi e pinne muscolari sufficientemente robuste da consentire loro di muoversi fuori dall'acqua. Inizialmente questi pesci avventurosi potevano probabilmente resistere fuori dall'acqua soltanto qualche ora, ma gradualmente si trasformarono nei primi *anfibi*, ossia animali in grado di vivere sia nell'acqua che sulla terraferma. È possibile che avessero l'aspetto di grandi tritoni o salamandre.

I PRIMI RETTILI
I rettili si evolvettero dagli anfibi. Avevano la pelle più spessa e deponevano uova con gusci robusti e ciò consentiva loro di vivere lontano dall'acqua. Alcuni rettili, chiamati *pterosauri*, svilupparono membrane simili ad ali e impararono a volare. Altri, come gli ittiosauri, tornarono nel mare. Nei periodi Triassico, Giurassico e Cretaceo, tra i 230 e i 65 milioni di anni fa, i rettili terrestri dominanti furono i dinosauri.

△ *L'*Archaeopteryx *aveva le dimensioni di una gazza. Aveva le penne come gli uccelli ma anche i denti e la lunga coda ossea tipici di molti rettili.*

INSETTI E UCCELLI
Gli insetti furono i primi animali a levarsi nell'aria, circa 300 milioni di anni fa, molto prima degli pterosauri. Il più grande insetto volante fu il *Meganeura*, simile a una gigantesca libellula. Si pensa che il primo uccello, l'*Archaeopteryx*, si sia evoluto da un dinosauro circa 150 milioni di anni fa.

PICCOLI MAMMIFERI
I primi mammiferi si evolvettero dai rettili circa 230 milioni di anni fa. Nell'era dei dinosauri rimasero piccoli e simili a ratti, nutrendosi di vermi, insetti e uova di dinosauro. Quando i dinosauri si estinsero, alcuni mammiferi iniziarono ad aumentare di dimensioni e ad assumere forme diverse e in breve tempo divennero i dominatori del pianeta.

IL MONDO DEI MAMMIFERI
I mammiferi preistorici avevano le forme e le dimensioni più svariate. Uno dei primi cavalli, l'*Hyracotherium*, era alto soltanto 20 cm al garrese. Alcuni grandi mammiferi, i brontoteridi, erano dotati di un massiccio corno doppio sul muso. Il *Baluciterio* fu probabilmente il più grande mammifero che abitò la Terra: era un rinoceronte gigantesco con il corpo da giraffa la cui testa distava 8 m da terra.

FELINI DAI DENTI A SCIABOLA
I felini dai denti a sciabola erano diffusi in diverse parti del mondo. I loro lunghi canini raggiungevano la lunghezza di 15 cm: l'ideale per penetrare nella spessa pelle dei grandi mammiferi erbivori. Gli ultimi felini dai denti a sciabola si estinsero qualche decina di migliaia di anni fa.

VEDI ANCHE
anfibi e rettili; cavallo; denti; dinosauri; elefante; evoluzione; foresta; gatti e felini; insetti; mammiferi; pesci; uccelli

ELEFANTI PREISTORICI
Gli elefanti furono i mammiferi preistorici più comuni e vari. Elefanti delle dimensioni di un maiale vivevano nelle regioni mediterranee, mentre i pelosi mammut europei e asiatici e i mastodonti americani raggiungevano l'altezza di 3 m. I mammut e i mastodonti si adattarono al terribile freddo delle glaciazioni sviluppando un mantello di lunga e spessa pelliccia. Questi animali furono le ultime specie preistoriche a estinguersi, circa 10 000 anni fa, probabilmente decimati dai primi esseri umani dediti alla caccia.

▷ *Il* Megatherium, *una sorta di bradipo di 5 m di altezza, si estinse 11 000 anni fa.*

▽ *Questa ricostruzione di un ambiente tipico dell'America meridionale di un milione di anni fa dimostra come i mammiferi si diversificarono dopo la scomparsa dei dinosauri. Il* Toxodon, *per esempio, era un erbivoro con la pelle spessa, più o meno delle stesse dimensioni di un rinoceronte.*

▽ *Il* Glyptodon *era un mammifero corazzato dai movimenti molto lenti, probabilmente preda dei felini dai denti a sciabola.*

continua da p. 30

I primi a misurare la lunghezza di un anno furono gli egizi. Notarono infatti che il Nilo fuoriusciva sempre dagli argini quando Sirio, la stella più luminosa del cielo, sorgeva appena prima del tramonto del Sole. Così decisero di contare i giorni che trascorrevano tra un'inondazione e l'altra: erano 365, ossia un anno.

Antartide, *vedi* p. 45

antibiotici

Gli antibiotici sono sostanze prodotte da organismi viventi e sono velenose per i batteri. Queste sostanze, in grado di uccidere i batteri senza nuocere all'organismo che li assume, cominciarono a essere scoperte dagli scienziati all'inizio del XX secolo.
Il più importante di questi antibiotici fu la *penicillina*, una sostanza prodotta da una muffa. La penicillina fu un "rimedio miracoloso" che salvò numerosissime vite. Era soprattutto utile contro la *polmonite*, una malattia che provoca l'infiammazione dei polmoni. Gli scienziati hanno scoperto molti altri antibiotici utili che possono combattere malattie come la tubercolosi, il tifo e la pertosse.
Gli antibiotici non funzionano però contro i *virus*, gli organismi che provocano il raffreddore, l'influenza, la parotite, il morbillo, l'AIDS e altre malattie.

antifascismo

Opposizione politica al fascismo che si manifestò in Parlamento e sulla stampa tra il 1922 e il 1924 e fu costretta poi, dopo l'assassinio di Matteotti e il consolidamento della dittatura, alla clandestinità.
Dopo l'ingresso dell'Italia nella Seconda guerra mondiale le organizzazioni antifasciste si rafforzarono e in seguito guidarono la **Resistenza**.

Antille

Per Antille, o Caraibi, si intende una regione situata a est dell'America centrale, tra l'America settentrionale e quella meridionale, comprendente decine di isole che formano una specie di catena lunga circa 3200 km. Le maggiori isole sono Cuba, Giamaica, Puerto Rico e Hispaniola (divisa in due stati: Haiti e Repubblica Dominicana). Tra le isole più piccole vi sono le Barbados, Grenada e le Isole Vergini. Le Antille sono anche chiamate Indie Occidentali perché quando Cristoforo Colombo le vide per la prima volta, nel 1492, pensò erroneamente di trovarsi nei pressi dell'India. Dopo Colombo, molti europei arrivarono a colonizzare la regione e le popolazioni antillane di oggi rispecchiano questo misto di culture: parlano spagnolo, francese o inglese, spesso con accenti e variazioni locali.

Il turismo è sicuramente la principale industria delle Antille. Infatti i turisti vi si recano in massa per le straordinarie spiagge sabbiose e il tiepido mare. Le maggiori coltivazioni sono rappresentate da canna da zucchero, banane e caffè.

È carnevale!
Ogni anno, in primavera, gli abitanti delle **Antille** festeggiano il carnevale, un incredibile caleidoscopio di colori, costumi e sfilate ma soprattutto un fiume di persone che si riversa nelle strade per ballare tutta la notte. Il Carnevale delle Antille è una delle maggiori manifestazioni carnevalesche del mondo: migliaia di persone ogni anno partecipano a questa celebrazione in nome della gioia e del divertimento.

antilope

Le antilopi sono erbivori dotati di corna e zoccoli. Assomigliano ai cervi, ma sono in effetti della stessa famiglia delle capre.

▷ I partecipanti al Carnevale delle **Antille** indossano costumi spettacolari. Bidoni vuoti di petrolio vengono trasformati in tamburi chiamati *steel drum*.

△ All'interno di un alveare vi sono centinaia di piccole celle di cera in cui l'**ape** regina depone le uova. Dalle uova nascono larve che vengono nutrite dalle api operaie. Le api operaie raccolgono il nettare e il polline dai fiori e lo portano all'alveare, dove viene trasformato in miele e usato come nutrimento per le larve.

Ape regina

La maggior parte delle antilopi vive nelle grandi pianure africane, le *savane*.

Sono veloci corridori e spesso vivono in grandi branchi che fuggono immediatamente al primo segno di pericolo. I loro principali nemici sono leoni, ghepardi e iene. Alcune delle più note varietà di antilopi sono l'impala, il taurotrago, l'antilope d'acqua, lo gnu, la gazzella e il minuscolo dik dik, poco più grande di un coniglio.

Antonello da Messina

Pittore (ca. 1430-1479). Fu influenzato dall'arte fiamminga e dalla prospettiva di Piero della Francesca. Giorgio Vasari gli attribuisce l'introduzione in Italia della tecnica della pittura a olio.

È autore di ritratti di grande intuizione psicologica, che si richiamano allo schema fiammingo del ritratto di tre quarti su sfondo scuro (come l'*Autoritratto*.) Viene ricordato anche per la *Crocifissione*, *S. Sebastiano* e la *Pala di S. Cassiano*.

apartheid

Il termine "*apartheid*" veniva usato dai governanti bianchi della Repubblica Sudafricana per descrivere la loro politica di segregazione della popolazione di colore da quella bianca: "*apartheid*" significa infatti "separazione" in lingua afrikaans.

Nel 1948 il governo sudafricano bianco iniziò ad approvare leggi che facevano dell'*apartheid* la politica ufficiale del governo.

Dure leggi mantenevano la popolazione bianca e quella di colore rigidamente separate e garantivano ai bianchi un tenore di vita migliore rispetto alla popolazione nera.

Nel 1991 il governo sudafricano abrogò le principali leggi dell'*apartheid*.

Nel 1994 le prime elezioni libere organizzate nella Repubblica Sudafricana portarono al governo l'African National Congress e **Nelson Mandela** alla carica di presidente.

ape

Esistono diversi tipi di api, ma le più note sono le *api mellifere*, ossia le api produttrici di miele. Queste api vivono in alveari, colonie composte da circa 50000 api operaie. Ogni alveare viene fondato da un'*ape regina*, più grande, che si accoppia con i maschi, privi di pungiglione e chiamati *fuchi*. In ogni alveare vivono diverse centinaia di fuchi, il cui solo scopo nella vita è accoppiarsi con l'ape regina, dopo di che muoiono.

Le *api operaie* sono tutte femmine sterili, ossia non in grado di riprodursi. La vita di un'ape operaia è molto breve, in genere dura soltanto quattro settimane, quindi l'ape regina deve deporre molte uova per garantire api a sufficienza per l'alveare. Di quando in quando, nasce una nuova regina: in tal caso una delle due abbandona l'alveare portando con sé uno sciame composto dalla metà circa delle operaie e cerca una nuova casa.

Gli *apicoltori* sono le persone che si prendono cura degli alveari e raccolgono il miele che le api producono, nutrendole con sciroppo di zucchero in sostituzione del miele che asportano dall'alveare.

Esistono altri tipi di api che non vivono in colonie e sono chiamate *api solitarie*.

Appennini

Catena montuosa che si allunga nella penisola italiana per 1200 km dal Colle di Cadibona allo Stretto di Messina; diretta da nordovest a sudest, forma l'ossatura della penisola italiana.

Gli Appennini, il cui limite settentrionale viene fatto convenzionalmente coincidere con il Colle di Cadibona (435 m) a nord di Savona, vengono di solito suddivisi in tre sezioni: settentrionale, centrale e meridionale. L'*Appennino settentrionale*, che si estende fino al solco segnato dalle alte valli dei fiumi Tevere e Metauro (valico di Bocca Serriola), comprende l'Appennino ligure e l'Appennino tosco-emiliano. L'*Appennino centrale*, il cui limite meridionale si fa coincidere con la bocca di Forlì, è formato dall'Appennino umbro-marchigiano (monte Vettore, 2476 m) e dall'Appennino abruzzese.

A sud della bocca di Forlì, l'*Appennino meridionale* si fraziona in rilievi isolati che compongono l'Appennino campano (monte Miletto, 2050 m), l'Appennino lucano (Serra Dolcedorme, 2267 m) e l'Appennino calabro. L'Appennino siculo giunge fino al fiume Torto e comprende i monti Peloritani (1287 m), i monti Nebrodi o Caronie (monte Soro, 1847 m) e le Madonie (Pizzo Carbonara, 1979 m).

aquila

Le aquile sono grandi uccelli predatori. Trascorrono ore e ore librandosi nell'aria o appollaiate su rocce o alberi, scrutando attentamente l'ambiente circostante con la loro vista acutissima. Quando un'aquila individua una preda si avventa su di essa in picchiata e la ghermisce. Afferra la vittima con gli artigli affilati e affonda il robusto becco adunco nella sua carne.

In tutto il mondo, esistono oltre 50 specie di aquile. Si nutrono delle prede più svariate, da piccoli mammiferi a uccelli, pesci, serpenti e lucertole. Le aquile appartengono alla stessa famiglia dei falchi e degli sparvieri.

△ L'**aquila** reale dà la caccia ad animali di medie dimensioni, come i conigli.

Arabia Saudita

L'Arabia Saudita è un vasto stato che occupa gran parte della penisola arabica, nell'Asia sudoccidentale. Deve il suo nome alla dinastia di Ibn Saud, che governa il paese dalla sua fondazione nel 1932.

Nel 1933, lungo le coste del Golfo Persico fu scoperto il petrolio. Oggi si calcola che l'Arabia Saudita disponga di circa un quarto delle riserve petrolifere mondiali.

Il denaro derivante dal petrolio è stato utilizzato per modernizzare il paese.

Durante la guerra del Golfo (1991), l'Arabia Saudita mise a disposizione le proprie basi militari all'esercito di liberazione del Kuwait.

ARABIA SAUDITA
Forma di governo: monarchia assoluta
Capitale: Riyadh
Superficie: 2 149 690 km²
Popolazione: 25 720 600 ab.
Lingua: arabo
Moneta: riyal

araldica

Nel Medioevo un cavaliere in armatura era difficile da riconoscere perché il suo viso era nascosto dall'elmo.

I cavalieri iniziarono quindi ad adottare disegni particolari sulla sopravveste indossata sull'armatura e sugli scudi per farsi riconoscere. Questi disegni divennero *stemmi*, emblemi familiari che nessun altro poteva indossare.

Il termine "araldica" deriva da *araldo*, il funzionario che, nel Medioevo, aveva tra le altre cose il compito di registrare gli stemmi e di assegnarne di nuovi. I diversi colori e simboli utilizzati nell'araldica hanno nomi specifici e spesso sono la base di molte bandiere moderne.

aratro

L'aratro è una macchina agricola dotata di lame che rovesciano le zolle di terreno nei campi coltivati.

È utilizzato per dissotterrare erbacce, stoppie e altre piante rimaste sulla superficie di un terreno per prepararlo per una nuova coltivazione.

arazzo

Gli arazzi sono tessuti con figure o motivi ornamentali usati per decorare le pareti. L'arte degli arazzi è molto antica: gli egizi, infatti, realizzavano arazzi già 1700 anni fa circa.

Gli arazzi sono lavorati intrecciando fili colorati di seta attorno a robusti fili di lino o di lana disposti in fila e fissati a un'intelaiatura.

Il disegno dell'arazzo viene riportato con l'inchiostro sui fili di lino e il tessitore segue questa guida lavorando sulla parte posteriore dell'arazzo.

archeologia

L'archeologia è lo studio della storia attraverso gli oggetti creati e costruiti dall'uomo, come utensili, monete, vasi, case, templi e tombe. Persino un deposito di rifiuti può rivelare informazioni su come vivevano i popoli di un tempo.

Inizialmente i siti archeologici non erano protetti e venivano saccheggiati dei loro tesori, ma a cominciare dal XIX secolo gli archeologi iniziarono a trattare le loro scoperte con più cura, annotando ogni cosa trovata e il relativo luogo di ritrovamento. Si fecero molte scoperte importanti ed entusiasmanti, come il rinvenimento dei resti dell'antica Troia (1871), della prima civiltà greca di Micene (1876) e della tomba del faraone Tutankhamon in Egitto (1922).

Oggi la scienza aiuta gli archeologi nel loro lavoro. La datazione con il carbonio radioattivo può dirci quando è stato realizzato un oggetto particolare, mentre le fotografie agli infrarossi e l'uso dei raggi X possono rivelare disegni al di sotto della superficie rovinata di una ciotola di bronzo. L'archeologia si è persino spinta nelle profondità marine: con le moderne attrezzature subacquee, gli archeologi possono esplorare relitti affondati in mare e altri resti del passato che si credevano perduti.

ARGENTINA
Forma di governo: repubblica federale
Capitale: Buenos Aires
Superficie: 2 780 092 km²
Popolazione: 40 134 425 ab.
Lingua: spagnolo
Moneta: peso argentino

△ Una leggenda dice che ai piedi dell'**arcobaleno** si trova la pentola d'oro, ma nessuno l'ha mai trovata! L'arcobaleno non ha fine: è un cerchio intero, la cui metà inferiore si trova al di sotto dell'orizzonte e non è visibile.

▽ Nel Medioevo, **arazzi** multicolori decoravano le pareti delle case dei nobili.

architettura, *vedi* p. 39

arcobaleno

I meravigliosi colori dell'arcobaleno sono creati dalla luce del Sole che colpisce le goccioline d'acqua sospese nell'aria quando piove o sta per smettere. Il momento migliore per vedere un arcobaleno è subito dopo un temporale, quando le nuvole si aprono e lasciano filtrare i raggi solari.

Possiamo vedere l'arcobaleno soltanto se il Sole è alle nostre spalle e piuttosto basso sull'orizzonte. Quando i raggi colpiscono le goccioline di pioggia, ognuna di esse funziona come un prisma e scompone la luce in uno spettro di colori, dal rosso al violetto.

Più il Sole è basso sull'orizzonte, più l'arcobaleno è alto nel cielo e appare come un arco completo.

Argentina

L'Argentina è il secondo stato più grande dell'America meridionale.

La popolazione è costituita per lo più da agricoltori e allevatori: la ricchezza del paese, infatti, deriva principalmente dalle coltivazioni e dal bestiame.

L'Argentina è uno dei massimi produttori mondiali di carne e lana.

La principale regione agricola è costituita dalla *pampa*, un termine spagnolo che significa "terra piatta".

Antico metallo

In antichità l'**argento** era connesso al culto delle divinità lunari ed era per valore secondo soltanto all'oro.
L'argento estratto allo stato metallico era utilizzato già nel VII millennio. Metallo molto duttile e malleabile, era lavorato a martellatura, fino a divenire una foglia sottilissima, o veniva usato per produrre filo ritorto.
Fu impiegato inoltre per lavori a sbalzo e cesello di gran pregio e valore, come per esempio vasellame, monili e decorazioni varie. La superficie esterna degli oggetti in argento veniva solitamente decorata a freddo con ceselli di varia misura e punzoni che producevano forme e motivi diversi.

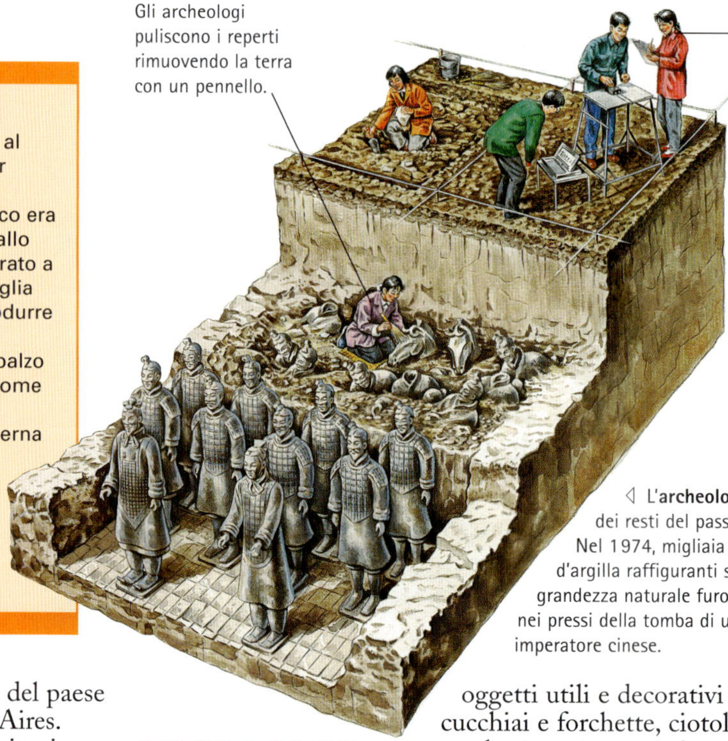

◁ L'**archeologia** è lo studio dei resti del passato. Nel 1974, migliaia di statue d'argilla raffiguranti soldati a grandezza naturale furono rinvenute nei pressi della tomba di un antico imperatore cinese.

La pampa si trova al centro del paese attorno alla capitale, Buenos Aires. Nella pampa, in enormi fattorie, si allevano milioni di capi di bovini e ovini. L'Argentina settentrionale è occupata da foreste tropicali, mentre all'estremo sud, verso la punta dell'America meridionale, si trova la Patagonia, una terra gelida di pianure spazzate dal vento e di alte montagne innevate. Ushuaia è la città più meridionale del Pianeta. A ovest si snoda invece la cordigliera delle Ande.

L'Argentina fu dominata dalla Spagna dal 1535 al 1810. Oggi la maggior parte della popolazione discende dagli europei, ma nel paese vivono ancora circa 20000 indigeni.

argento

L'argento è un metallo prezioso usato dalle popolazioni di tutto il mondo da migliaia di anni. Molti stati possiedono giacimenti di argento, ma il processo di estrazione è molto costoso.

L'argento si piega con facilità e può essere lavorato in molte forme diverse.

Inoltre, come l'oro, può essere appiattito e assottigliato in lamine finissime. È utilizzato per realizzare oggetti utili e decorativi come cucchiai e forchette, ciotole e gioielli e a volte è usato come rivestimento per oggetti ottenuti da metalli meno preziosi come il rame o il nichel, così che essi possano sembrare d'argento.

L'argento è impiegato nell'industria perché è un buon conduttore di elettricità. Alcune sostanze chimiche ottenute dall'argento reagiscono alla luce e sono utilizzate in fotografia.

△ Se viene bagnata, l'**argilla** può essere modellata in vasi dalla forma diversa usando un apposito attrezzo chiamato *tornio*, costituito da una piastra rotonda che ruota.

argilla

L'argilla è una roccia che si è decomposta in seguito a milioni di anni di erosione atmosferica. È composta da minuscole particelle che danno vita a una specie di impasto denso e appiccicoso. Le particelle d'argilla sono così fini e compresse le une contro le altre da formare strati impermeabili. Se nel sottosuolo si trova uno strato di argilla, la pioggia che filtra nel terreno non può superarlo: l'acqua forma così una pozza sotterranea, o bacino, da cui può essere attinta trivellando pozzi.

L'argilla è facile da modellare e, messa in appositi forni, diventa solida. È utilizzata per fabbricare vasi, piastrelle e mattoni.

ARCHITETTURA

L'architettura è l'arte di disegnare edifici e altre strutture. Scopo principale dell'architettura è garantire che le costruzioni siano robuste, belle da vedere e adeguate al loro scopo.

△ *Dal 3000 al 2000 a.C. i sumeri dell'antico Iraq costruirono alti templi a forma di piramidi che chiamavano* ziggurat.

△ *L'imponente cupola di S. Maria del Fiore, a Firenze, è stata progettata nel Rinascimento da Filippo Brunelleschi.*

△ *Il Taj Mahal (1650), in India, è caratterizzato da cupole e minareti (torrette) tipici dell'architettura islamica.*

PRIME OPERE ARCHITETTONICHE

I primi edifici erano strutture semplici fatte di erba o fango essiccati che fornivano un riparo dal Sole, dal vento e dalla pioggia. Più di 5000 anni fa le antiche civiltà della Mesopotamia (l'attuale Iraq) iniziarono a costruire case di una sola stanza con mattoni di argilla cotti al Sole. Man mano che la gente diveniva più abile nel costruire e le tecniche si affinavano, si cominciarono a creare edifici più elaborati. Nel periodo compreso tra il 2600 e il 1000 a.C., gli egizi costruirono gigantesche piramidi come tombe per i loro sovrani defunti. La più grande di queste piramidi è realizzata con oltre due milioni di blocchi di pietra.

L'ARCHITETTURA GRECA E ROMANA

L'architettura occidentale che conosciamo oggi iniziò a prendere forma in Grecia attorno al 600 a.C. Nei 450 anni successivi, gli architetti greci svilupparono uno stile classico che prevedeva l'uso di bellissime colonne in pietra o in marmo. Esempi dell'architettura greca sopravvissuti fino ai giorni nostri comprendono templi, come il Partenone di Atene, e teatri all'aperto.

I romani copiarono lo stile architettonico greco, ma inventarono anche tecniche di costruzione proprie, come gli archi e le cupole. Gli archi potevano sostenere un carico elevato, consentendo agli architetti di progettare edifici più grandi e più robusti. Gli architetti romani costruirono una grande varietà di strutture, soprattutto tra il 100 a.C. e il 300 d.C., tra le quali bagni pubblici, palazzi, ponti e grandiosi edifici scoperti riservati agli spettacoli (il Colosseo.)

STILI IN EVOLUZIONE

Durante il Medioevo gli architetti europei svilupparono nuovi sistemi di costruzione con la pietra ed edificarono ogni genere di struttura, dai castelli alle chiese.

Lo stile gotico fiorì verso la metà del XII secolo e prosperò fino al XV secolo. Molte tra le più belle e antiche cattedrali europee furono costruite in stile gotico con delicati archi a sesto acuto, alti soffitti e vetrate colorate.

Il Rinascimento, che ebbe inizio in Italia verso la fine del XIV secolo, provocò una nuova evoluzione architettonica che modificò anche l'orientamento dell'architettura: invece di concentrarsi principalmente su chiese e altri edifici religiosi, gli architetti iniziarono a occuparsi sempre più spesso della progettazione di case private ed edifici pubblici, come uffici governativi e municipi.

Nel XVI secolo, gli architetti cominciarono a divenire famosi per le loro opere. Da allora, i migliori architetti sono sempre molto ricercati perché capaci di adattare il loro stile alle esigenze dei clienti.

▷ *Negli anni 80 del secolo scorso, nel cortile del museo del Louvre, a Parigi, fu costruita una grande piramide di vetro.*

L'ARCHITETTURA MODERNA

Nell'era moderna, i materiali da costruzione di base sono sempre mattoni e pietre, ma oggi gli architetti possono utilizzare per i loro progetti anche molti materiali nuovi: calcestruzzo e acciaio, vetro e plastica danno oggi una nuova forma al mondo in cui viviamo. Molte altre invenzioni hanno contribuito a rivoluzionare l'architettura, come il riscaldamento centralizzato, la luce elettrica e l'aria condizionata. L'ascensore, inventato nel 1854, consentì agli architetti di progettare edifici molto più elevati. I primi grattacieli con intelaiatura di acciaio furono eretti a Chicago e a New York sul finire del XIX secolo.

Oggi gli architetti lavorano insieme agli ingegneri e ai geometri. Usano computer per calcolare i diversi carichi e le forze che agiscono all'interno dell'edificio da costruire e, se necessario, possono rapidamente modificare il loro progetto. Alcuni edifici moderni hanno forme impressionanti e futuristiche che sarebbe stato impossibile realizzare senza l'uso delle tecnologie moderne.

◁ *Il nuovo Guggenheim Museum di New York fu inaugurato nel 1960.*

VEDI ANCHE

casa; chiesa; cupola; Egitto antico; grattacielo; Grecia antica; moschea; Partenone; piramide

ARTE

Un'opera d'arte è qualsiasi opera creativa che abbia lo scopo di riprodurre immagini ed esprimere sensazioni. L'arte è prodotta dall'uomo in molti modi e in molte forme diverse, tra le quali la pittura, il disegno, la stampa, la scultura, la fotografia e il cinema.

△ *Le pitture rupestri realizzate fino a 30 000 anni fa si trovano in luoghi molto lontani fra loro, in Africa, Cina ed Europa. Questa mandria accudita dall'uomo fu dipinta su una roccia nel Sahara centrale.*

LA STORIA DELL'ARTE

In passato, l'arte aveva solitamente uno scopo pratico. I primi dipinti sulle pareti delle caverne, per esempio, avevano probabilmente un significato religioso o rituale. In Egitto, in Grecia e nella Roma dell'antichità, i governanti e i ricchi usavano l'arte per sfoggiare la loro importanza e il loro potere. Possedevano ceramiche decorate, mosaici e statue che spesso ritraevano dei, dee e scene mitologiche.

In Europa, nel Medioevo, l'arte aveva uno spiccato carattere religioso. Spesso ai nostri occhi i dipinti medievali sembrano un po' "piatti" e innaturali: gli artisti, infatti, non sapevano come fare per dare un aspetto tridimensionale alle immagini che disegnavano. È soltanto alla fine del XIV secolo, in Italia, che gli artisti scoprono la prospettiva. Questo nuovo stile, più realistico, si diffuse in tutta l'Europa nel XV e XVI secolo. In questo periodo, chiamato *Rinascimento*, gli artisti sperimentarono molte altre nuove tecniche.

Nel XVII secolo, gli artisti iniziarono a dedicarsi a soggetti non religiosi e realizzarono ritratti di gente comune, *nature morte* (ossia insiemi di più oggetti) e scene di vita quotidiana. Iniziarono anche ad apporre la loro firma alle opere che producevano, così la gente poté conoscere i loro nomi. Gli artisti medievali, invece, non firmavano mai le loro opere.

△ *L'arte giapponese spesso ritrae scene sensazionali ispirate alla natura. Questa stampa,* Sotto l'onda a Kanagawa, *fu realizzata da Hokusai dal 1831 al 1833.*

◁ *Le tombe degli egizi erano ricoperte di pitture murarie che ritraevano dei, cerimonie religiose e spedizioni di caccia.*

L'invenzione della fotografia, verso la metà del XIX secolo, ebbe un grosso impatto sull'arte. Infatti molti artisti decisero di creare un tipo di arte meno realistica. In Francia, i pittori introdussero l'*Impressionismo*, nel quale utilizzavano audaci pennellate di colore per dare l'impressione dei mutevoli effetti della luce. Da allora, gli stili artistici hanno continuato a evolvere. Alcuni artisti hanno inventato l'*arte astratta*, il cui soggetto non è rappresentato da un oggetto reale ma ha più a che fare con l'idea e la sensazione di tale oggetto. Gli artisti oggi producono un'ampia varietà di opere in molti stili diversi.

◁ *Botticelli, uno dei massimi artisti del Rinascimento italiano, dipinse* La Primavera *nel 1478 circa.*

△ *Gli scultori moderni usano i materiali più disparati per realizzare sculture con forme inusuali.*

Vedi anche
Astrattismo; Botticelli; Impressionismo; Michelangelo; Picasso; pittura; Rinascimento; scultura; Van Gogh

Asburgo

Molti sovrani e imperatori europei del passato appartenevano alla famiglia reale degli Asburgo, il cui nome deriva da un castello svizzero chiamato *Habichtsburg* ("rocca del nibbio"), fatto costruire nel 1020 da un vescovo tedesco, del quale i conti d'Asburgo divennero proprietari.

Nel 1273, il conte Rodolfo d'Asburgo (1218-1291) fu eletto imperatore del Sacro Romano Impero, e nel 1276 conquistò l'Austria.

Anche i successivi imperatori furono per lo più della casata degli Asburgo, e alcuni sposarono anche principesse straniere, aumentando così il potere della dinastia, che annetteva all'impero anche i paesi che le loro consorti ereditavano.

Nel XVI secolo gli Asburgo regnavano su gran parte dell'Europa: dalla Spagna, a ovest, fino all'Ungheria, a est.

Il loro potere andò però declinando nel XVIII secolo in seguito a guerre e rivolte.

Napoleone pose fine al Sacro Romano Impero nel 1806 e la Prima guerra mondiale distrusse definitivamente il gigantesco impero austroungarico degli Asburgo.

Asia, *vedi* pp. 46-47

asino

△ Gli **asini** sono in grado di trasportare carichi molto pesanti rispetto alle loro dimensioni. Hanno la testa grande, lunghe orecchie e una corta criniera.

L'*asino domestico* è il cugino più piccolo e massiccio del cavallo e deriva dall'asino selvatico africano. Si tratta di un animale alquanto utile, in grado di arrampicarsi con sicurezza sulle montagne e di trasportare anche per tempi prolungati carichi pesanti su terreni accidentati.

Gli asini vengono utilizzati come animali da lavoro in Europa meridionale, Asia, Africa settentrionale e America meridionale.

assicurazione

L'assicurazione è un sistema per tutelarsi contro perdite, danni o lesioni.

Chi possiede una polizza assicurativa, ogni anno paga una certa somma di denaro a una compagnia di assicurazioni.

Se l'assicurato perde o danneggia un oggetto che ha assicurato, la compagnia gli fornirà il denaro per sostituirlo o per ripararlo. È possibile assicurare qualsiasi tipo di proprietà, comprese le case e altri edifici.

Spesso le persone stipulano anche un'*assicurazione sanitaria* che paghi le cure mediche speciali in caso di malattia.

assiri

Antica popolazione dell'Asia occidentale il cui centro principale fu l'Assiria. Gli assiri erano una mescolanza di semiti provenienti dal sud (Babilonia e Accadia) con tribù non semite dell'ovest e curdi caucasici.

La loro civiltà, culturalmente dipendente dai sumeri, si formò a nord di Babilonia, negli altipiani dell'alta valle del Tigri, l'attuale regione di Mosul (Iraq), e nel periodo della sua massima espressione si diffuse quasi in tutta la Mesopotamia.

asteroide

Gli asteroidi sono migliaia e migliaia di rocce rimaste nello spazio quando si formarono il Sole e i pianeti.

La maggior parte di essi si trova nell'ampia fascia compresa tra le orbite di Marte e Giove.

Le collisioni con gli asteroidi sono responsabili dei crateri che possiamo osservare sulla Luna e su Mercurio. Di quando in quando, gli asteroidi cadono ancora sulla Terra, ma con i moderni telescopi è possibile individuare quelli che rappresentano una seria minaccia per il nostro pianeta.

ASIA

L'Asia è il più grande continente del mondo e rappresenta un terzo della terraferma del nostro pianeta. Vivono più persone in Asia che in tutti gli altri continenti messi insieme.

△ *Gli edifici dell'antica città di Petra, in Giordania, sono scolpiti nella roccia. Questa splendida città fu costruita nel 400 a.C. dai* nabatei, *una popolazione araba.*

UNA TERRA DI ESTREMI

L'Asia si estende dal mar Mediterraneo, a ovest, all'oceano Pacifico, a est, e dal Circolo polare artico a nord a isole tropicali assolate a sud. L'Asia è così vasta che in Turchia il Sole sorge quasi 11 ore prima che in Giappone, all'estremità opposta del paese.

L'estremo nord dell'Asia è occupato dalla tundra, una regione selvaggia senza vegetazione con temperature gelide per la maggior parte dell'anno. A sud della tundra si estendono vaste foreste e praterie. Gran parte dell'Asia occidentale, invece, è occupata da un arido deserto. L'Asia possiede molte catene montuose importanti, come l'imponente Himalaia, a sud della quale si aprono pianure fertili e foreste pluviali lussureggianti.

△ *Molte città asiatiche in rapida espansione si trovano nel Sudest asiatico: sono i principali centri dell'industria e del commercio.*

△ *I cinesi festeggiano il Capodanno con cortei che si snodano per le strade guidati da enormi draghi.*

ANTICHE CIVILTÀ

Alcune delle prime civiltà del mondo si svilupparono in Mesopotamia (il moderno Iraq), nella valle dell'Indo (l'attuale Pakistan) e in Cina. Le popolazioni di queste zone costruirono le prime grandi città e inventarono le lingue scritte, i codici legali e le tecniche di coltivazione. A loro si devono anche molti progressi nel campo dell'architettura, della matematica e della scienza.

Nel XVI secolo, l'Asia comprendeva quattro dei più potenti stati del mondo: l'Impero Ottomano in Medio Oriente, l'impero dei Safawidi in Iran, l'Impero Moghul in India e la dinastia Ming in Cina, le cui ricchezze provenivano principalmente dal commercio.

▽ *Le principali città giapponesi sono collegate da un treno ad alta velocità chiamato* Shinkansen *in grado di raggiungere la velocità di 300 km orari.*

LA CULLA DELLE RELIGIONI

L'Asia è il luogo in cui nacquero le più importanti religioni del mondo. In India si sviluppò sia l'induismo, nel 2000 a.C. circa, che il buddhismo, 1500 anni dopo.
Il buddhismo è ora la principale religione in grandi aree dell'Asia orientale, come il Tibet, la Cina, il Giappone e la Thailandia. Israele fu invece la culla dell'ebraismo e del cristianesimo, che in seguito si diffusero in Europa e nel resto del mondo. L'islamismo, invece, nacque nella penisola araba attorno al 600 d.C. ed è ora praticato dai musulmani di tutto il mondo. Il sikhismo, infine, ha origini relativamente recenti: nacque nella regione del Punjab, nell'India settentrionale, all'inizio del XVI secolo.

ATTRAVERSO I SECOLI

Gli europei intrapresero i viaggi verso l'Asia nel XV secolo e il commercio tra i due continenti ebbe un rapido sviluppo. Veniva scambiato ogni genere di merce: spezie, seta, ceramiche e gioielli. Più tardi, e per diversi secoli, la Cina e il Giappone chiusero le loro frontiere all'Europa, sospendendo il commercio e altri contatti. Nel XIX secolo la maggior parte dell'Asia fu colonizzata da potenze europee, le cui forze armate erano più forti e meglio equipaggiate. I colonizzatori crearono grandi piantagioni per coltivare tè, caffè, albero della gomma e cotone.

Dopo la Seconda guerra mondiale (1939-1945), nel corso della quale il Giappone aveva occupato parti dell'Asia orientale, molte delle colonie conquistarono la libertà. Diversi stati adottarono il sistema politico comunista, e tra questi l'Unione Sovietica, la Cina e la Corea del Nord. Con la caduta dell'Unione Sovietica nel 1991 furono creati otto nuovi stati asiatici, tra i quali il Kazakistan e il Tagikistan. Oggi l'Asia conta 50 nazioni indipendenti, da staterelli minuscoli come il Brunei e il Bahrein, a potenti giganti come la Russia e la Cina.

▷ *I panda giganti vivono nelle foreste montane della Cina e si nutrono esclusivamente di germogli di bambù. Ne esistono ormai meno di 1 000 esemplari.*

LA NATURA

L'Asia presenta una grande varietà di paesaggi in cui vivono migliaia di animali e piante di innumerevoli specie. Le cime più elevate ospitano yak e leopardi delle nevi, mentre i lupi e le renne abitano l'estremo nord. Le foreste pluviali del sud e del sudest offrono riparo alla più disparata varietà di vita animale, compresi elefanti asiatici, tigri, uccelli multicolori e serpenti velenosi. La caccia e la *deforestazione* (l'abbattimento degli alberi) stanno però minacciando l'esistenza di molte specie ormai da considerarsi rare.

ASIA
Superficie: 44 619 779 km²
Monte più alto: Everest, sul confine tra Nepal e Tibet, 8 848 m
Massima depressione: mar Morto, Israele/Giordania, 422 m al di sotto del livello del mare
Lago più grande: mar Caspio, (Europa/Asia) 371 000 km²
Fiume più lungo: Yangtze Kiang (Chang Jiang), 5 800 km
Deserto più esteso: Gobi, 1 096 000 km²
Stato più grande: Russia (per il 77% appartenente all'Asia)
Stato continentale più piccolo: Brunei
Stato insulare più piccolo: Maldive
Città più popolata: Mumbai (Bombay), India, 18 978 000 ab.
Stato più popolato: Cina, 1 345 751 000 ab.
Popolazione totale: 4 126 584 436 ab.

UNA POPOLAZIONE IN ESPANSIONE

Alcune parti dell'Asia sono densamente popolate e con una popolazione in costante crescita, come le valli dei grandi fiumi cinesi, l'isola indonesiana di Giava e la pianura del Gange in India. Nelle foreste siberiane e nelle remote praterie della Mongolia la popolazione è invece scarsissima.

Negli ultimi anni la Cina e molti stati del Sudest asiatico sono diventati forti potenze economiche, quasi al pari del Giappone. Possiedono enormi fabbriche che producono una grande varietà di prodotti altamente tecnologici.

VEDI ANCHE
Cina; comunismo; Corea; Giappone; India; Indonesia; Medio Oriente; Pakistan; religione; Russia; Sudest asiatico; Turchia

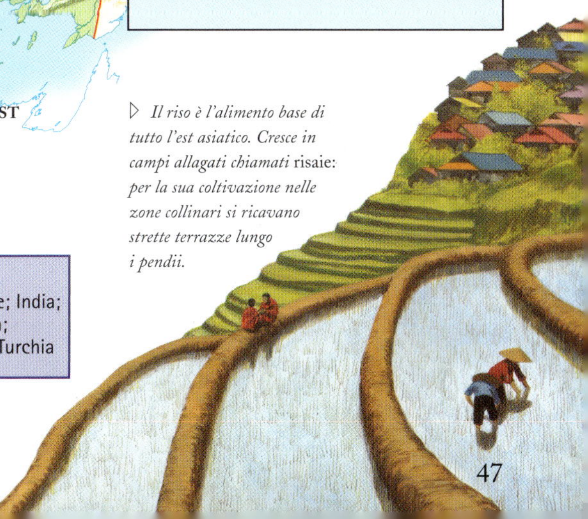

▷ *Il riso è l'alimento base di tutto l'est asiatico. Cresce in campi allagati chiamati* risaie: *per la sua coltivazione nelle zone collinari si ricavano strette terrazze lungo i pendii.*

astrologia

L'astrologia è l'arte di predire il futuro osservando i movimenti del Sole, della Luna, dei pianeti e delle stelle. Si basa sullo *zodiaco*, un immaginario cerchio nel cielo all'interno del quale si muovono il Sole, la Luna e i pianeti. Questo cerchio contiene anche 12 **costellazioni** o gruppi di stelle disposte in forme diverse. Ogni costellazione rappresenta un segno zodiacale e occupa un mese del calendario astrologico. I 12 segni dello zodiaco sono: Capricorno, Acquario, Pesci, Ariete, Toro, Gemelli, Cancro, Leone, Vergine, Bilancia, Scorpione e Sagittario. Alcuni credono che le persone nate sotto uno stesso segno zodiacale possiedano in comune particolari tratti della personalità.

△ L'**oceano Atlantico** è il secondo oceano più grande del mondo e occupa il 17% della superficie del nostro pianeta.

astronomia

L'astronomia è lo studio scientifico dei corpi presenti nello spazio e, tra le scienze, è la più antica. Le prime osservazioni del cielo notturno consentirono alle antiche popolazioni di dividere l'anno in mesi, settimane e giorni in base ai movimenti del Sole, della Terra e della Luna. In seguito, la creazione del calendario aiutò i primi astronomi a prevedere il passaggio delle comete e le date delle eclissi.
Per molti secoli l'uomo credette che la Terra fosse al centro dell'universo ma, attorno al 1540, Niccolò Copernico introdusse l'idea che il Sole fosse al centro del nostro sistema solare. Nel 1608 Hans Lippershey inventò il *cannocchiale*, poi perfezionato da Galileo Galilei, uno strumento molto importante per gli astronomi. I radiotelescopi moderni, derivati dai cannocchiali, usano gigantesche antenne paraboliche per captare le onde radio inviate dai corpi celesti, come i pulsar e i quasar.

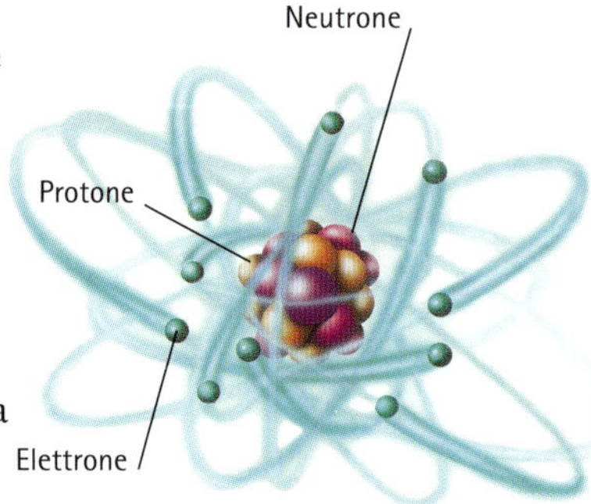

△ Il nucleo di un **atomo** consiste di protoni e neutroni. Gli elettroni si muovono attorno al nucleo seguendo orbite fisse.

Atlantico, oceano

L'Atlantico è uno dei grandi oceani del mondo, secondo soltanto all'oceano Pacifico. È compreso tra l'Europa e l'Africa a est e le Americhe a ovest. La sua profondità media è di oltre 3300 m. L'Atlantico è percorso da numerose correnti molto forti, tra le quali la Corrente del Golfo, che trasporta l'acqua calda del golfo del Messico verso le coste dell'Europa occidentale.

atmosfera

L'atmosfera è lo strato di aria e umidità che circonda il nostro pianeta.
Ci fornisce l'ossigeno che respiriamo, mantiene la temperatura della Terra ai valori corretti e ci protegge dalla maggior parte dei nocivi raggi ultravioletti del Sole.
La maggior parte dell'aria è concentrata nello strato più basso dell'atmosfera, che si estende dal livello del mare fino a circa 18 km di altezza.
L'ultimo strato dell'atmosfera raggiunge l'altezza di 500 km, oltre la quale inizia lo spazio cosmico.

atomica, bomba, *vedi* **nucleare, energia**

atomo

Ogni cosa è composta da atomi, particelle invisibili perché troppo piccole per i nostri occhi.
Guardate il punto posto alla fine della frase precedente: contiene circa 250000 milioni di atomi!
Pur essendo già molto piccoli, gli atomi sono composti da particelle ancora più minuscole.
L'atomo più semplice è quello dell'idrogeno, al cui centro vi è un minuscolo corpo chiamato *protone*, attorno al quale ruota un *elettrone*, ancora più piccolo. Altri atomi sono

molto più complicati di quello dell'idrogeno. L'atomo del carbonio, per esempio, ha nel nucleo, ossia nel suo centro, sei protoni e altre sei particelle chiamate *neutroni*. Attorno a queste ruotano sei elettroni. L'atomo più grande esistente in natura è quello dell'uranio.

attinia

Le attinie sono animali marini dal corpo molle, cioè **invertebrati**.

Appartengono alla stessa famiglia dei coralli, ma diversamente da questi non costruiscono attorno a sé strutture di materiale calcareo. Le attinie, o anemoni di mare, solitamente si attaccano agli scogli, ma molte vivono anche sulla costa o nelle sue vicinanze.

Attorno alla bocca hanno una o più corone di tentacoli simili a petali.

attrito

Quando due oggetti strisciano l'uno contro l'altro producono attrito. L'attrito rende difficile spostare un oggetto lungo una superficie perché si oppone al movimento. Gli oggetti lisci producono meno attrito di quelli più ruvidi: quindi, quando è necessaria una certa velocità di movimento è consigliabile utilizzare superfici lisce.

Ecco perché le ruote di un treno e le rotaie sono sempre molto lisce.

Quando desideriamo che gli oggetti rallentino, aumentiamo l'attrito, per esempio quando azioniamo i freni della nostra automobile.

Se due oggetti strisciano l'uno contro l'altro a grande velocità, l'attrito produce calore. Strofinando velocemente una mano su una gamba, si avvertirà il calore prodotto dall'attrito. Senza attrito il mondo sarebbe molto strano: non potremmo infatti camminare perché le nostre scarpe non farebbero presa sul terreno e le automobili resterebbero ferme, anche se le loro ruote dovessero girare molto velocemente.

Auschwitz

Nome tedesco della città di Oshwieçim (41 382 ab.), a 50 km a ovest di Cracovia (in Polonia). Durante la Seconda guerra mondiale, nel suo territorio furono eretti dai nazisti, nel maggio del 1940, quattro *campi di concentramento* (il più grande era Birkenau) dove i prigionieri erano costretti a lavorare in condizioni disumane per alcune industrie tedesche, fra cui la Siemens e la Krupp.

Ben presto i campi di lavoro diventarono *campi di sterminio*: si valuta che tra il 1940 e il 1945 siano stati infatti sterminati 1 milione di prigionieri, in grande maggioranza ebrei.

Australia

L'Australia è l'isola principale dell'Oceania, tanto vasta da essere considerata un continente a sé. È bagnata a nord e a est dall'oceano Pacifico, a sud e a ovest dall'oceano Indiano. L'entroterra è occupato da deserti e altipiani e i terreni sono piuttosto aridi.

È una confederazione di 6 stati, Australia occidentale, Australia meridionale, Queensland, Nuovo Galles del Sud, Victoria e Tasmania, e di 3 territori, Territorio del Nord, Territorio della Capitale e Jervis Bay.

L'Australia è una delle maggiori potenze economiche dell'oceano Pacifico e la sua risorsa fondamentale è rappresentata dall'allevamento degli ovini: l'isola è infatti il primo produttore di lana nel mondo.

Colonizzata sul finire del XVIII secolo dagli inglesi, l'Australia mantiene forti legami con il Regno Unito e il suo capo di stato è ancora il sovrano britannico. Il suo governo, però, è completamente indipendente.

La maggior parte degli australiani vive nelle grandi città costiere di Sydney, Melbourne e Perth.

AUSTRALIA
Forma di governo: stato federale
Capitale: Canberra
Superficie: 7 692 024 km^2
Popolazione: 22 063 625 ab.
Lingua: inglese
Moneta: dollaro australiano

△ **L'attinia** si attacca agli scogli con un disco simile a una ventosa. Quando l'attinia è coperta dalla marea, i suoi tentacoli fluttuano nell'acqua. Quando la marea si ritira, l'attinia ritrae i tentacoli per evitare che si secchino.

AUSTRIA
Forma di governo: repubblica federale
Capitale: Vienna
Superficie: 83 879 km²
Popolazione: 8 355 260 ab.
Lingua: tedesco
Moneta: euro

Austria

Oggi l'Austria è uno stato piuttosto piccolo, ma un tempo era una tra le nazioni più grandi e potenti d'Europa.

Per quasi 700 anni, dal 1278 al 1918, l'Austria fu governata da una dinastia di re e regine (gli Asburgo). I loro possedimenti occupavano gran parte dell'Europa centrale. L'impero austroungarico crollò dopo la Prima guerra mondiale, ma sono rimaste molte vestigia dei potenti imperatori asburgici.

Vienna, la capitale dell'Austria, è ricca di bellissime chiese, castelli, statue e parchi che risalgono a quel periodo.

automobile

I veicoli a motore furono inventati già verso la metà del XVIII secolo, ma le prime vere automobili funzionanti furono costruite soltanto attorno al 1880. Da allora le automobili hanno determinato cambiamenti enormi nel mondo in cui viviamo e sono diventate le automobili veloci, confortevoli e affidabili di oggi. La maggior parte delle automobili è dotata di *motore a benzina*. La benzina brucia all'interno del motore, generando una potenza sufficiente a far girare le ruote del veicolo. Altre automobili, invece, funzionano con *motori diesel*. Per accelerare l'automobile (ossia procedere più rapidamente), il conducente preme il pedale dell'acceleratore: in questo modo entra più carburante nel motore.

Le automobili possono essere trainate dalle ruote anteriori o da quelle posteriori. Andando su e giù, i pistoni del motore fanno ruotare l'albero di trasmissione, collegato alle ruote da ingranaggi. Il pedale della frizione e la leva del cambio consentono al conducente di cambiare le marce, ossia di azionare l'ingranaggio che imprime la rotazione alle ruote. Se l'automobile ha bisogno di molta potenza, per esempio per partire da ferma o per salire lungo una ripida salita, si usa una marcia bassa, come la prima; quando invece si percorre una strada in piano a una certa velocità si usa la marcia più alta. Per ridurre l'inquinamento prodotto dai gas di scarico, oggi molte automobili hanno motori che funzionano in modi alternativi alla benzina: si tratta di gas (gas metano o gas propano liquido), mentre altre, chiamate *ibride*, sono dotate di doppio motore, a benzina ed elettrico.

△ La prima **automobile** del mondo fu una specie di carro a vapore con tre ruote inventato in Francia nel 1769 da Nicholas Cugnot.

▽ Le **automobili** moderne sono progettate al computer. I progettisti cercano di rendere le loro vetture il più possibile sicure, efficienti, confortevoli e attraenti.

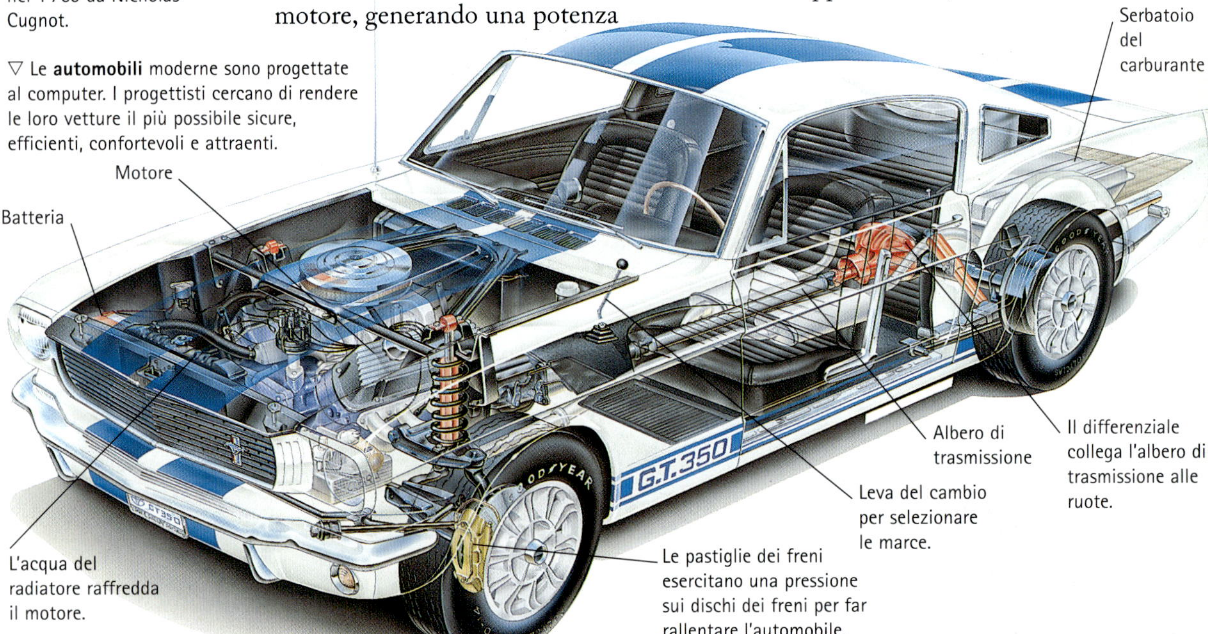

avvoltoio

Gli avvoltoi sono grandi uccelli predatori che vivono nelle zone calde e sulle montagne di Asia, Africa, America settentrionale, America meridionale ed Europa meridionale. Il più grande uccello terrestre dell'America settentrionale è proprio un tipo di avvoltoio, il *condor californiano*. Completamente distese, le sue ali misurano 3 m da un'estremità all'altra.

Gli avvoltoi non cacciano per procurarsi il cibo ma vivono di carogne, ossia corpi in putrefazione di animali morti. A volte, per mangiare, gli avvoltoi devono attendere che un grande animale cacciatore, come il leone, uccida e divori la sua vittima a sazietà e quindi trascorrono ore volando alti nel cielo aspettando un'opportunità per nutrirsi. Quando un avvoltoio plana verso terra, gli altri lo seguono e si uniscono al banchetto.

Gli avvoltoi hanno per lo più la testa e il collo privi di piume, così non si sporcano quando affondano la testa nelle carcasse degli animali morti.

Hanno becchi robusti per strappare la carne di cui si cibano e sono dotati di un'ottima vista che consente loro di individuare un animale morto o morente a grande distanza. Anche il loro odorato è molto sviluppato. Gli avvoltoi nidificano in gruppi sulle scarpate, sugli alberi e a terra. Depongono un solo uovo per volta.

▽ Gli **avvoltoi**, come questi grifoni dorsobianco africani, per nutrirsi ripuliscono le carcasse di animali abbandonate dai predatori. Quando ne scorgono una, planano verso terra e se ne cibano. Alcuni avvoltoi si sono adattati a vivere nelle città cercando il cibo nelle discariche.

△ Gli **aztechi** adoravano molti dei (della guerra, della pioggia, del Sole e del vento) e praticavano sacrifici umani per ottenere i loro favori. I prigionieri catturati in battaglia venivano uccisi da sacerdoti, che ne estraevano il cuore ancora pulsante usando pugnali cerimoniali in pietra.

aztechi

Gli aztechi furono una civiltà che creò un potente impero in Messico nel XIV e XV secolo. Gli imperatori aztechi si servivano di guerrieri ben addestrati per conquistare le popolazioni vicine.

Costruirono grandi città ed eressero piramidi di pietra con larghe scalinate che conducevano a un tempio posto sulla cima. L'ultimo imperatore azteco fu *Montezuma*, ucciso dalle truppe spagnole comandate da **Hernán Cortés** nel 1519-1521.

Gli odierni discendenti degli aztechi sono cattolici che hanno fatto propria la cultura e il modello nazionale messicani.

B

△ **Bach** scrisse centinaia di composizioni, ma le sue opere più famose sono i *Concerti Brandeburghesi*, la *Passione secondo S. Matteo* e la *Messa in Si minore*.

Babilonia

Babilonia fu una delle città più illustri del mondo antico. Sorgeva su una fertile pianura compresa tra i fiumi Tigri ed Eufrate, in una regione che oggi è l'Iraq. Per ricchezza e splendore, Babilonia poteva competere con l'Egitto.

La città di Babilonia fu fondata attorno al 2300 a.C. e prosperò per 2000 anni, divenendo un importante centro commerciale e religioso. I babilonesi erano esperti anche nella matematica e nell'astronomia. Un potente re babilonese, *Nabucodonosor* (605-562 a.C.), fece costruire imponenti palazzi, templi a forma di piramide e i famosi *giardini pensili*, una delle sette meraviglie del mondo antico. I giardini erano colmi di ogni genere di fiori e piante, le cui fronde ricadevano da alte terrazze di pietra.

▽ **Babilonia** era la capitale dell'impero babilonese. Il suo ingresso principale, l'imponente *porta di Ishtar*, era sorvegliato da due grandi fortezze. All'interno delle mura della città c'erano templi, palazzi e i famosi giardini pensili.

Bach, Johann Sebastian

Compositore tedesco (1685-1750). Nacque a Eisenach, in Germania, da una famiglia di musicisti e iniziò da bambino a suonare il violino e la viola, per poi dedicarsi all'organo. All'età di 38 anni, Bach si trasferì a Lipsia, dove visse per il resto della sua vita. Qui egli realizzò alcune delle sue opere migliori, per lo più corali e composizioni per organo.

Quando Bach morì, la sua opera fu quasi immediatamente dimenticata.

Trascorsero quasi cento anni prima che il mondo riscoprisse la sua musica e riconoscesse il suo genio come uno dei massimi compositori di tutti i tempi.

Balboa, Vasco Núñez de

Soldato ed esploratore spagnolo (1475-1517). Fu il primo europeo a raggiungere l'oceano Pacifico, nel cosiddetto Nuovo Mondo. Balboa si unì a una spedizione spagnola per l'America meridionale nel 1501, esplorando la costa nord del continente. Successivamente guidò una spedizione che attraversò la stretta striscia di terra oggi nota come istmo di Panama e lì, dall'alto di una montagna, vide per la prima volta l'oceano Pacifico.

balcanica, penisola

La penisola balcanica è una regione dell'Europa sudorientale a cui si fa spesso riferimento chiamandola "i Balcani", dal nome del sistema montuoso che la occupa per gran parte.

Comprende Grecia, Albania, Romania, Bulgaria, Bosnia ed Erzegovina, Croazia, Slovenia, Macedonia, Serbia, Kosovo, Montenegro e la parte europea della Turchia. I turchi governarono gran parte di questa regione dal XIV al XIX secolo. Fu sui Balcani che l'arciduca Francesco Ferdinando d'Austria fu assassinato nel 1914. Questo evento scatenò la Prima guerra mondiale.

balena

Le balene sono enormi cetacei o *mammiferi marini*, ossia mammiferi che si sono adattati a vivere nell'acqua dei mari. Uno spesso strato di grasso non permette al freddo di penetrare all'interno del loro corpo, che ha una forma affusolata per rendere più facile il nuoto. I loro arti anteriori sono pinne e la parte posteriore del corpo è appiattita e a forma di pinna disposta orizzontalmente, e non verticalmente come nei pesci.

Diversamente dai pesci, le balene devono risalire in superficie per respirare. Prima di inspirare, soffiano fuori dai polmoni l'aria rimasta attraverso uno *sfiatatoio* (due fessure in cima alla testa, una specie di narici). I piccoli di balena nascono nell'acqua e devono immediatamente nuotare fino in superficie per poter respirare.

La balenottera azzurra è il mammifero più grande del mondo: può raggiungere i 30 m di lunghezza!

Il termine balena è spesso usato anche per altri cetacei simili, come l'orca, che si nutre di altre balene, foche, pinguini e pesci; la balena dal naso a bottiglia, che ha una specie di becco simile a quello di alcuni delfini e si sposta in banchi di oltre 50 esemplari; la megattera, che si nutre di pesci, krill e plancton.

△ Lo strato di grasso disposto sotto la pelle delle grandi **balene** può raggiungere anche lo spessore di mezzo metro. Per centinaia di anni le balene sono state uccise dall'uomo per questo grasso, da cui si ricavava un olio utilizzato nella produzione dei saponi.

balletto

Il balletto è una forma di **danza** solitamente eseguita in teatro.
Una prima forma di balletto si sviluppò in Italia nel XV secolo, ma il balletto come viene inteso oggi ha le sue origini in Francia.
Il balletto tradizionale, o classico, segue regole rigidissime: esistono posizioni prestabilite per le braccia, le gambe e le mani, nonché movimenti predefiniti che rendono più morbido il fluire della danza. Il *balletto classico* utilizza costumi molto ricchi, scenografie elaborate e grandi orchestre.
Molti balletti narrano una storia, ma i ballerini non pronunciano una parola: mimano il racconto usando soltanto il loro corpo.

▽ Nel **balletto**, i ballerini devono allenarsi costantemente per migliorare la precisione dei movimenti e l'equilibrio.

Il balletto *Giselle*, la tragica storia di una fanciulla che muore d'amore, fu composto da Adolphe Adam e messo in scena per la prima volta nel 1841. Il compositore russo *Čajkovskij* scrisse tre opere per balletto che divennero classici di tutti i tempi: *Il lago dei cigni* (1877), *La bella addormentata nel bosco* (1889) e *Lo Schiaccianoci* (1892).

I balletti moderni spesso sono molto diversi da quelli classici. Prendono a prestito passi di danza da altri stili e a volte, invece di narrare una storia, esprimono stati d'animo.

Baltici, stati

Gli stati Baltici sono Estonia, Lettonia e Lituania, situati a nord della Polonia, sulla costa meridionale del mar Baltico. Un tempo appartenenti all'impero russo, gli stati Baltici conquistarono l'indipendenza nel 1918. Nel 1940, durante la Seconda guerra mondiale, furono occupati dall'Unione Sovietica e divennero repubbliche sovietiche, ma furono poi invasi dalle truppe tedesche, che mantennero il controllo del territorio finché non furono cacciate dall'esercito sovietico alla fine della guerra. Nel 1991, mentre l'Unione Sovietica attraversava una fase di disordini politici, l'Estonia, la Lettonia e la Lituania dichiararono l'indipendenza. Questi stati hanno mantenuto sempre letteratura, tradizioni e lingua proprie, pur essendo di lingua russa. Dal 2004 i tre stati sono membri dell'Unione Europea.

bambola

La bambola è probabilmente il giocattolo più antico con cui giocano le bambine di tutto il mondo.
Le bambole possono essere di legno, porcellana, plastica o molti altri materiali. La primissima bambola costruita dall'uomo fu probabilmente un ramoscello a forcella che assomigliava a una figura umana.

Les Ballets Russes

Diaghilev Sergej Pavlovic (Novgorod 1872 - Venezia 1929), critico d'arte, impresario, direttore di compagnia russo, ebbe il merito di rivoluzionare il **balletto** moderno. Con elementi attinti dai teatri imperiali di Mosca e di Pietroburgo, formò una compagnia che ottenne trionfi a Parigi nel maggio-giugno 1909. La visita in Occidente gli fece balenare l'idea di costituire stabilmente una compagnia vera e propria di ballerini, *Les Ballets Russes,* appoggiandosi a quella che in breve tempo divenne la stella del complesso per molteplici doti e meriti, dalla presenza fisica alla bravura tecnica: *Vaslav Nijinskij,* dimissionario dal Marijinskij. Diaghilev ne rimase, fino alla morte, arbitro assoluto. La sua azione fu determinante per la trasformazione e la formazione del balletto europeo. Con Diaghilev, il balletto fece molta strada: acquistò dignità d'arte, cercando e trovando nella collaborazione più vasta di artisti una fisionomia unica e particolarissima.

Alcune bambole antiche possono avere un notevole valore.

banca

Le banche sono società che custodiscono il denaro per conto di altre persone. Quando si porta il proprio denaro in banca per la prima volta si dice che si *apre un conto.*

Ogni volta che si consegna denaro alla banca si dice che si fa un *versamento.* Quando invece occorre prendere una parte di quel denaro, si dice che si fa un *prelievo.* Le banche non si limitano a custodire al sicuro il denaro, fanno anche prestiti a persone e aziende e offrono altri modi per rendere più semplice risparmiare o spendere il denaro.

bandiera

Le bandiere sono drappi di stoffa colorata, solitamente decorata con simboli particolari. Hanno sistemi di fissaggio speciali su un lato, in modo da poter sventolare su aste e pennoni.

Le bandiere sono utilizzate da stati, re, eserciti e navi e da organizzazioni come partiti politici, squadre sportive e associazioni.

Le bandiere sono usate come simboli dai tempi degli egizi: le loro bandiere sventolavano su lunghi pennoni come stendardi di battaglia, trasportati da "portavessilli", e indicavano a quale governante o generale appartenevano i soldati.

Oggi le bandiere nazionali sono un simbolo della storia dello stato, della sua potenza e della sua importanza.

Dal 1857 le navi in mare utilizzano un *codice internazionale di segnalazione con bandiere.* Una *bandiera gialla*, per esempio, significa che una nave è in quarantena per via di una malattia a bordo.

Altri segnali noti sono la *bandiera bianca*, segno di tregua durante la guerra, e la *bandiera a mezz'asta*, issata soltanto fino a metà asta, segno di lutto per la morte di qualcuno.

Bangladesh

Il Bangladesh è uno stato asiatico nato nel 1971. Prima di allora faceva parte del Pakistan. È una delle nazioni più densamente popolate del mondo e la maggior parte dei suoi abitanti è molto povera. Durante la stagione delle piogge, alcuni rami dei fiumi Gange e Brahmaputra inondano la pianura.

Nel 1991 un ciclone uccise 125 000 persone. Dopo anni di governo militare, il Bangladesh adottò un sistema parlamentare nel 1991, ma a tutt'oggi vi è una costante instabilità politica. Le maggiori città sono Dacca, la capitale, e Chittagong, il principale porto del paese. Vi si coltiva principalmente riso, iuta, tè e canna da zucchero.

BANGLADESH
Forma di governo: repubblica
Capitale: Dacca
Superficie: 147 570 km²
Popolazione: 162 220 800 ab.
Lingua: bengali
Moneta: taka

Barbados, *vedi* Antille

barometro

Se l'aria ha una pressione elevata, significa che le condizioni meteorologiche sono buone, ossia c'è bel tempo. Se invece la pressione è bassa, il tempo è brutto o variabile. Il barometro è lo strumento utilizzato per misurare queste variazioni della pressione atmosferica.

Esistono due tipi di barometro, il barometro aneroide e il barometro al mercurio. Il *barometro aneroide* è quello più utilizzato.

All'interno contiene una scatola metallica piatta, le cui pareti sono così sottili che si piegano facilmente, senza però cadere l'una sull'altra perché una molla le tiene distanziate. Se la pressione dell'aria scende, la molla spinge le pareti della scatola verso l'esterno, allontanandole. Se la pressione sale, le pareti vengono compresse verso l'interno.

Questi movimenti sono individuati da leve e ingranaggi che fanno muovere una lancetta per indicare i diversi valori di misurazione.

△ Il **baseball** è uno sport importantissimo negli Stati Uniti ed è molto popolare anche in America centrale e meridionale, a Cuba, in Giappone e nelle Filippine.

baseball

Il baseball è lo sport nazionale degli Stati Uniti. Le sue origini non sono chiare, ma sembra derivi da un gioco inglese simile chiamato *pallabase*. Il baseball fu probabilmente giocato la prima volta a New York.

Oggi il baseball si gioca tra due squadre con nove giocatori ciascuna su un campo con un quadrato all'interno, chiamato *diamante*. I vertici del diamante si chiamano *basi* e sono poste a 27,5 m di distanza l'una dall'altra. Ogni battitore, dopo aver colpito con una mazza la palla lanciata dal lanciatore avversario, deve avanzare da una base all'altra fino a toccarle tutte e quattro e segnare un punto. Una squadra resta alla battuta finché non vengono eliminati tre battitori.

Il lanciatore lancia una pallina al battitore della squadra avversaria, posizionato su una delle basi chiamata *casa base*. Se il battitore si muove per colpire la palla e la manca, oppure se colpisce una palla che non è stata lanciata correttamente, si dice che ha commesso uno *strike*.

Dopo tre strike il battitore è eliminato. Il battitore può essere eliminato anche se un giocatore esterno al diamante raccoglie la palla colpita dal battitore e la rilancia a una base prima che vi giunga il battitore.

Basilicata

Regione (ab. 588 879) dell'Italia meridionale, confina con Puglia, Calabria, Campania e si affaccia su mar Tirreno e mar Ionio. È attraversata da buona parte dell'Appennino lucano la cui cima più alta è il monte Pollino (2 248 m). I fiumi principali sono il Bradano, il Basento, l'Agri e il Sinni.

La regione comprende due province: Potenza (capoluogo) e Matera. L'agricoltura (vite e olivo) è abbastanza sviluppata. Nella valle del Basento sono presenti giacimenti di metano.

batteri

I batteri sono germi o *microrganismi*, ossia minuscoli esseri viventi non visibili a occhio nudo, e sono una delle più semplici forme di vita esistenti. I batteri sono più simili alle piante che agli animali e possono essere di varie forme: alcuni sono simili a bastoncini, altri a spirali, altri ancora sono rotondi.

Esistono migliaia di batteri diversi, che si trovano in grande quantità quasi ovunque si guardi. Molti vivono nel terreno, dove contribuiscono a decomporre la materia animale e vegetale rendendolo più fertile.

Altri vivono persino all'interno del nostro corpo e ci aiutano a digerire il cibo di cui ci nutriamo.

I batteri si moltiplicano molto rapidamente. Ogni cellula batterica si divide in due cellule più piccole, che crescono e si dividono a loro volta.

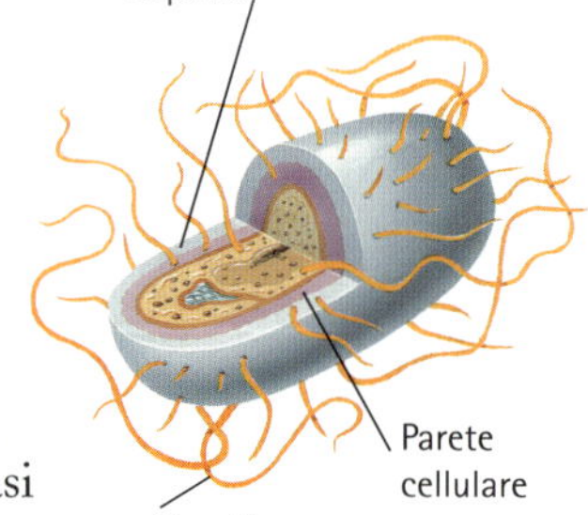

I **batteri** sono organismi costituiti da una sola cellula. Sono circondati da una parete cellulare e da una capsula esterna protettiva. Alcuni sono ricoperti di filamenti chiamati *flagelli* che li aiutano a muoversi o ad attaccarsi ad altre cellule.

Per alcuni batteri questa divisione avviene ogni 20 minuti, quindi da un singolo batterio possono derivare milioni di batteri in poche ore.

Sebbene la maggior parte dei batteri sia innocua, come quelli che per esempio causano i foruncoli, alcuni provocano malattie, e altri, quando penetrano nel corpo umano, possono essere mortali. Oggi disponiamo di farmaci chiamati *antibiotici*, come la penicillina, che distruggono i batteri.

Tuttavia, essendo in grado di moltiplicarsi così rapidamente, i batteri possono modificarsi e trasformarsi in nuovi tipi resistenti a questi tipi di farmaci. In tal caso devono essere trovati nuovi farmaci in grado di eliminare i nuovi batteri.

batterie, *vedi* pile e batterie

Beato Angelico

Nome con il quale è noto *Guido di Pietro*, pittore (ca. 1400-1455).
Era un frate domenicano (fra Giovanni da Fiesole) che rinnovò la pittura a soggetto religioso adottando la visione plastica e spaziale di Masaccio, senza rinunciare all'idealizzazione dei personaggi e al gusto del prezioso tutto trecentesco.

Tale linguaggio, molto spiritualizzato eppure modernissimo, fu determinante per l'evolversi della pittura toscana.

Tra le sue opere ricordiamo la *Deposizione*, la *Pala di Annalena* e gli affreschi nella Cappella Niccolina in Vaticano e nel Convento di S. Marco a Firenze.

Beethoven, Ludwig van

Musicista e compositore tedesco (1770-1827). Le sue composizioni comprendono concerti, sinfonie, corali e musica da camera (*vedi* **orchestra**). In gioventù, Beethoven raggiunse la fama come pianista di grande talento.

Conobbe Mozart ed ebbe per maestro un altro famoso compositore, Haydn. Beethoven iniziò a perdere l'uso dell'udito all'età di 32 anni, ma continuò a comporre anche quando divenne completamente sordo. Tra le sue numerose opere, famose in tutto il mondo, segnaliamo: le *Sonate per pianoforte* (fra cui *Patetica*, op. 13 e *Appassionata*, op. 57) le *Sonate per violino e pianoforte* (fra cui quella *a Kreutzer*, op. 47) e le *Sinfonie* (fra cui l'*Eroica*).

Befana

Leggendaria vecchia che nella notte dell'Epifania (il 6 gennaio) entra nelle case per portare regali ai bambini.

Il personaggio della Befana è di origine molto antica e riprende tradizioni popolari e magiche precedenti il cristianesimo.

Beijing (Pechino)

Beijing, un tempo chiamata Pechino, è la capitale della Cina. Nel 1267 il conquistatore mongolo Kublai Kahn ne fece la capitale del suo impero. La moderna Beijing, con oltre 16 milioni di abitanti, è un grande centro industriale e culturale.

Nel cuore della città si ergono i palazzi degli antichi imperatori cinesi, all'interno delle cui alte mura i comuni cittadini non potevano entrare: per questo la zona degli edifici imperiali di Beijing è nota come la *Città proibita*.

Palazzo dell'epoca degli imperatori a **Beijing**.

BELGIO
Forma di governo: monarchia federale costituzionale
Capitale: Bruxelles
Superficie: 30 528 km²
Popolazione: 10 646 800 ab.
Lingua: neerlandese, francese
Moneta: euro

Belgio

Il Belgio è un piccolo stato compreso tra Francia, Germania e i Paesi Bassi.

La sua capitale è Bruxelles. La popolazione del Belgio è costituita da due gruppi principali, i *fiamminghi* di origine germanica a nord e i *valloni*, di lingua francese, a sud.

A causa della sua posizione strategica, il Belgio fu oggetto di invasioni e tentativi di conquista nel corso di tutta la storia d'Europa. Oggi ospita il quartier generale dell'Unione Europea (UE) e della NATO.

Bellini, Vincenzo

Compositore (1801-1835). Allievo a Napoli di N. Zingarelli, si mise in luce nella stessa città come esponente del melodramma con *Bianca e Fernando*.

Bellini, che è da annoverarsi tra i maggiori operisti europei, anche se non s'inserisce nell'evoluzione del melodramma italiano attuata da Rossini, Donizetti e Verdi, rimane un compositore d'ispirazione elegiaca che sa raggiungere espressioni drammatiche di rara intensità.

I suoi capolavori sono *Norma* e *La sonnambula*.

Berchet, Giovanni

Poeta (1783-1851). Teorico del romanticismo italiano (*Lettera semiseria di Grisostomo*, 1816) e collaboratore del *Conciliatore*, fu esule a Londra e in Belgio.

Il tema dell'esilio e quello della patria dominano nelle sue opere: *I profughi di Parga*, *Romanze*, *Fantasie*.

▽ **Beethoven** fu uno dei più grandi pianisti del suo tempo. Nel 1787, a soli 17 anni, si esibì davanti a Mozart.

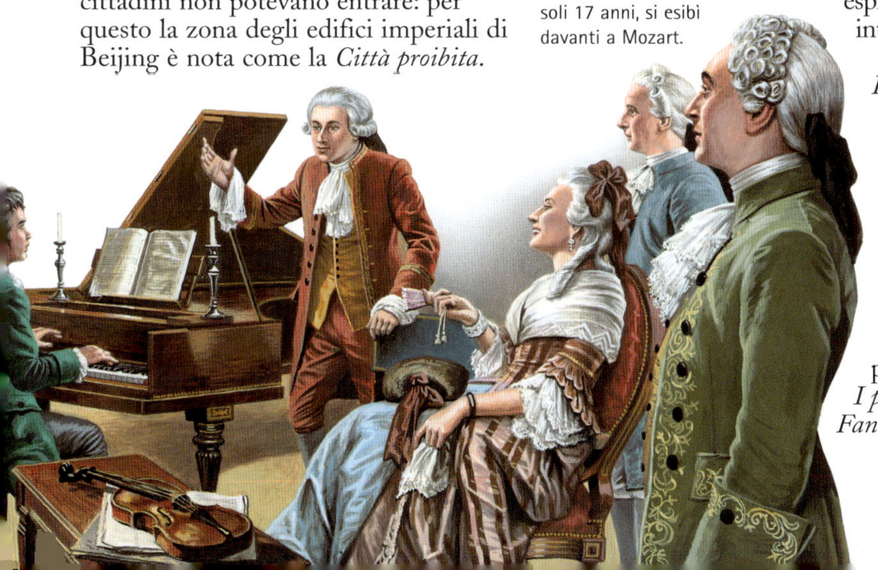

Una crudele "prigione"...
Il muro di **Berlino** ebbe un significato sociale e culturale, sia sul popolo tedesco che sulle genti di tutti i paesi del mondo. Al momento della sua costruzione il muro separò, all'apparenza per sempre, famiglie e amicizie, lasciando entrambe le metà della città, dopo l'incredulità iniziale, nello sconforto e nella disperazione. Divenne la rappresentazione fisica della Cortina di Ferro che separava in due l'Europa durante la Guerra Fredda, il muro di una stramba prigione nella quale i reclusi erano in realtà paradossalmente liberi.

Berlino

Berlino è la più grande città della Germania, di cui è tornata a essere la capitale nel 1990. È uno dei maggiori centri culturali ed economici d'Europa.

Berlino fu distrutta da violentissimi bombardamenti durante la Seconda guerra mondiale (1939-1945).

Nel 1945, quando la Germania fu divisa in quattro zone di occupazione, anche Berlino fu divisa in quattro settori tra i vincitori del conflitto, americani, inglesi, francesi e russi.

Nel 1948 i russi, in contrasto con gli altri alleati, "bloccarono" Berlino interrompendo i collegamenti stradali e ferroviari che collegavano la città con l'ovest. La Gran Bretagna e gli USA intervennero approvvigionando la città per via aerea. Dopo un anno i russi cedettero e riaprirono strade e ferrovie, ma ormai si erano già create due città divise, una a est e una a ovest, e quando nel 1949 la divisione tra Germania Est e Germania Ovest divenne ufficiale, si ebbe la definitiva separazione anche tra Berlino Est e Berlino Ovest. Nel 1961 il governo comunista della Germania Est costruì un muro per separare le parti a ovest della città da quelle a est. Per la gente che vi viveva divenne molto difficile passare da una parte all'altra della città divisa.

Nel 1989, in seguito alla perestrojka avviata da **Gorbaciov**, in URSS, il Muro di Berlino fu abbattuto.

Bernini, Gian Lorenzo

Architetto e scultore (1598-1680). Allievo del padre Pietro, dominò con il rivale F. Borromini la scena del Seicento romano. Le sue sculture, caratterizzate dal movimento a spirale e da un suggestivo pittoricismo che le fa vibrare nello spazio, sono fra gli esempi più alti del barocco romano.

Ricordiamo, a Roma: il *David* e l'*Apollo e Dafne* della Galleria Borghese, il *baldacchino* e la *cattedra di S. Pietro*, l'*Estasi di S. Teresa* in S. Maria della Vittoria; sue sono pure le spettacolari *fontane del Tritone e dei Fiumi*. Sempre a Roma: *Il colonnato di S. Pietro*, *S. Andrea al Quirinale*, *Palazzo Barberini*.

Bianco, monte

Massiccio montuoso delle Alpi Graie: con un'altezza di 4807 m è la cima più elevata d'Europa. Si trova al confine tra Italia e Francia, compreso tra i corsi superiori dei fiumi Arve e Dora Baltea.

È costituito da granito, a cui si associano micascisti e calcescisti. I suoi versanti sono ripidi nella parte sud, più dolci in quella nord. L'azione degli agenti erosivi sugli strati quasi verticali del massiccio ha dato luogo alla formazione di creste appuntite e dentellate (*aiguilles*).

Numerosi e imponenti, specie sul versante francese, i ghiacciai (*Mer de Glace*, *Argentière*); sul versante italiano i principali sono quelli del *Miage* e della *Brenva*. Frequentata zona turistica, il monte Bianco è varcato da una funivia che collega Courmayeur, in Italia con Chamonix, in Francia.

Dal 1965 queste due località sono collegate anche da un tunnel autostradale di 11,6 km (chiuso nel 1999 dopo un gravissimo incidente e riaperto nel 2002 dopo una totale ristrutturazione). Il monte Bianco fu scalato per la prima volta l'8 agosto 1786, dal versante francese, da Balmat e Paccard.

Bibbia

La Bibbia è il libro sacro di due religioni: l'*ebraismo* e il *cristianesimo*.

Gli ebrei e i cristiani considerano la Bibbia la "Parola di Dio" e molti dei riti, delle credenze e delle feste religiose ebraiche e cristiane si basano su racconti della Bibbia.

La Bibbia è divisa in due parti. La prima è chiamata *Antico Testamento* e inizia descrivendo la creazione del cielo e della Terra da parte di Dio. Quindi prosegue narrando la storia del popolo ebraico e gli insegnamenti dei suoi profeti prima della nascita di Gesù Cristo. La seconda parte della Bibbia, chiamata *Nuovo Testamento*, racconta invece la vita di Gesù e dei suoi discepoli.

Per secoli, tutte le edizioni della Bibbia furono scritte a mano. La prima edizione stampata fu realizzata verso la metà del XIV secolo.

La Bibbia è da sempre il libro più venduto nel mondo: dal 1816 ne sono state vendute oltre 2 miliardi e mezzo di copie! La Bibbia è stata tradotta in più di 1500 lingue.

biblioteca

La biblioteca è un luogo in cui libri e documenti sono custoditi in modo che il pubblico possa consultarli.

Alcune biblioteche custodiscono anche documenti antichi, come manoscritti, carte geografiche, disegni e registrazioni. Una delle più grandi biblioteche del mondo è la Biblioteca del Congresso di Washington D.C., negli Stati Uniti, che contiene una raccolta di oltre 80 milioni di volumi e altri documenti.

Le più grandi biblioteche d'Italia sono la Biblioteca Nazionale Centrale di Roma e quella di Firenze, quest'ultima contenente circa 4 milioni di volumi.

bicicletta

La bicicletta è un veicolo a due ruote spinto dal guidatore che, con i piedi, fa ruotare una coppia di pedali.

Le prime biciclette furono inventate nel XVIII secolo: si trattava semplicemente di due ruote unite da un'asta munita di un sedile. Queste rudimentali biciclette venivano spinte dal guidatore puntando i piedi a terra.

Le prime biciclette a pedali comparvero soltanto nel 1861: venivano chiamate *scuoti-ossa* perché i sellini erano rigidi, non avendo le molle come quelli attuali. L'evoluzione seguente fu il *velocipede*, con un'enorme ruota anteriore e una minuscola ruota posteriore. Lo stile delle biciclette moderne comparve negli anni dal 1 880 al 1 890: queste nuove biciclette avevano la ruota posteriore azionata da una catena e pneumatici gonfiati con aria. Questo stile base della bicicletta è cambiato poco da allora, tranne che per l'adozione dei rapporti di marcia.

binario, sistema

Il sistema binario è un sistema numerico basato su due soli numeri: 0 e 1.

Il *sistema decimale* che usiamo quotidianamente utilizza dieci numeri: da 0 a 9. Nel sistema decimale si moltiplica un numero per 10 spostandolo di una posizione verso sinistra e aggiungendo uno zero: 20, 200 e così via.

Nel sistema binario, quando si sposta un numero di una posizione verso sinistra si moltiplica per due il suo valore. Un 1 da solo significa 1, ma spostandolo di una posizione verso sinistra diventa 1 moltiplicato 2, ossia 2 e si scrive 10.

Spostandolo di un'altra posizione ancora, diventa 1 moltiplicato 2 moltiplicato 2, ossia 4, e si scrive 100.

Le apparecchiature elettroniche come i computer utilizzano il sistema binario per eseguire calcoli e altre operazioni.

biochimica

La biochimica è lo studio delle reazioni chimiche che avvengono all'interno delle minuscole cellule che costituiscono tutti gli esseri viventi. È una materia molto vasta. I *biochimici* si occupano degli alimenti che dovremmo mangiare per restare in salute, aiutano i coltivatori e gli allevatori a fornire le sostanze

△ Uno degli episodi dell'Antico Testamento della **Bibbia** narra di come Dio parlò a Mosè da un cespuglio in fiamme, dicendogli di allontanare il popolo ebraico dall'Egitto e di condurlo in Israele.

△ I velocipedi erano **biciclette** pesanti e scomode. Avevano pneumatici pieni e un predellino sul retro per aiutare il ciclista a montare in sella.

△ Le moderne **biciclette** *da corsa* sono costruite con materiali leggerissimi. Hanno una forma aerodinamica e fino a 15 o 20 rapporti di marcia.

nutritive necessarie alle piante e agli animali e ci aiutano a combattere le malattie sviluppando sostanze chimiche che eliminano i batteri nocivi.

I biochimici cercano anche di scoprire più informazioni sulle reazioni chimiche che avvengono all'interno del nostro corpo (vedi **clonazione** e **genetica**).

biologia

La biologia è lo studio degli esseri viventi e dei loro rapporti reciproci. La parte della biologia che si occupa delle piante è chiamata *botanica*, mentre lo studio degli animali è chiamato **zoologia**. I *biologi* studiano qualsiasi essere vivente, dall'ameba più minuscola, costituita da una sola cellula, alle querce imponenti o agli esseri umani.

Uno dei primi biologi della storia fu il pensatore greco **Aristotele**: egli fu il primo a sezionare (ossia a tagliare e aprire) e a classificare gli animali. Per più di mille anni la biologia non fu oggetto di molto interesse, finché nel Rinascimento studiosi come Leonardo da Vinci cercarono di scoprire come gli esseri viventi crescessero e funzionassero.

L'invenzione del microscopio spalancò nuove aree di ricerca ai biologi, i quali poterono scoprire molto di più sulle cellule animali e vegetali che rappresentano gli elementi fondamentali della vita. Lo studio di altri organismi microscopici, come i batteri, aiutò scienziati come Louis Pasteur a capire meglio il meccanismo di certe malattie e a prevenirle.

Nel XIX secolo il naturalista inglese **Charles Darwin** rivoluzionò la biologia con la *teoria dell'evoluzione*. Oggi la biologia è stata suddivisa in varie scienze separate.

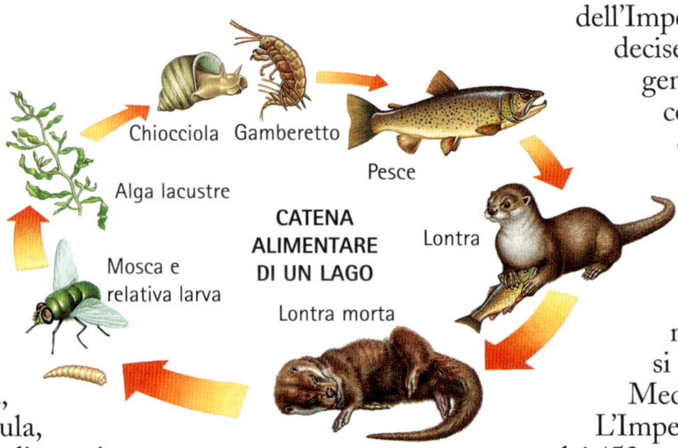

△ La **biologia** è lo studio di tutti gli organismi viventi. I complessi legami che collegano piante e animali sono chiamati *catene alimentari*. Nella catena alimentare qui illustrata, per esempio, l'alga si nutre grazie al Sole, al terreno e all'acqua. L'alga viene mangiata da chiocciole e gamberi, che a loro volta sono mangiati dal pesce. La lontra, infine, mangia il pesce e quando muore le larve delle mosche si nutrono della sua carne, che decomponendosi restituisce sostanze nutritive al terreno e all'acqua.

Birmania, *vedi* Myanmar

bisonte, *vedi* bovini

Bizantino, Impero

L'Impero Bizantino fu fondato dall'imperatore romano Costantino I nel 330 d.C. come distaccamento orientale dell'Impero Romano. Costantino decise di spostare il quartier generale dell'impero a est e costruì una nuova capitale, che chiamò *Costantinopoli* in proprio onore, oggi Istanbul, la capitale della moderna Turchia. Nel VI secolo d.C. l'Impero Bizantino dominava la maggior parte dei paesi che si affacciavano sul Mediterraneo e sul mar Nero. L'Imperò Bizantino prosperò fino al 1453, anno in cui Costantinopoli fu conquistata dai turchi.

blues

Il blues è un genere di musica nato tra i musicisti neri degli Stati Uniti d'America. La musica blues fece la sua comparsa verso la fine del XIX secolo negli Stati Uniti del sud, nei pressi della foce del Mississippi. È un tipo di musica estremamente vario, tanto che molti musicisti blues hanno creato un proprio stile individuale, diverso da tutti gli altri.

Gli strumenti principali utilizzati nel blues tradizionale sono la chitarra acustica, il pianoforte e l'armonica, a cui possono aggiungersi il contrabbasso e la batteria. I testi dei brani riflettono miseria ed emarginazione dei neri, fanno largo uso dell'improvvisazione e trattano spesso temi erotici. Il blues influenzò uno stile di musica per pianoforte chiamato *boogie-woogie*, molto popolare negli anni 30 del secolo scorso. La musica blues contribuì anche allo sviluppo del jazz e influenza ancora molti dei moderni musicisti rock.

Boccaccio, Giovanni

Scrittore (1313-1375). È considerato, insieme con Dante e Petrarca, il più importante scrittore del Trecento sia in Italia che in tutta Europa.

Boccaccio si distingue però per il suo stile centrato su tematiche terrene e per il suo relativo disinteresse per le questioni morali, religiose, teologiche e politiche.

L'opera maggiore di Boccaccio è il *Decamerone,* una raccolta di 100 novelle collegate in una trama narrativa generale, in cui tratteggia con grande abilità differenti personaggi e le loro varie passioni, creando un'immagine della vita vivace e dalle mille sfaccettature.

Quasi tutte le opere minori oscillano tra la confessione autobiografica delle pene d'amore (l'amore per Fiammetta) e l'allegorismo medievale. Ricordiamo: *Caccia di Diana*, *Elegia di Madonna Fiammetta* e il *Corbaccio*.

Boccherini, Luigi

Compositore e violoncellista (1743-1805). Compositore di grande e originale ispirazione, legato all'ideale dello stile galante pur anticipando spesso soluzioni preromantiche.

Visse a lungo alle corti di Spagna e di Prussia; negli ultimi anni visse in grande povertà. Eccelse per i suoi *Quartetti*, ricchi di grazia ed eleganza. Tra le altre sue composizioni, *Quintetti*, *Sonate*, il conosciutissimo *Minuetto*, il *Concerto per violoncello e orchestra*.

Bolivia

La Bolivia è uno stato dell'America meridionale senza sbocco sul mare, situato a ovest del Brasile. Gran parte della Bolivia è occupata da un'enorme pianura che si estende dal confine brasiliano fino alle colline ai piedi del versante orientale delle Ande. Qui, a oltre 4000 m di altitudine, si trova il grande altopiano boliviano, dove vivono due terzi della popolazione del paese. La Paz è la capitale, la più elevata del mondo, e il lago Titicaca, a 3812 m al di sopra del livello del mare, è uno dei laghi più alti del pianeta.

La Bolivia fu dominata dalla Spagna dal 1538 al 1825. Conquistò l'indipendenza grazie a Simón Bolívar, un generale venezuelano, che ha dato il nome al paese.

Più della metà della popolazione è costituita da nativi, un terzo sono *mestizos* (in parte europei in parte nativi) e il resto è rappresentato da diretti discendenti degli europei. La Bolivia è il secondo maggior produttore di stagno del mondo e l'estrazione mineraria rappresenta la principale industria del paese.

BOLIVIA
Forma di governo: repubblica
Capitale: La Paz (sede del governo)
Superficie: 10 227 299 km²
Popolazione: 9 827 521 ab.
Lingua: aymará, quechua e spagnolo
Moneta: boliviano

boomerang

Il boomerang è un'arma da lancio costituita da una stecca di legno appiattita con un'accentuata curvatura nella parte centrale, ed è usata principalmente dagli aborigeni australiani. Esistono due tipi di boomerang: uno è molto pesante e viene lanciato direttamente verso il bersaglio, l'altro è più leggero.

La curvatura fa sì che il boomerang, se lanciato correttamente, possa ritornare al lanciatore se non colpisce il bersaglio.

borsa valori

La Borsa è un luogo in cui persone chiamate *broker*, o mediatori, acquistano e vendono *azioni*, fogli di carta che dimostrano la proprietà di una quota di una società.
Le azioni di una società tendono a costare di più se gli affari di quella società vanno bene, e diminuiscono di prezzo se la società non naviga in buone acque. La gente acquista azioni nella speranza di rivenderle in seguito a un prezzo più elevato di quello a cui

△ Il **blues** influenzò moltissimo i musicisti jazz come Duke Ellington (1899-1974) che amavano il suo ritmo energico e il suo stile molto libero.

sono state acquistate. Milioni di azioni cambiano proprietario ogni giorno nelle Borse di Londra, New York e Tokyo.

Bosch, Hieronymus

Pseudonimo del pittore fiammingo *J. van Aeken* (ca. 1450-1516). Popolano le sue opere figure mostruose e inquietanti evocazioni tratte dal simbolismo medievale e un tragico umorismo pervade i suoi quadri sacri e profani. Tra le sue opere ricordiamo *Il giardino delle delizie*, *Il carro di fieno* e *Il Calvario* che sono esposti al Museo del Prado di Madrid.

Bosnia ed Erzegovina

La Bosnia e l'Erzegovina erano un tempo repubbliche della ex-Iugoslavia, che nel 1992 si unirono per dare vita a uno stato indipendente. La popolazione è composta da croati, musulmani e serbi. Tra i bosniaci e l'esercito iugoslavo guidato dai serbi esplose però un conflitto per il tentativo, da parte dei serbi, di ricondurre nuovamente la Bosnia e l'Erzegovina sotto il controllo della Iugoslavia. Scoppiò così una guerra civile in cui musulmani e croati vennero allontanati con la forza dalle regioni del paese conquistate dai serbi, in un'operazione che fu chiamata di *pulizia etnica*. Il conflitto in Bosnia fu uno dei più violenti in Europa dai tempi della Seconda guerra mondiale. Nel 1995 fu firmato un accordo di pace e le truppe della NATO rimasero di stanza nel paese per assicurare che esso venisse rispettato.

BOSNIA ED ERZEGOVINA
Forma di governo: repubblica federale
Capitale: Sarajevo
Superficie: 51 209 km²
Popolazione: 3 842 566 ab.
Lingua: bosniaco, serbo e croato
Moneta: marco convertibile (legato all'euro con un cambio fisso)

botanica

La botanica è lo studio delle **piante** e delle loro modalità di crescita. Esistono più di 400 000 tipi diversi di piante, o vegetali, dalle minuscole alghe visibili soltanto al microscopio alle imponenti sequoie che raggiungono quasi i 100 m di altezza. Altri tipi di vegetali sono l'erba, i fiori, le felci, il muschio e i funghi.

Studiando il modo in cui le caratteristiche di una generazione di piante vengono tramandate alla generazione successiva, gli scienziati sono in grado di ottenere raccolti sempre più abbondanti e migliori, perché possono coltivare varietà che resistono meglio alle malattie.

Nel 1753 il botanico svedese Carl von Linné, noto come *Linneo*, inventò il primo vero sistema di classificazione delle piante dando a ognuna di esse un nome composto da due parole latine.

Botswana

Il Botswana è uno stato africano senza sbocco sul mare. Confina con Zimbabwe, Repubblica Sudafricana e Namibia. Nel 1885 il paese, al tempo chiamato Bechuanaland, divenne un protettorato inglese, ma conquistò l'indipendenza nel 1966. Il Botswana è un paese arido e caldo che comprende il deserto del Kalahari. Le miniere di diamanti e di altri minerali rappresentano la più importante industria del paese, ma anche l'allevamento di bestiame e il turismo sono molto importanti.

BOTSWANA
Forma di governo: repubblica
Capitale: Gaborone
Superficie: 581 730 km²
Popolazione: 1 949 800 ab.
Lingue: setswana e inglese
Moneta: pula

Botticelli, Sandro

Sandro Filipepi, detto Botticelli. Pittore (1 445-1 510). Allievo di F. Lippi e influenzato dal Pollaiolo e dal Verrocchio, ricercò nella sua opera i valori musicali della linea, l'armonia melodica della composizione e la trasparenza del colore, la contemplazione di una realtà trasfigurata, fuori dal tempo e dallo spazio, nell'autonoma perfezione della forma, secondo le raffinate concezioni della cultura umanistica medicea. Tra le sue opere più importanti la *Pala delle Convertite*, *Giuditta e Oloferne*, *Adorazione dei Magi*, *Allegoria della Primavera*, *Nascita di Venere*, e vari affreschi.

bovini

I bovini sono grandi animali *erbivori*. L'erba è difficile da digerire, per cui tutti i bovini hanno lo stomaco diviso in quattro parti per rendere più facile questa operazione. Durante la digestione, il cibo ritorna spesso nella bocca dell'animale per essere masticato e ingoiato nuovamente: è la cosiddetta *ruminazione*.

I tipi di bovini più conosciuti sono le mucche, i buoi e i bufali, animali che ci forniscono latte, carne e cuoio. I bisonti sono i bovini più grandi, con il corpo massiccio ricoperto di pelo lungo e ispido. Un tempo, enormi mandrie di milioni di bisonti abitavano le pianure dell'America settentrionale, dove venivano cacciati dai nativi americani. Quando però giunsero i cacciatori europei, uccisero troppi bisonti, tanto che oggi essi sopravvivono soltanto in pochi parchi nazionali.

boxe, *vedi* pugilato

bradipo

I bradipi sono un gruppo di mammiferi che vivono nell'America meridionale. Si muovono molto lentamente, solitamente di notte, e trascorrono gran parte del tempo appesi agli alberi a testa in giù. Mangiano foglie, boccioli e ramoscelli.

Il loro pelo è spesso ricoperto da una massa di minuscoli vegetali verdi della famiglia delle alghe. Esistono due tipi principali di bradipo: quelli che hanno due dita nelle zampe anteriori e quelli che ne hanno tre.

Bramante

Donato di Pascuccio d'Antonio detto Bramante. Architetto e pittore (1444-1514). La sua opera architettonica, grandiosa e ricca di suggestivi effetti di prospettive e di luce, fa di lui un precursore del gusto rinascimentale. Fu attivo soprattutto in Lombardia, sotto gli Sforza, eseguendo a Milano il *presbiterio* e la *sagrestia di S. Satiro*, il *chiostro di S. Ambrogio*, l'*abside di S. Maria delle Grazie* e lavorando nel duomo e nella Certosa di Pavia.

A Roma dal 1499, costruì tra l'altro il *chiostro di S. Maria della Pace*, il *tempietto di S. Pietro in Montorio*, il *cortile del Belvedere* e attese al progetto della basilica di S. Pietro. Tra i suoi quadri, *Uomini d'arme*, esposto alla Pinacoteca di Brera a Milano.

△ I **bovini** sono ancora utilizzati in molte parti del mondo per arare i campi e trainare carri.

Brasile

Il Brasile è lo stato più grande dell'America meridionale. Gran parte del Brasile è pianeggiante e comprende l'enorme bacino del Rio delle Amazzoni e le più grandi foreste pluviali del mondo, dove fino a poco tempo fa vivevano soltanto tribù di popolazioni indigene. Più della metà della popolazione del Brasile vive in città come Rio de Janeiro, Sâo Paulo e Belo Horizonte. *Brasilia*, una città totalmente moderna la cui costruzione iniziò nel 1954, è la capitale del Brasile dal 1960. Il Brasile fu governato dal Portogallo dall'inizio del XVI secolo fino al 1822, e la maggior parte della popolazione parla portoghese. Molti brasiliani lavorano in fattorie. Il paese è il massimo produttore al mondo di caffè e il petrolio sta diventando un prodotto sempre più importante. Il Brasile produce anche carne, cacao, cotone, mais, canna da zucchero e tabacco. Nel 2010 Dilma Roussef è diventata la prima donna presidente del Paese.

BRASILE
Forma di governo: repubblica federale
Capitale: Brasilia
Superficie: 8 514 876 km²
Popolazione: 191 480 630 ab.
Lingua: portoghese
Moneta: real

bronzo

Il bronzo è una *lega* (miscela) di rame e stagno. È estremamente utile perché è molto più resistente del rame puro.

Il bronzo non esiste allo stato naturale e fu prodotto per la prima volta nei paesi situati all'estremità orientale del

△ Il **bronzo** può essere modellato in qualsiasi forma riscaldandolo finché non fonde e colandolo in uno stampo. Questo scudo in bronzo risale a 2000 anni fa.

Mediterraneo circa 3000 anni prima di Cristo, ma ci vollero altri 1000 anni prima che arrivasse in Europa.

Bronzo, Età del

Il bronzo cambiò la vita delle popolazioni che vivevano in Europa nell'Età della Pietra.

Con il bronzo, infatti, poterono costruire utensili più resistenti molto rapidamente e armi che erano molto più robuste e affilate delle vecchie asce e dei coltelli di pietra o selce.

Gli uomini dell'Età del Bronzo usavano il bronzo per creare anche tantissimi altri oggetti, come vasi, scudi, elmi e ornamenti vari.

bruco

Tutti gli insetti hanno un ciclo di vita che comporta tre stadi principali: uovo, larva e infine animale adulto. "Bruco" è semplicemente un altro nome per indicare la larva di una farfalla o di una falena.

Solitamente le farfalle e le falene depositano le loro uova sulle piante.

Quando le uova si schiudono, ne escono piccole creature dal corpo morbido simili a vermi: sono i bruchi.

I bruchi trascorrono tutto il loro tempo mangiando. Il loro unico scopo è nutrirsi, crescere e prepararsi per trasformarsi in adulti e sono quindi dotati di potenti mandibole per triturare le piante. Alcuni si cibano delle piante coltivate, provocando così gravi danni ai raccolti.

Crescendo, i bruchi diventano troppo grandi per la pelle che li ricopre, che quindi si tende e si spacca, lasciando fuoriuscire il bruco con una nuova pelle. Questo accade diverse volte, ma l'ultima "pelle" è molto diversa dalle altre, forma uno strato duro e impedisce al bruco di muoversi: in questa fase il bruco è chiamato *crisalide*. All'interno della crisalide, il bruco si trasforma in farfalla. Il bruco delle falene fila una specie di bozzolo attorno a sé prima di trasformarsi in crisalide.

▽ Il **bruco** della farfalla monarca è molto velenoso. Il motivo a righe sul suo corpo avverte gli animali affamati che è meglio stare alla larga.

Brunelleschi, Filippo

Architetto (1377-1446). Esordì come orafo (1398) e come scultore, partecipando, nel 1402, al concorso per la porta del Battistero di Firenze con il *Sacrificio di Isacco*, ora al Museo del Bargello. Dedicatosi all'architettura, dopo un attento esame delle rovine di Roma compiuto con quel metodo razionale di cui i suoi studi sulla prospettiva costituivano la base, inaugurò il classicismo rinascimentale che si distinse dall'antico per il ritmo leggero e armonioso e per la lucida semplicità della struttura, per la chiarezza dei rapporti proporzionali e la funzione della luce, elemento di definizione dello spazio.

La sua opera maggiore è la *cupola di S. Maria del Fiore* a Firenze, realizzata a più riprese dal 1423 al 1438. Sue sono anche la *chiesa di S. Lorenzo* e quella di *S. Spirito*; l'*ospedale degli Innocenti*, la *cappella dei Pazzi* in S. Croce e *Palazzo Pitti*.

buco nero

Le stelle sono principalmente composte da idrogeno. È la trasformazione dell'idrogeno in elio che fa splendere ed emanare calore alle stelle come il nostro Sole. Quando una grossa stella consuma tutto il suo "carburante", ossia l'idrogeno, collassa e dà origine al fenomeno chiamato *esplosione di una supernova*. Ciò che resta dopo una simile esplosione è una stella minuscola.

Il materiale contenuto in questa stella è così compresso, ossia così denso, che la sua gravità è tale da non lasciar sfuggire nulla verso l'esterno, nemmeno la luce.

Poiché le onde luminose non riescono a uscire da questa massa, chiamiamo questa entità buco nero.

△ In molte statue e immagini, il **Budda** è ritratto seduto con le gambe incrociate, in una posizione nota come *posizione del loto*. Il suo viso ha sempre un'espressione rilassata e serena.

BULGARIA
Forma di governo: repubblica
Capitale: Sofia
Superficie: 111 002 km²
Popolazione: 7 563 710 ab.
Lingua: bulgaro
Moneta: nuovo lev

▽ Un'antica **bussola** europea. L'ago della bussola si orienta sempre sull'asse nord-sud perché la Terra stessa è un magnete gigantesco e l'ago si allinea al suo campo magnetico.

Gli astronomi non hanno mai visto i buchi neri perché sono invisibili, ma hanno scoperto stelle che potrebbero avere accanto a sé un buco nero invisibile.

Un buco nero inverte lo spazio dall'interno verso l'esterno: all'esterno potrebbe sembrare un oggetto nero rotondo della larghezza di qualche chilometro, mentre dall'interno potrebbe sembrare immenso quanto un universo e non si riuscirebbe a vedere nulla fuori di esso.

Budda

La parola "Budda" significa "l'Illuminato", un titolo che venne dato a *Siddharta Gautama*, nato nel 563 a.C. circa nell'India settentrionale, fondatore della religione buddista.

Per la maggior parte della sua vita, il Budda viaggiò per l'India predicando alla gente la sua dottrina, insegnando che l'unico modo per raggiungere la vera felicità consisteva nel vivere in pace con il prossimo e gli animali, nell'essere generosi e nell'evitare il male.

buddismo

Il buddismo è una religione nata in Asia circa 2500 anni fa.

Come gli induisti, anche i buddisti credono nella *reincarnazione*, ossia che dopo la morte si nasca nuovamente nel corpo di un animale o di un altro essere umano.

I buddisti trascorrono molto tempo in meditazione e pensano che, se vivranno con rettitudine, termineranno il loro ciclo vitale in una specie di paradiso senza più dolore, il *Nirvana*.

Attualmente vi sono 350 milioni di buddisti diffusi in tutto il mondo, ma principalmente in India, Tibet, Cina, Giappone e nel Sudest asiatico.

Bulgaria

La Bulgaria è uno stato dell'Europa orientale. Come molti degli stati vicini, la Bulgaria fu governata da un partito comunista durante la seconda metà del XX secolo e divenne una repubblica democratica nel 1990. La Bulgaria è attraversata a nord dalla catena montuosa dei Balcani, mentre a est si affaccia sul mar Nero, dove molti abitanti dell'Europa orientale trascorrono le vacanze. La Bulgaria ha molte fabbriche, miniere e fattorie, ma è uno stato relativamente povero, se paragonato all'Europa occidentale. Dal gennaio 2007 fa parte della UE.

Buonarroti Michelangelo, *vedi* Michelangelo

bussola

La bussola è uno strumento di orientamento che indica sempre i poli magnetici della Terra, molto vicini al Polo Nord e al Polo Sud geografici.

Funziona per magnetismo: un ago magnetico, fissato a un perno in modo da poter ruotare liberamente, punta sempre verso nord in qualsiasi località ci si trovi. In questo modo è facile orientarsi e spostarsi in qualsiasi direzione si desideri.

▽ I **buchi neri** hanno la forma di un imbuto. Gli oggetti sono attratti all'interno dell'imbuto, come l'acqua che scende nello scarico di un lavandino. Qualsiasi cosa vi cada dentro non può più fuoriuscire.

C

△ Il **caffè** si ricava dai semi contenuti all'interno delle bacche prodotte dalla pianta del caffè. Quando sono mature, queste bacche sono di un bel colore rosso acceso.

caccia

Per gli uomini preistorici, la caccia era il modo principale di procurarsi il cibo ma, con il sorgere delle prime civiltà, divenne, in località come la Cina e l'Egitto, uno sport diffuso tra le persone più abbienti.

Oggi, in alcune zone, è sempre un'attività praticata per procurare cibo o ridurre il numero di animali nocivi, ma in altre è ancora molto diffusa come semplice passatempo. Sempre più persone nel mondo, però, vogliono salvaguardare gli animali selvatici e si impegnano perché la caccia venga abolita (*vedi* **conservazione dell'ambiente**).

cactus

Esistono centinaia di specie diverse di cactus, ma tutte hanno in comune la capacità di vivere in climi estremamente caldi e aridi. I cactus, infatti, accumulano acqua nei loro fusti carnosi e sono ricoperti di spine aguzze che proteggono queste riserve d'acqua interne dagli attacchi degli animali assetati che vivono nel deserto.

I cactus sono di tutte le forme e dimensioni, dai piccoli esemplari della grandezza di un puntaspilli al gigantesco saguaro, che può raggiungere i 15 m di altezza.

caffè

Il caffè è una bevanda ottenuta dai semi della pianta del caffè. Questa pianta produce bacche rosse che contengono i semi, o chicchi, all'interno di una polpa gialla, ricoperta da una buccia resistente. La buccia e la polpa vengono eliminate, mentre i chicchi vengono essiccati e tostati fino a diventare marroni e poi macinati per

▽ I **cactus** vivono nelle regioni aride, soprattutto nei deserti, e rappresentano un nido ideale per diversi uccelli, tra cui i gufi e i picchi. I cactus forniscono cibo a una grande varietà di piccoli animali.

preparare la bevanda che tutti conosciamo.

Čajkovskij, Pëtr Ilič

Compositore russo (1840-1893). Fu uno dei compositori più famosi e apprezzati nel mondo della musica classica. Nato a Votkinsk, studiò musica classica al conservatorio di San Pietroburgo. Musicalmente abile e raffinato, mediò fra gusto occidentale e tradizione russa. Tra le sue opere più conosciute spiccano balletti come *Il lago dei cigni*, *Lo Schiaccianoci* e *La bella addormentata nel bosco*, il *Concerto n. 1 per pianoforte e orchestra*, il *Concerto per violino e orchestra in Re maggiore*.

Calabria

Regione (2 009 330 ab.) all'estremità meridionale dell'Italia peninsulare, confina a nord con la Basilicata ed è bagnata dal mar Tirreno e dal mar Ionio. Lo stretto di Messina la separa dalla Sicilia. Province: Catanzaro (capoluogo), Cosenza, Crotone, Reggio di Calabria e Vibo Valentia. Il territorio è prevalentemente montuoso (è percorso dalla dorsale appenninica) e lo attraversano i fiumi Amato, Mesima, Neto e Crati. L'agricoltura produce agrumi (arance, bergamotti) e olive. Il turismo è piuttosto sviluppato. Sono presenti industrie olearie ed enologiche, chimiche e metalmeccaniche.

calamaro

I calamari sono molluschi della stessa famiglia dei polpi. Molti vivono nelle profondità del mare durante il giorno e risalgono in superficie soltanto di notte per nutrirsi. I calamari usano i tentacoli per catturare i pesci e portarli alla bocca, simile a un becco. Alcuni calamari non sono più grandi di un pollice, ma il calamaro gigante può raggiungere i 12 m di lunghezza.

calcestruzzo

Il calcestruzzo è una miscela di cemento, ghiaia, sabbia e acqua. Simile a una pasta, quando asciuga si indurisce e viene usato per costruire edifici, strade, ponti e dighe. Il *cemento*, materiale base del calcestruzzo, è solitamente composto da calcare e argilla, frantumati e mescolati insieme e successivamente scaldati in un forno.

Una volta raffreddata, questa miscela viene macinata fino a ottenere la polvere di cemento.

Spesso il calcestruzzo viene rinforzato inserendovi sbarre di acciaio quando è ancora morbido: in questo caso si parla di *cemento armato*.

calcio, *vedi* sport

calcolatore

Il primo, primitivo calcolatore fu l'*abaco*, inventato circa 5000 anni fa.

▷ In Cina la **caccia** era uno sport molto diffuso tra le persone più abbienti, che cacciavano qualsiasi tipo di selvaggina sia con arco e frecce che con l'aiuto di cani, ghepardi e falchi.

△ Gli aztechi dell'America centrale costruivano **calendari** a forma di Sole su grandi pietre: nel centro era ritratto il volto del dio azteco del Sole e lungo i bordi erano riportati i simboli dei giorni.

Molto dopo, nel 1642, lo scienziato e filosofo francese *Blaise Pascal* costruì la prima macchina per addizionare i numeri, che funzionava con la rotazione di una serie di quadranti. In seguito, macchine calcolatrici meccaniche furono usate per anni negli uffici e nei negozi: erano utili ma lente e non potevano eseguire calcoli complicati.

Tutto cambiò negli anni 70 del secolo scorso, quando fu inventato il **chip**, grazie al quale oggi è possibile costruire piccoli calcolatori elettronici in grado di eseguire addizioni, sottrazioni, moltiplicazioni e divisioni con la sola pressione di appositi tasti. Macchine calcolatrici più avanzate possono anche effettuare i calcoli più elaborati utilizzati nel campo della scienza.

calendario

Ogni civiltà ha sempre usato un proprio calendario per calcolare giorni, settimane, mesi e anni.

I calendari sono utilizzati per pianificare la semina e il raccolto delle coltivazioni e per indicare speciali festività. I paesi del mondo occidentale usano il calendario *gregoriano*, introdotto nel 1582 da papa Gregorio XIII, basato sul tempo che occorre alla Terra per compiere un'orbita (un giro completo) attorno al Sole, ossia 1 anno, cioè 365 giorni.

Il calendario *cinese* si basa invece sull'orbita della Luna attorno alla Terra.

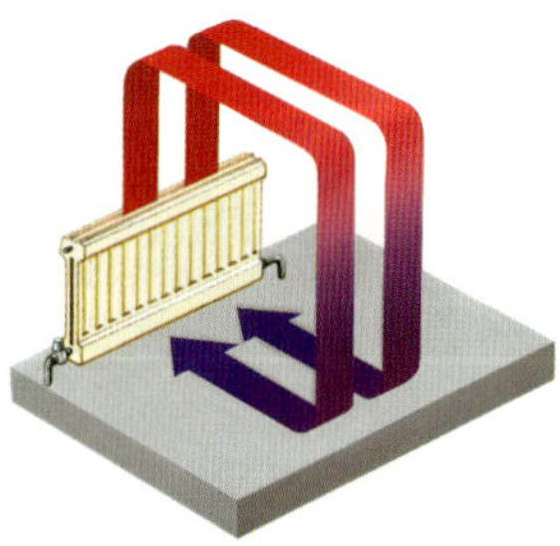

△ Un termosifone emette, o irraggia, **calore**, che si propaga nell'aria attraverso il processo di *convezione*. Quando l'aria al di sopra del termosifone si scalda, sale verso l'alto e aria più fredda interviene a prendere il suo posto, creando una corrente convettiva.

calore

Il calore è una forma di energia di cui possiamo percepire la sensazione, ma che non possiamo vedere. Quando qualcosa brucia, produce calore. Il Sole emette enormi quantità di calore, prodotto da atomi che si uniscono l'uno all'altro o "fondono" al suo interno: si tratta dello stesso tipo di energia che può essere emessa dall'esplosione di una bomba all'idrogeno sulla Terra.
Noi ricaviamo gran parte del calore che utilizziamo bruciando combustibili come il carbone o il gas naturale.
Il calore può essere prodotto anche dall'attrito, quando due oggetti strisciano l'uno sull'altro, oppure dall'elettricità che attraversa una bobina di filo metallico: è per questo che le serpentine all'interno del tostapane diventano incandescenti.

Possiamo sapere quanto è caldo un oggetto misurando la sua temperatura con un termometro. Quando una sostanza si scalda, le molecole di cui è composta si muovono più velocemente e spesso, quando questo accade, la sostanza si espande. I metalli sono gli elementi che si espandono maggiormente quando vengono riscaldati.

L'energia del calore può essere trasmessa dalle zone a temperatura più elevata verso quelle a temperatura più bassa in tre modi: conduzione, convezione e irraggiamento.

La *conduzione* è la trasmissione del calore da un punto all'altro di corpi solidi, chiamati *conduttori*. Per esempio, immergendo un cucchiaino in una bevanda bollente, subito inizierà a scaldarsi.

La *convezione* è il trasporto del calore attraverso i liquidi e i gas.

L'*irraggiamento* invece è un processo per cui l'energia si propaga attraverso lo spazio vuoto lungo linee rette: questo è il modo in cui il calore del Sole raggiunge la Terra.

Calvino, Italo

Scrittore italiano (1923-1985). Dopo aver esordito con romanzi e racconti ispirati alla Resistenza (*Il sentiero dei nidi di ragno* e *Ultimo viene il corvo*), ha rivelato le sue doti di narratore fra realismo e fiaba con *Il visconte dimezzato*, *Il barone rampante*,

Il cavaliere inesistente, *Marcovaldo* (celebre libro per ragazzi) e *Lezioni americane*, postumo.

camaleonte

I camaleonti sono un gruppo di rettili diffusi in Africa, Asia e in alcune zone dell'Europa meridionale. Hanno il corpo affusolato con una cresta lungo il dorso e corni o protuberanze sul capo.

L'elemento più insolito, nei camaleonti, è la loro capacità di modificare il colore della pelle.

I camaleonti vivono per lo più sugli alberi. Si muovono molto lentamente e stanno fermi sui rami per ore, immobili come statue, aspettando che qualche insetto si avvicini a loro. Quando questo avviene, i camaleonti catturano l'insetto saettando la lunga lingua appiccicosa a una velocità tale che l'insetto sembra svanire nel nulla.

Cambogia

La Cambogia è uno stato del Sudest asiatico costituito da una vasta pianura.

Ha cambiato il nome in Kampuchea nel 1976 e nuovamente in Cambogia nel 1988. La maggior parte dei cambogiani vive in piccoli villaggi e coltiva riso, ortaggi e frutta. Il paese un tempo faceva parte dell'Indocina francese, ma divenne indipendente nel 1954. Da allora la Cambogia ha vissuto una terribile guerra civile e una carestia che, soltanto tra il 1976 e il 1978, uccise oltre 2,5 milioni di persone. In seguito a libere elezioni, nel 1993 la Cambogia è diventata nuovamente una monarchia costituzionale.

Camerun

Il Camerun è una repubblica situata sulla costa occidentale dell'Africa. La maggior parte della popolazione vive in sperduti villaggi tribali ed è costituita da contadini. Le principali coltivazioni sono cacao, caffè, cotone, arachidi e banane. Vi si produce anche petrolio.

cammello

Con le lunghe zampe a X, le gobbe sul dorso e il lungo collo robusto, il cammello ha un aspetto davvero unico. È uno dei pochi mammiferi che riesce a vivere e a lavorare in climi estremamente torridi trasportando carichi pesanti.

I cammelli sono l'ideale per compiere lunghi viaggi attraverso il deserto: le zampe dotate di spessi cuscinetti plantari evitano all'animale di sprofondare nel morbido terreno sabbioso. I cammelli sono forti e veloci e possono camminare per giorni interi senza né mangiare né bere, nutrendosi del grasso accumulato nelle gobbe. I cammelli si nutrono quasi di qualsiasi cosa, compresi i cespugli spinosi e i cardi che trovano nel deserto.

La famiglia dei camelidi comprende due tipi di animali: il *dromedario*, che vive nell'Africa del nord e nel Medio Oriente e ha una sola gobba, e il *cammello* della Battriana, a due gobbe, diffuso nel deserto del Gobi, in Mongolia.

CAMBOGIA
Forma di governo: monarchia costituzionale
Capitale: Phnom Penh
Superficie: 181 035 km²
Popolazione: 14 805 400 ab.
Lingua: khmer
Moneta: riel

CAMERUN
Forma di governo: repubblica
Capitale: Yaoundé
Superficie: 475 442 km²
Popolazione: 19 521 600 ab.
Lingua: francese e inglese
Moneta: franco CFA

◁ Il **camaleonte** è in grado di roteare ogni occhio separatamente per guardarsi attorno. Può anche modificare il colore della pelle per mimetizzarsi con l'ambiente circostante, nascondendosi in tal modo ai suoi nemici.

Campania

Regione (5 824 662 ab.) dell'Italia meridionale, confinante con Lazio, Molise, Puglia, e Basilicata. È bagnata dal mar Tirreno. Fanno parte della Campania le isole di Ischia, Procida e Capri. Le sue province sono Napoli (capoluogo), Salerno, Avellino, Benevento e Caserta. Il territorio è prevalentemente collinare anche se è presente l'Appennino sannita e il vulcano Vesuvio. Il suo fiume principale è il Volturno. L'agricoltura è piuttosto sviluppata (olivi, cereali, ortaggi e frutta, vigneti). È attiva l'industria siderurgica, meccanica e tessile.

Canada

Il Canada è il secondo stato più grande del mondo dopo la Russia. A nord si spinge fino alla Groenlandia, mentre a sud raggiunge la stessa latitudine della Francia meridionale.

La distanza tra la costa ovest, affacciata sull'oceano Pacifico, e la costa est, sull'oceano Atlantico, è maggiore della distanza tra l'America settentrionale e l'Europa, ma nonostante queste dimensioni, due terzi della popolazione del Canada vivono in una stretta fascia di territorio compresa entro una distanza di 200 km dal confine con gli USA.

Nella parte est del Canada si trovano i Grandi Laghi, attraversati dal confine con gli USA. Questi enormi mari interni alimentano il fiume S. Lorenzo, che sfocia nell'oceano Atlantico. Le due maggiori città sono Montreal e Toronto, ma la capitale è Ottawa.

Storicamente, furono la Gran Bretagna e la Francia a governare il paese o parte di esso per lunghi periodi. Oggi il 24% circa dei canadesi considera la lingua francese come lingua madre.

Le vaste foreste del Canada ne fanno il maggiore produttore di legno per la fabbricazione della carta. Il paese possiede anche enormi risorse minerarie, in particolare petrolio e ferro, che ne fanno una delle dieci nazioni più industrializzate del mondo.

▽ I **cammelli** e i dromedari sono animali da soma indispensabili nelle regioni desertiche dell'Africa settentrionale, del Medio Oriente e dell'Asia.

canale

Un canale è un corso d'acqua artificiale costruito per la navigazione o l'irrigazione. Fino al XVI secolo i canali potevano essere costruiti soltanto in pianura, ma con l'invenzione delle chiuse fu possibile realizzarli anche su alture.

Una chiusa è un'opera di sbarramento che utilizza un sistema di saracinesche e condotti che consentono di variare il livello dell'acqua. Prima che una barca o una nave possano entrare in una chiusa, il livello dell'acqua all'interno di questa deve essere uguale a quello del tratto di canale in cui si trova l'imbarcazione.

I primi canali potevano essere utilizzati esclusivamente da *chiatte*, barche strette dal fondo piatto trainate da cavalli che avanzavano lungo

CANADA
Forma di governo: stato federale
Capitale: Ottawa
Superficie: 9 984 670 km²
Popolazione: 33 930 830 ab.
Lingua: inglese e francese
Moneta: dollaro canadese

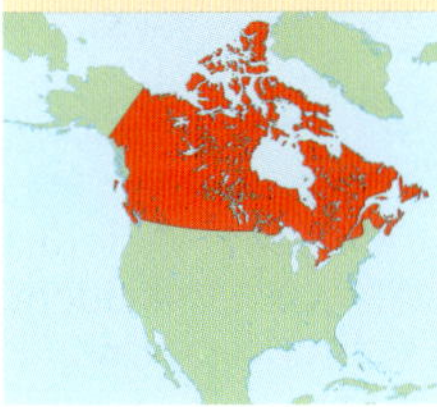

sentieri che seguivano il corso del canale. Alcuni canali, come il canale di Suez e quello di Panama, sono così grandi da consentire il passaggio anche ai grandi transatlantici. Il canale di Panama è lungo 80 km e collega l'oceano Atlantico al Pacifico.

Canaletto

Giovanni Antonio Canal, detto il Canaletto. Pittore e incisore italiano (1697-1768). Allievo e collaboratore del padre scenografo, si accostò poi alla pittura di vedute e immortalò vari aspetti della sua città (Venezia) con immagini di grande luminosità e di precisa prospettiva. Caposcuola dei vedutisti veneti del Settecento, lavorò anche in Inghilterra (a Londra). Tra le sue opere più importanti ci sono: *Festa di S. Rocco*, *Vedute di piazza S. Marco*, *Bacino di S. Marco* e *Veduta del Tamigi*.

Canberra

Canberra è la capitale dell'Australia. È una piccola città sede del governo del paese, ha poche industrie e vi hanno sede tutti i principali ministeri governativi.

Canberra fu fondata nel 1908 in seguito a una legge parlamentare e iniziò a espandersi subito dopo il termine della Prima guerra mondiale nel 1918.

Cani & Topi

Il più grande cacciatore di topi di tutti i tempi non è un gatto ma... un **cane**! Più precisamente un Bull Terrier di 12 chilogrammi, che inoltre era cieco da un occhio. Nell'arco di 5 anni riuscì a uccidere 4 000 topi in 17 ore di caccia, ma la sua "operazione" più riuscita fu l'uccisione di 100 topi in 5 minuti e 30 secondi, il 23 aprile 1825 a Londra.

cancro

Il cancro è una malattia che provoca la crescita incontrollata di alcune cellule del corpo, che possono ammassarsi e dare luogo a una escrescenza chiamata *tumore*. Alcuni tumori sono chiamati *maligni* perché spesso provocano la morte. Esistono circa 100 tipi di cancro, ma i più comuni sono quelli al seno, ai polmoni e all'intestino. Le cause di questa malattia non sono ancora del tutto note, ma con le terapie oggi disponibili spesso si ottengono buoni risultati. Trovare una cura per il cancro è una delle più grandi sfide della medicina e ricercatori di tutto il mondo si stanno impegnando per raggiungere questo obiettivo. Nel 2008 è stato decodificato per la prima volta il genoma di una paziente affetta da leucemia, identificando così le mutazioni delle cellule cancerose.

cane

Gli uomini allevano i cani da 10 000 anni. Spesso sono semplicemente animali da compagnia, ma molte volte svolgono mansioni utili, come condurre le mandrie al pascolo o fare la guardia alle abitazioni. Possono essere istruiti a guidare i non vedenti e a fiutare droga e altre sostanze illegali nascoste nei bagagli o all'interno di veicoli.

Il primo cane addomesticato discendeva probabilmente da un lupo.

Oggi esistono più di cento razze di cani domestici, che variano quindi per forma e dimensioni, tipo e colore del pelo. Tipi di cani selvatici sono invece la volpe, il coyote dell'America settentrionale, lo sciacallo asiatico e africano e il dingo australiano.

I cani sono carnivori e appartengono tutti alla stessa famiglia. Sono dotati di olfatto, udito e vista molto sviluppati.

△ I **cani** domestici sono allevati per scopi specifici. Questo levriero, per esempio, è stato selezionato per correre velocemente: può raggiungere i 70 km orari!

canguro

I canguri sono **marsupiali** che vivono in Australia, per lo più nelle praterie e nelle immense regioni aride del paese. Si nutrono di erba e altre piante e si spostano in gruppi saltando sulle grandi zampe posteriori, usando la lunga coda per mantenere l'equilibrio.

Esistono molte specie di canguro. I canguri rossi e quelli grigi sono i più grandi. In posizione eretta, un canguro rosso adulto può superare in altezza un uomo. I canguri grigi possono correre alla velocità di 55 km orari.

△ I **canguri** sono i marsupiali più grandi. Questa illustrazione raffigura una famiglia di canguri giganti grigi diffusi nell'Australia orientale che possono raggiungere la lunghezza di 2,4 m, coda compresa.

cannocchiali e telescopi

I cannocchiali fanno sembrare più vicini oggetti che si trovano a grande distanza. Funzionano captando la luce di un oggetto e curvandone i raggi per produrre un'immagine minuscola, che poi viene nuovamente ingrandita in modo da essere visibile.

Il cannocchiale contiene due lenti fissate dentro un tubo in modo che, dall'esterno, non penetri luce indesiderata. Una lente più grande, l'*obiettivo*, posta a un'estremità del tubo, capta la luce. Una lente più piccola, l'*oculare*, all'estremità opposta, ingrandisce l'immagine.

L'immagine vista attraverso questo tipo di cannocchiale risulta capovolta e per vederla correttamente viene aggiunta una terza lente.

I telescopi sono cannocchiali a fortissimo ingrandimento usati per lo studio dei corpi celesti e, invece di una lente, per l'obiettivo usano uno specchio che raccoglie la luce.

Lo specchio ha una forma tale che i

▽ I **telescopi** di Keck, sulla cima di Mauna Kea, nelle Hawaii, sono formati, ognuno, da 36 specchi esagonali uniti insieme a formare un solo grande specchio largo 10 m.

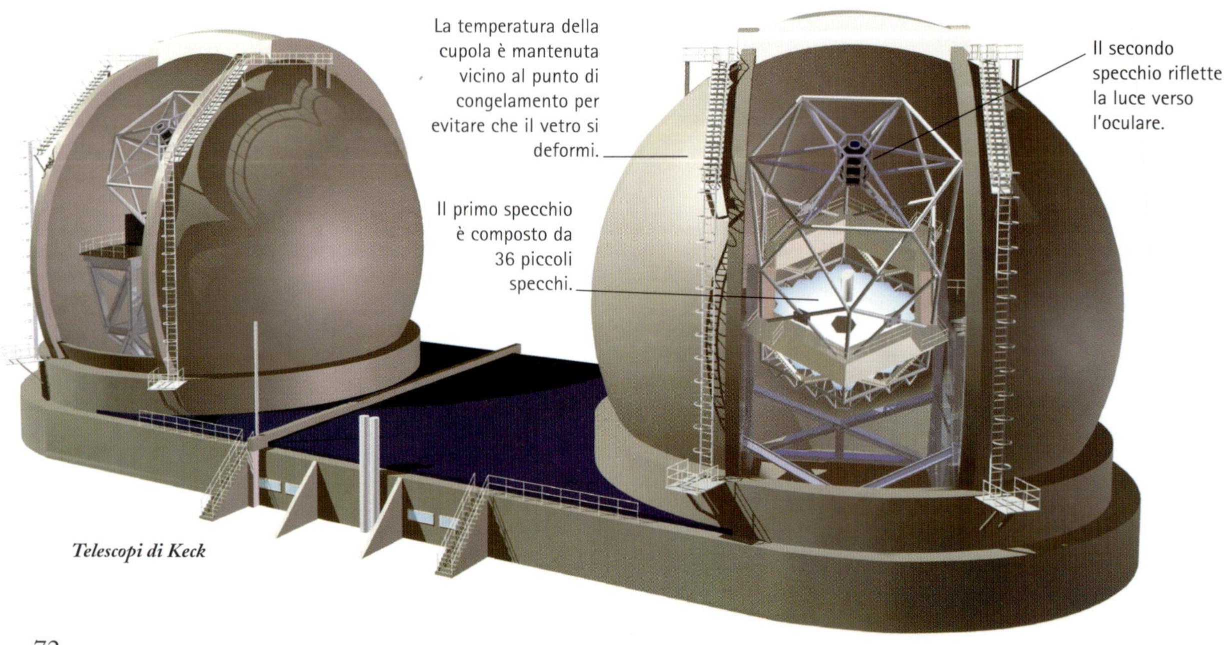

Telescopi di Keck

raggi vi rimbalzano e vengono inviati a un secondo specchio che li riflette verso l'oculare.

Canova, Antonio

Scultore italiano (1757-1822). Dopo un periodo a Venezia si stabilì a Roma, dove abbracciò gli ideali neoclassici.

Conquistatosi il favore dei papi e quello di Napoleone, per il quale lavorò anche a Parigi, assurse ben presto a fama internazionale, esercitando un grande ascendente su tutta la scultura europea del primo Ottocento. Tra le sue opere principali: *Amore e Psiche*, *Paolina Borghese* e *Napoleone*.

capra

Le capre sono animali più alti, magri e agili delle loro parenti più strette, le pecore. La capre hanno zoccoli e corna cave, e i maschi presentano un ciuffetto di peli sul mento simile a una barba.

Le capre selvatiche che vivono sulle montagne dell'Asia centrale, del Medio Oriente e dell'America settentrionale vivono in mandrie e mangiano erba e foglie. Capre domestiche sono invece allevate in molti paesi e forniscono latte, carne e pellame. La capra d'Angora e la capra del Kashmir sono famose per la loro lana, utilizzata per fabbricare eleganti tessuti pregiati.

Caraibi, *vedi* Antille

Caravaggio

Michelangelo Merisi, detto il Caravaggio. Pittore italiano (1573-1610). Dipinse a Roma le sue opere maggiori. Costretto a fuggire in seguito a un omicidio, fu a Napoli, a Malta, a Messina e a Palermo. Rivoluzionò la pittura sacra con soggetti del popolo e situazioni reali di vita quotidiana. Tra le sue opere più famose: *Storie di S. Matteo*, *Crocifissione di S. Pietro*, *Seppellimento di S. Lucia*.

carbone

Il carbone è un combustibile che si trova nel sottosuolo in strati chiamati *filoni*. È detto *combustibile fossile* perché ebbe origine milioni di anni fa da accumuli di piante morte.

Il carbone è utilizzato per il riscaldamento e per la produzione di elettricità e di sostanze chimiche.

▽ Il **carbone** viene estratto dal sottosuolo in molti modi, a seconda della profondità a cui si trova. Quando il filone raggiunge la superficie si costruiscono miniere a cielo aperto o da mezzacosta, mentre miniere con accesso da discenderia sono usate per gli strati di carbone leggermente più profondi. Le miniere a pozzo estraggono invece il carbone dalle zone più profonde del sottosuolo.

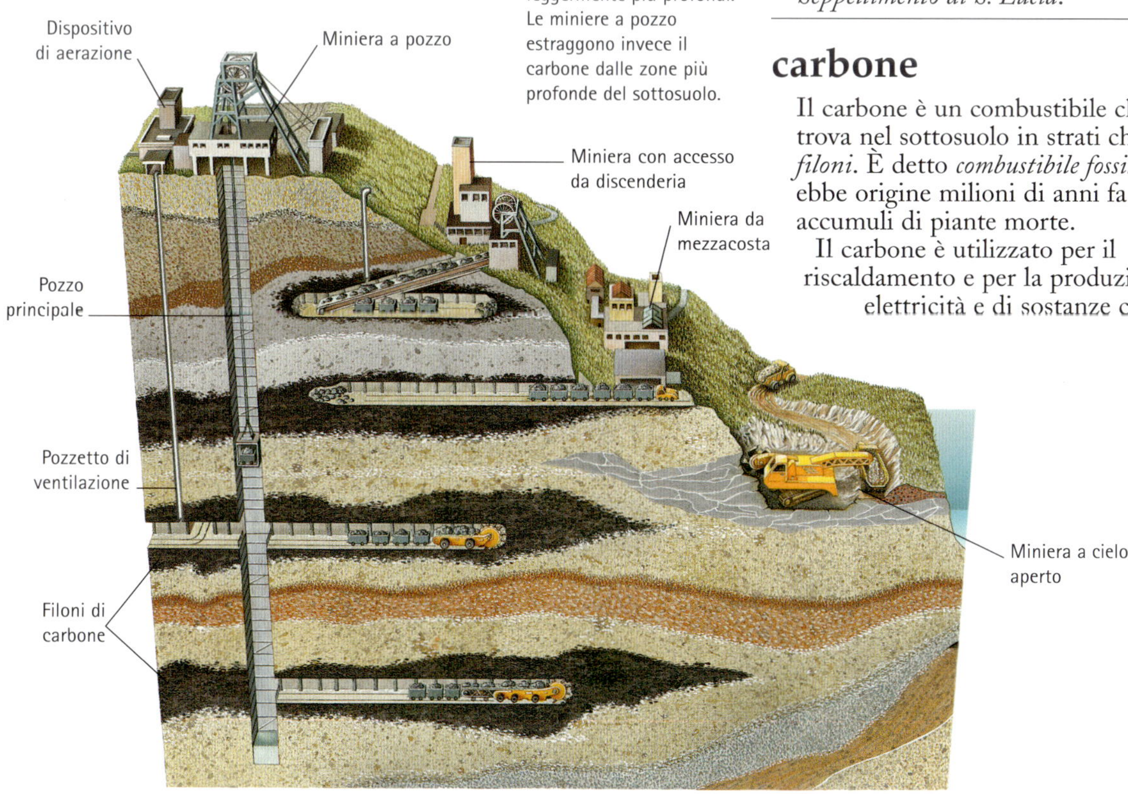

△ La grafite è una forma di **carbonio** puro. I suoi atomi (in alto) sono disposti in strati che scivolano facilmente l'uno sull'altro: per questo la grafite è uno dei corpi solidi più morbidi. Le "mine" utilizzate nelle matite (sopra) sono composte da una miscela di grafite e argilla.

carbonio

Il carbonio è un importante elemento presente in ogni essere vivente, animale o vegetale.

Molte cose che utilizziamo ogni giorno contengono carbonio, come per esempio lo zucchero e la carta. Il carbonio esiste anche sotto altre forme, come carbone, petrolio, diamanti e grafite.

La *datazione con il carbonio radioattivo* è un metodo utilizzato per determinare l'età di oggetti che risalgono a meno di 50 000 anni fa. Funziona misurando la quantità di questo elemento contenuto in un oggetto: tutto ciò che vive, infatti, contiene carbonio radioattivo e quando muore esso comincia a decadere, ossia a decomporsi.

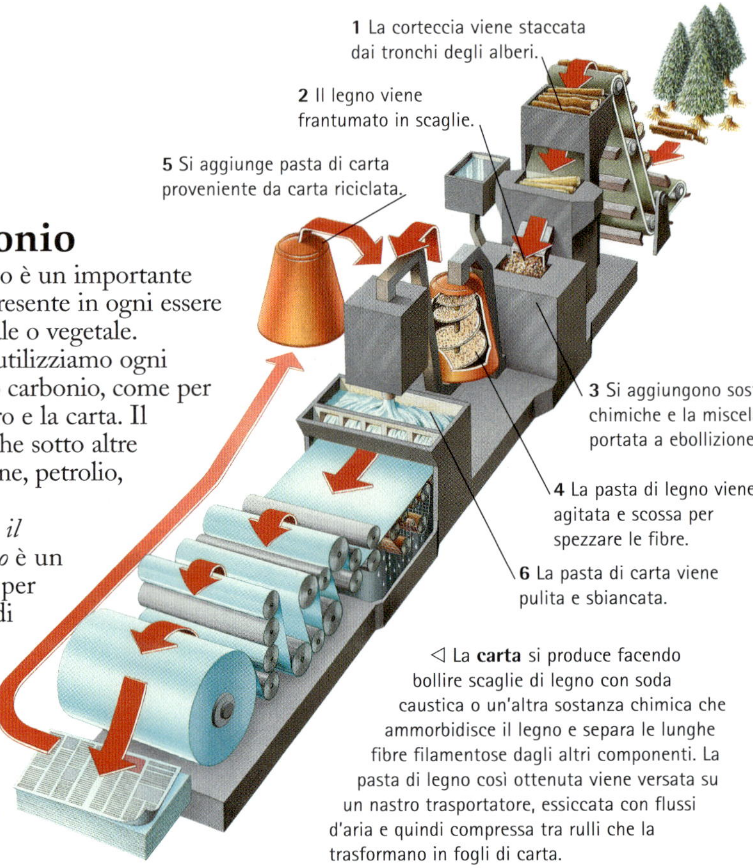

◁ La **carta** si produce facendo bollire scaglie di legno con soda caustica o un'altra sostanza chimica che ammorbidisce il legno e separa le lunghe fibre filamentose dagli altri componenti. La pasta di legno così ottenuta viene versata su un nastro trasportatore, essiccata con flussi d'aria e quindi compressa tra rulli che la trasformano in fogli di carta.

Carducci, Giosuè

Poeta e critico letterario italiano (1835-1907). Fondò in gioventù il gruppo degli "Amici pedanti" con il proposito di reagire al Romanticismo languido e sentimentale. Insegnò a Bologna dal 1860 al 1904 e nel 1906 vinse il premio Nobel. Nell'età matura, dopo una giovinezza repubblicana, si avvicinò alla monarchia e divenne il cantore dell'Italia guerriera.
Tra le sue opere ricordiamo: *Juvenilia*, le *Rime nuove* e le *Odi barbare*.

carestia

A volte una nazione non dispone di cibo a sufficienza per sfamare la sua popolazione, che si ritrova a morire letteralmente di fame. Questa situazione è chiamata carestia. Molti paesi in via di sviluppo sono colpiti da carestie, spesso perché non piove a sufficienza per consentire la coltivazione di prodotti alimentari. Le nazioni che non hanno questo problema inviano rifornimenti di cibo alle popolazioni che ne hanno bisogno per sconfiggere la fame nel mondo.

△ **Carlo Magno** regnò su gran parte dell'Europa occidentale nell'alto Medioevo.

Carlo Magno

Re dei franchi e imperatore del Sacro Romano Impero (742-814). Figlio di Pipino il Breve, fu un valoroso condottiero e nell'VIII secolo fondò un enorme impero esteso su gran parte dell'Europa occidentale.

Nel 768 Carlo Magno divenne re dei franchi, un popolo che abitava il paese che oggi chiamiamo Francia. Grazie alla sua abilità in guerra, conquistò la Spagna settentrionale, l'Italia e la Germania. Combatté per la Chiesa di Roma e, in cambio, il papa lo incoronò imperatore del Sacro Romano Impero nel giorno di Natale dell'anno 800.

La corte di Carlo Magno fu un grande centro di cultura e di sapere a cui accorrevano artisti e studiosi dalle località più remote del mondo. Quando Carlo Magno morì, i suoi figli si contesero l'impero, che alla fine fu diviso tra i nipoti Carlo, Ludovico e Lotar.

carnivori

I carnivori sono un gruppo di mammiferi che per la maggior parte si nutrono esclusivamente della carne di altri animali, mentre soltanto alcuni si cibano anche di insetti e piante. Tutti i carnivori hanno in comune potenti mandibole per triturare il cibo, artigli ricurvi per strappare la carne delle prede e lunghi denti affilati.

I carnivori comprendono felini, cani, iene, orsi, procioni e tassi. Tutti i carnivori sono dotati di fiuto, udito e vista acutissimi e sono veloci e abilissimi nel dare la caccia alle loro prede. Alcuni carnivori, come i lupi, le iene e i leoni cacciano insieme in branchi: in questo modo possono uccidere animali molto più grandi di loro. Altri carnivori, come il leopardo e la tigre, cacciano invece da soli.

carta

Un primo tipo di carta venne realizzato dagli egizi con le foglie di papiro, una pianta che cresce nelle paludi dell'Egitto. La carta che conosciamo oggi fu invece inventata dai cinesi.

Circa 1900 anni fa, i cinesi impararono a separare le fibre della corteccia del gelso, che venivano immerse nell'acqua, poi essiccate e pressate in fogli sottili e piatti sui quali era possibile scrivere. La carta è realizzata con fibre vegetali ancora oggi. La carta migliore è ricavata dal cotone, mentre la carta usata per i quotidiani si ottiene dal legno.

△ I **carnivori**, come questo leopardo, sono cacciatori abilissimi e feroci. Oltre ad avere denti e artigli robusti, sono dotati di fiuto, udito e vista straordinari per individuare le loro prede.

carte geografiche

Le carte geografiche ci aiutano a orientarci e a scoprire dettagli della geografia del mondo. Esistono diversi tipi di carte. Le *carte politiche* indicano i confini degli stati e la posizione delle città, le strade e le ferrovie più importanti. Le *carte fisiche* evidenziano le caratteristiche naturali come montagne, fiumi e laghi. Le *carte meteorologiche* indicano invece le condizioni di temperatura e pressione dell'aria.

Le carte sono disegnate in scale diverse. La scala di alcune carte è così grande che ci si potrebbe persino trovare disegnata la propria casa. La scala di altre è invece così piccola da consentire di "schiacciare" il mondo intero in una sola pagina dell'atlante.

In passato, le carte geografiche venivano realizzate semplicemente immaginando come potesse essere fatta la Terra. Oggi, per ottenere carte estremamente precise, si utilizza la fotografia aerea. Diverse fotografie vengono scattate da un aeroplano che vola ad altezza costante

▽ Con una **carta geografica** e una bussola è possibile localizzare con esattezza la propria posizione.
Le carte geografiche spesso riportano le cosiddette *curve di livello* che evidenziano le caratteristiche del terreno, come colline e valli. Ogni linea unisce punti diversi situati alla stessa altitudine.

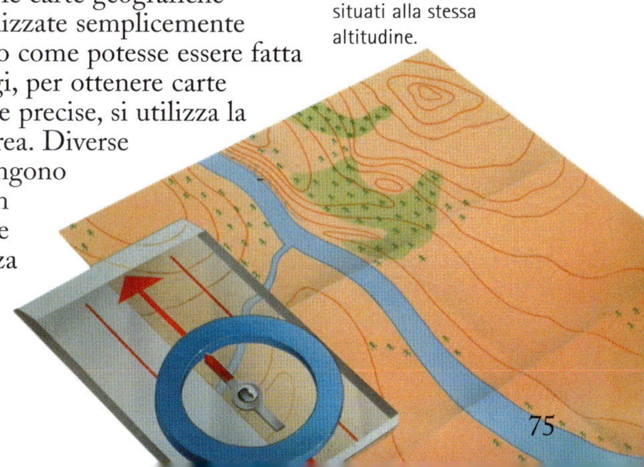

sovrapponendo leggermente ognuna di esse a quella successiva, in modo da non tralasciare nessun dettaglio. Per realizzare le *carte climatiche* si utilizzano invece le immagini riprese dai satelliti.

Le *carte nautiche* sono le carte geografiche dei mari che informano i marinai riguardo a fari, scogli, canali e alla profondità dell'acqua in diverse località. Carte estremamente dettagliate dei fondali marini possono essere realizzate con il sonar.

Cartesio

Nome italianizzato di René Descartes. Filosofo e matematico francese (1596-1650). Studioso di diverse discipline, come matematica, fisica, astronomia e diritto, pensava che tutte le scienze fossero collegate tra loro, come gli anelli di una catena, e dedicò molto tempo alla ricerca di un metodo che potesse unire insieme tutta la conoscenza. Con le sue idee rivoluzionarie, Cartesio influenzò molti altri filosofi ed è spesso definito *il padre della filosofia moderna*.

Tra le sue opere più famose: *Discorso sul metodo*, *Meditationes de prima philosophia* e *Le passioni dell'anima*.

cartoni animati

I cartoni animati sono brevi film divertenti interpretati da personaggi disegnati. Il modo tradizionale per realizzare un cartone animato consiste nel collegare insieme numerosi disegni singoli. Ognuno di questi disegni è leggermente diverso dal precedente, e quando essi vengono mostrati l'uno dopo l'altro a velocità molto elevata si ha l'impressione che l'immagine si muova. Per realizzare un cartone animato i disegni originali vengono realizzati su fogli di materiale trasparente, chiamati *cel* o *rodovetri*, e poi fotografati in sequenza sulla pellicola.

Negli anni 80 del secolo scorso è stata introdotta una nuova tecnica di animazione computerizzata: gli artisti usano il computer per realizzare le loro immagini e hanno quindi la possibilità di creare particolari effetti speciali, in particolare animazioni in 3D.

△ I **castori** costruiscono dighe sui corsi d'acqua con fango, rami e alberi che abbattono con i denti affilati. Quando alle spalle della diga si forma uno stagno, costruiscono una specie di isoletta come tana, alla quale si accede sott'acqua.

casa

Le prime case erano semplici ripari costruiti con fango, rami, foglie o pelli di animali. Successivamente l'uomo imparò a fabbricare i mattoni lasciando asciugare al Sole l'argilla umida. Per migliaia di anni, mattoni, legno e pietra furono i materiali con cui venivano costruite quasi tutte le case.

Le case moderne sono appositamente studiate perché il freddo, le correnti d'aria e la pioggia rimangano all'esterno e il calore resti all'interno. I doppi vetri alle finestre e l'isolamento dei tetti e delle pareti contribuiscono al

▽ La forma delle **case** è cambiata molto nel corso degli anni, ma tra le case moderne e i ripari dei nostri primi antenati rimangono alcune somiglianze fondamentali. Tutte le case, per esempio, devono offrire la possibilità di cucinare cibo, fornire un qualche tipo di riscaldamento e disporre di acqua e di un metodo per eliminare i rifiuti.

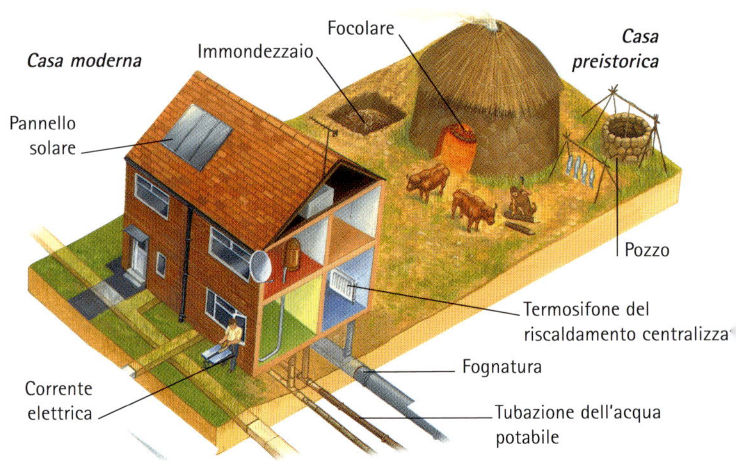

raggiungimento di questo scopo. Oggi le case dispongono per lo più di un sistema di riscaldamento centralizzato e, nei climi più caldi, di un sistema di condizionamento dell'aria.

cascata

Qualsiasi dislivello brusco e improvviso nel corso di un fiume viene definito cascata. Questi dislivelli o salti sono originati dall'acqua stessa che erode lentamente, cioè consuma, la roccia del letto del fiume su cui essa scorre. Alcuni tipi di roccia sono più permeabili e morbidi di altri e quindi si consumano più velocemente.

Quando la roccia permeabile viene consumata, lascia una scarpata di roccia non permeabile e dura oltre la quale si getta l'acqua del fiume.

In tutto il mondo esistono cascate: la più alta è il *Salto Angel*, in Venezuela, alto 979 m. Le cascate Iguaçu si trovano sul confine tra Argentina e Brasile: l'acqua si getta da oltre 82 m di altezza in numerose cascate separate che si estendono per oltre 3 km di larghezza. Le grandi cascate Vittoria lungo il fiume Zambesi hanno un'altezza di 122 m e un fronte di circa 2,6 km: da questo salto si gettano quasi 100 milioni di litri d'acqua al minuto. Se tutta questa forza venisse utilizzata, produrrebbe energia sufficiente a rifornire di elettricità una città di cinque milioni di abitanti!

△ Le **cascate** più famose del mondo sono quelle del **Niagara**, al confine tra gli USA e il Canada, e le cascate Vittoria lungo il fiume Zambesi, in Africa.

castello

I castelli sono edifici fortificati costruiti nel Medioevo da nobili e governanti. Al sicuro dietro le spesse mura, i signori dei castelli e i loro eserciti potevano respingere gli attacchi di banditi e di orde inferocite di nemici e sostenere lunghi assedi di eserciti invasori.

Alcuni castelli sono ancora abitati, ma molti sono ormai in rovina.

I primi castelli furono costruiti attorno al 950 d.C. ed erano solitamente disposti su una collina o un tumulo di terra circondati da un fossato.

Verso la fine dell'XI secolo alcuni castelli tra i più grandi cominciarono a essere dotati di una torre in pietra detta *maschio*. Con il passare del tempo i castelli divennero sempre più grandi e confortevoli: invece di avere tutti gli alloggiamenti ammassati nel maschio, cominciarono a sorgere piccoli "villaggi" di capanne all'interno delle mura del castello.

Per attaccare un castello medievale altamente fortificato era necessaria ogni sorta di tattica e di macchinario da assedio. I soldati assaltavano i bastioni da gigantesche torri su ruote che venivano spinte fino sotto le mura del castello. Potenti catapulte scagliavano pietre contro la cinta muraria o all'interno del castello per seminare confusione. Gli arcieri facevano cadere una pioggia continua di frecce per costringere i difensori ad allontanarsi dalle mura mentre i soldati vi si arrampicavano con l'aiuto di scale.

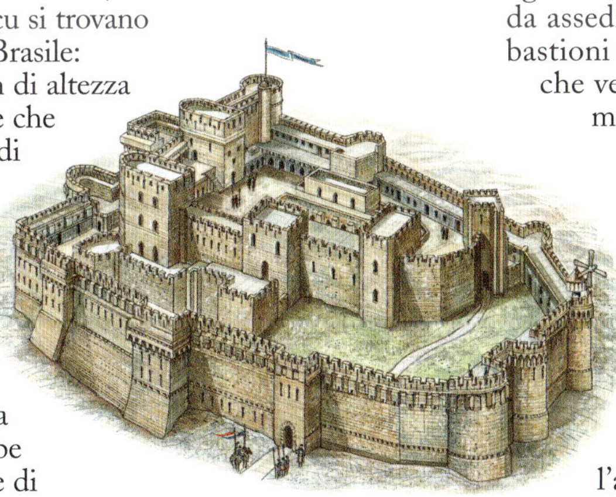

△ I **castelli** spesso erano dotati di doppie mura per una maggiore protezione. Avevano inoltre moltissime torri dalle quali era possibile colpire gli assalitori contemporaneamente da diverse direzioni.

castoro

I castori sono grossi roditori lunghi più di 1 m, coda compresa, e di peso superiore a 25 kg. Vivono nei boschi nei pressi di laghi e fiumi di molte zone dell'America settentrionale e

△ In questo esempio di **catena alimentare**, l'erba produce il proprio nutrimento usando l'energia del Sole e le sostanze presenti nel suolo. L'erba è mangiata dai conigli, che a loro volta forniscono nutrimento a una volpe. A sua volta la volpe morta nutrirà l'erba attraverso le sostanze rilasciate nel suolo.

dell'Europa. I castori sono ottimi nuotatori e possono persino resistere per 15 minuti sott'acqua senza respirare! Hanno la coda larga e piatta ricoperta di squame che utilizzano per cambiare direzione quando nuotano. Mangiano foglie, ramoscelli e cortecce di alberi, principalmente ontani e salici.

I castori hanno bisogno di stagni in cui costruire la loro tana e spesso a tale scopo bloccano i corsi d'acqua con dighe di fango e ramoscelli che rafforzano con i tronchi degli alberi che essi stessi abbattono con i denti affilati.

catena alimentare

Quando si mangia un pesce di mare, come il tonno per esempio, si partecipa a una catena alimentare che ha avuto inizio da qualche parte nelle profondità dell'oceano. Laggiù, microscopiche piante e animali galleggianti chiamati *plancton* sono stati mangiati da pesci minuscoli. Questi pesci minuscoli sono stati a loro volta mangiati da pesci più grandi, e questi ultimi da pesci ancora più grandi, come il tonno.

Ogni essere vivente ha una propria posizione all'interno di una catena alimentare e spesso appartiene a catene alimentari diverse. Una catena alimentare inizia con piante verdi che fabbricano il proprio nutrimento grazie all'acqua e alle sostanze chimiche presenti nel suolo e nell'aria e ai raggi del Sole. Questo processo è chiamato *fotosintesi clorofilliana*.

Diversamente dalle piante, gli animali non sono in grado di produrre il proprio cibo, così alcuni mangiano le piante, e altri si nutrono di animali. Quando gli animali o le piante muoiono, i batteri che vivono nel terreno decompongono i loro tessuti e così le sostanze chimiche di cui essi sono costituiti vengono rilasciate nel terreno. Queste sostanze chimiche agiscono da concime, arricchendo il terreno e favorendo la crescita delle piante: la catena alimentare ricomincia così nuovamente dall'inizio.

cattedrale, *vedi* chiesa

cava

Le cave sono enormi buche in cui le rocce vengono tagliate a blocchi o frantumate da esplosioni. Nell'epoca preistorica, l'uomo realizzava cave da cui estraeva la selce per fabbricare utensili e armi.

Oggi è possibile estrarre rocce in enormi quantità grazie all'impiego di esplosivi. Le rocce così estratte

◁ Spesso nelle **cave** viene usata la dinamite o un altro esplosivo per rompere la roccia, caricata poi da ruspe su autocarri e trasportata al frantoio: qui la roccia viene ulteriormente frantumata per poter essere usata lungo le linee ferroviarie, nei fondi stradali e nel calcestruzzo per la costruzione di edifici. La cava più grande del mondo è la miniera di rame di Bingham Canyon, nello Utah, USA: ha una profondità di circa 770 m.

vengono raccolte da bulldozer e ruspe e trasportate ai frantoi, dove vengono frantumate in pietre per essere usate nella realizzazione di strade, ferrovie, calcestruzzo e cemento.

Non tutte le rocce vengono estratte in questo modo. Le pietre utilizzate per la realizzazione di edifici e pavimentazioni, invece di essere fatte esplodere, vengono tagliate utilizzando apposite macchine elettriche da taglio, seghe a filo metallico e trapani.

Cavalcanti, Guido

Poeta italiano (ca. 1250-1300). Esponente di spicco e principale teorico del "Dolce stil novo". Guelfo bianco, fu amico di **Dante**, che gli dedicò la *Vita nova*. La sua concezione dell'amore è idealizzata, la sua ispirazione è ora tenera e malinconica, ora angosciata o drammatica. Scrisse canzoni (tra cui *Donna me prega perch'io voglia dire*), ballate (celebre quella dell'esilio: *Perch'i' no spero di tornar giammai*) e sonetti.

▷ Eserciti di **cavalieri** dalle pesanti armature comparvero in Europa nel IX secolo ed ebbero un ruolo di primo piano nelle guerre combattute fino al XIV secolo.

cavaliere

Nel Medioevo un cavaliere era un soldato a cavallo che combatteva per il suo governante e in tempo di pace serviva il padrone presso la sua dimora.

Sebbene in teoria chiunque potesse diventare cavaliere, in realtà i cavalli e le armature erano così costosi che soltanto poche persone potevano permetterseli e quindi il titolo di cavaliere divenne un onore conferito solitamente ai più ricchi. I giovani venivano addestrati a diventare cavalieri fin dall'età di sette anni.

I cavalieri persero la loro utilità in guerra quando l'introduzione delle armi da fuoco cambiò i metodi di combattimento.

cavalletta

Le cavallette sono insetti dotati di antenne, ali e lunghe zampe posteriori. Mangiano le foglie delle piante e quelle chiamate *locuste* danneggiano i raccolti. I maschi "cantano" strofinando le zampe posteriori sulle ali. Le cavallette possono, con un solo balzo, coprire distanze fino a 20 volte la loro lunghezza.

cavallo

Il cavallo fu uno dei primi animali selvatici a essere domato dall'uomo. Oggi esistono pochissimi cavalli selvatici, come il cavallo di Przewalski, che vive nelle remote praterie della Mongolia e del nord della Cina. Molti cavalli che chiamiamo "selvatici", come i *mustang* dell'America settentrionale, sono in realtà discendenti di cavalli

△ Gli uomini di Neanderthal erano **cavernicoli** che vissero in Europa e nel Medio Oriente fino a 35 000 anni fa. A quel tempo il clima era molto più freddo di oggi e le caverne fornivano un riparo vitale.

▽ I **cavalli** si sono evoluti in nome della velocità: persino i piccoli puledri sono in grado di galoppare. Non si sa quando i cavalli vennero domati, ma è certo che già 5 000 anni fa circa venivano usati in Egitto e in Asia centrale per cavalcare e trainare carri.

domestici ritornati allo stato brado.

Il cavallo è un animale forte e veloce, ma le prime specie comparse sulla Terra erano creature piccole, simili a cani, con un modo di vivere completamente diverso da quello dei loro moderni simili.

Chiamati *Eohippus*, vissero milioni di anni fa: avevano zampe anteriori con quattro dita e zampe posteriori con tre ed erano così piccoli da riuscire a sottrarsi ai nemici nascondendosi nel sottobosco.

Successivamente, i cavalli iniziarono a vivere nelle vaste pianure e, mancando il sottobosco in cui nascondersi, sfuggivano ai nemici fuggendo di corsa.

Lentamente, allora, le loro zampe divennero sempre più lunghe e persero tutte le dita, conservando un solo dito. Dopo milioni di anni di evoluzione, apparve infine il cavallo moderno: ha un dito per zampa, diventato uno zoccolo, su cui si appoggia per correre.

caverna

Una caverna è una cavità o un cunicolo al di sotto del suolo. Le caverne più grandi si formano quando acqua leggermente acida si infiltra nella roccia calcarea. L'acqua, infatti, scioglie lentamente la roccia, lasciando talvolta dietro di sé un intero reticolo di caverne.

Dopo che la caverna si è formata, l'acqua a volte continua a gocciolare dalle pareti e dal soffitto, spesso creando depositi di minerali dalla forma bizzarra, chiamati *stalattiti* e *stalagmiti*.

cavernicoli

Le caverne sono luoghi ideali per ripararsi dalle intemperie e dagli animali selvatici e furono le prime dimore utilizzate dagli esseri umani.

L'imboccatura di una caverna è spesso asciutta ed è possibile accendervi un fuoco all'interno quando il clima è freddo, mentre nella stagione calda offre riparo dal Sole.

Inoltre, protetti dalle pareti della caverna, gli uomini che abitavano nelle caverne, i cavernicoli, potevano respingere gli attacchi degli animali pericolosi dall'ingresso della caverna.

Resti di popolazioni cavernicole sono stati trovati in tutto il mondo: Cina, Asia meridionale, Africa ed Europa (*vedi* **popolazioni preistoriche**).

È nelle caverne che frammenti dei loro utensili e delle loro armi sono stati portati alla luce, insieme alle ossa degli animali che essi cacciavano. Sulle pareti di alcune caverne sono anche stati ritrovati dipinti raffiguranti animali.

cavia

La cavia è un roditore originario del Perù, chiamato anche "porcellino d'India". Le cavie possono raggiungere la lunghezza di 29 cm e sono in genere marroni, grigie, bianche, nere o tutti questi colori insieme.
In alcune il pelo è lungo e setoso, in altre forma riccioli chiamati *rosette*. Le cavie si nutrono di erba e fieno e spesso sono allevate in casa come animali domestici.

Cavour, Camillo Benso, conte di

Statista italiano (1810-1861). Fu ministro delle Finanze nel 1851.

Leader della destra liberale, alleatosi con la sinistra di Rattazzi, fu presidente del Consiglio nel 1852. Nel 1855 stipulò un'alleanza con Francia e Inghilterra; il trattato di Plombières gli assicurò l'aiuto francese contro l'Austria nella II guerra di indipendenza (1859). Morì dopo la proclamazione del Regno d'Italia mentre cercava di trovare un accordo sulla questione romana ("libera chiesa in libero stato").

Ceca, Repubblica

REPUBBLICA CECA
Forma di governo: repubblica
Capitale: Praga
Superficie: 78 865 km²
Popolazione: 10 506 813 ab.
Lingua: ceco
Moneta: corona ceca

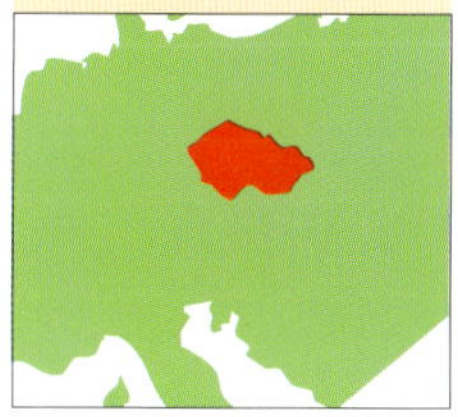

La Repubblica Ceca è uno stato dell'Europa orientale, un tempo parte della Cecoslovacchia, che fu divisa nel 1 993 in due nazioni, la Repubblica Ceca e la Slovacchia. Gran parte della Repubblica Ceca è occupata da montagne. Praga, la capitale, è una delle principali città storiche europee.

Nel 1 938, la Germania occupò la Cecoslovacchia e ne mantenne il controllo fino a quando venne sconfitta alla fine della Seconda guerra mondiale. Poi la Cecoslovacchia divenne un paese comunista finché, nel 1989, si insediò un governo democratico.

Nel 2004 è entrata nella UE.

cellula

Le cellule sono le più piccole parti viventi di animali e piante, visibili soltanto al microscopio. Persino un piccolo frammento di pelle umana contiene milioni di cellule. Le cellule sono solitamente di forma rotonda, alcune sono a spirale e altre, come le cellule nervose, sono munite di ramificazioni.

Nel 1665 lo scienziato inglese *Robert Hooke* esaminò un frammento di sughero al microscopio e notò che era composto da minuscoli "scompartimenti" che chiamò cellule: questo termine è in uso da allora.

Ogni essere vivente è composto da cellule: sono diverse per forma, dimensioni e funzione, ma tutte possiedono un centro di controllo chiamato *nucleo*. Le cellule degli animali sono munite di una parete cellulare, o membrana, molto sottile, mentre le cellule delle piante hanno la parete cellulare più spessa e contenente cellulosa, una sostanza di rinforzo. Le cellule delle piante, o vegetali, contengono anche i *cloroplasti*, minuscole strutture che contengono una sostanza verde chiamata *clorofilla*, che le piante usano per fabbricare il proprio cibo, in un processo chiamato *fotosintesi*.

▽ Una **caverna** impiega migliaia di anni per formarsi nella roccia calcarea. Spesso presenta numerosi pozzi verticali, cunicoli laterali, cavità, laghetti e piccoli fiumi sotterranei.

△ Gli oggetti di **ceramica** come queste brocche possono essere realizzati versando argilla liquida in uno stampo, oppure possono essere modellati al tornio dal ceramista. La brocca di destra è stata cotta, poi decorata e infine rifinita con una vernice trasparente.

celti

I celti furono un antico popolo dell'Europa nordoccidentale. Un tempo, oltre 2000 anni fa, vivevano in Gran Bretagna, in Francia e in alcune regioni della Spagna e della Germania. Nel 400 a.C. circa si spinsero fino in Italia e attaccarono Roma. I celti erano alti di statura e bellicosi.

Vivevano in tribù che spesso combattevano tra loro ed erano costituite da un capo, nobili, uomini e donne liberi e schiavi. I celti erano abili nella lavorazione dei metalli e spesso decoravano le loro armi e armature con disegni vivaci e di creature bizzarre. Erano anche poeti e musicisti di talento. La religione celtica è chiamata anche *druidismo*, dal nome dei loro sacerdoti, i druidi.

Quando l'Impero Romano iniziò a espandersi militarmente, molti celti fuggirono in regioni remote. Nei paesi conquistati dai romani, le tradizioni celtiche si persero. Soltanto negli angoli più remoti d'Europa la lingua e le consuetudini celtiche riuscirono a sopravvivere.

Fino a qualche centinaio di anni fa la lingua celtica era comune in Irlanda, nel Galles, in Cornovaglia (una regione dell'Inghilterra sudoccidentale), in Scozia e in Bretagna (una regione della Francia nordoccidentale). Oggi, sebbene meno comuni, le lingue celtiche sono ancora parlate: tra queste il gallese e il gaelico irlandese e scozzese.

▽ I **celti** non avevano lingua scritta: si tramandavano racconti dei loro dei e della loro storia con canzoni e poemi.

censimento

Quasi tutte le nazioni del mondo contano regolarmente il numero dei propri abitanti: questo conteggio della popolazione è chiamato censimento. La maggior parte delle nazioni organizza un censimento ogni dieci anni. Il censimento può anche fornire informazioni utili sul tipo di lavoro svolto dagli abitanti, su quanto guadagnano, in che tipo di casa vivono, se sono sposati o vivono soli e quanti figli hanno.

Nell'antica Roma, i responsabili dei censimenti stilavano elenchi dei cittadini e delle loro proprietà e li utilizzavano per assicurarsi che ognuno pagasse le tasse nella giusta misura.

centopiedi

I centopiedi sono lunghi *invertebrati* (animali privi della colonna vertebrale) il cui corpo è composto da molti segmenti, spesso più di 100, ognuno dei quali è munito di un paio di zampe.

La testa possiede lunghe antenne, bocca robusta e due artigli in grado di iniettare veleno nelle vittime. Tutti i centopiedi sono cacciatori molto attivi che si nutrono principalmente di vermi, insetti e lumache.

I centopiedi sono diffusi in quasi tutto il mondo. Il più grande ha 46 paia di zampe e vive nelle foreste pluviali dell'America meridionale. È lungo circa 25 cm e ha uno spessore di 2,5 cm.

I centopiedi sono simili a un altro gruppo di animali chiamati *millepiedi*.

La principale differenza tra i due è che i centopiedi possiedono due zampe per ogni segmento del corpo, mentre i millepiedi ne hanno quattro.

centrale elettrica

Le centrali elettriche sono impianti in cui l'energia del calore o dell'acqua che scorre viene trasformata in energia elettrica da utilizzare nelle abitazioni e nelle fabbriche. La maggior parte delle centrali elettriche ricava l'energia da un combustibile che produce vapore, il quale a sua volta alimenta un generatore o un gruppo di generatori.

I generatori producono corrente elettrica, o elettricità, spesso trasportata per via terra lungo fili metallici tesi tra alte torri di metallo chiamate *tralicci*.

Prima del trasporto, la corrente passa attraverso un trasformatore che ne aumenta la tensione per ridurre la quantità di perdite che essa subisce nel trasferimento. La tensione viene nuovamente ridotta prima che l'elettricità raggiunga le case e le fabbriche dove viene utilizzata.

▽ Una **centrale elettrica** alimentata a carbone trasforma l'energia immagazzinata nel carbone in elettricità. Carbone, petrolio e gas naturale sono combustibili fossili utilizzati nella grande maggioranza delle centrali elettriche del mondo, dove enormi quantità di combustibile vengono bruciate per produrre vapore dall'acqua.

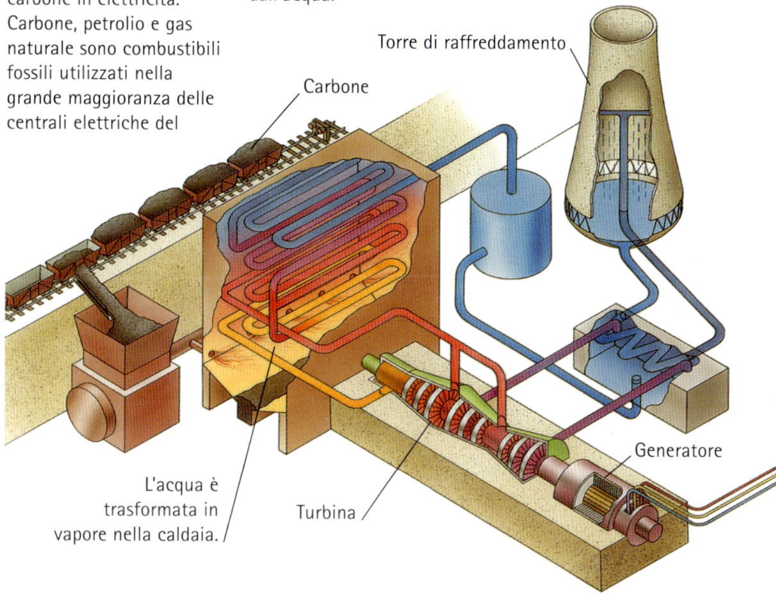

ceramica

La ceramica è un impasto di argilla cotto a temperature elevate con il quale vengono realizzati piatti, piattini, tazze, ciotole, anfore, vasi e altri oggetti e ornamenti.

Gli uomini realizzano oggetti di ceramica da migliaia di anni. I primi vasi erano spessi e molto ruvidi, perdevano i liquidi e, se riscaldati, si spaccavano. Con il tempo, però, l'uomo imparò a realizzare ceramiche che fossero più utili e al tempo stesso più belle. Oggi i due principali tipi di

▽ I **centopiedi** sono feroci cacciatori. Possono muoversi rapidamente per catturare la preda di sorpresa o sfuggire ai pericoli.

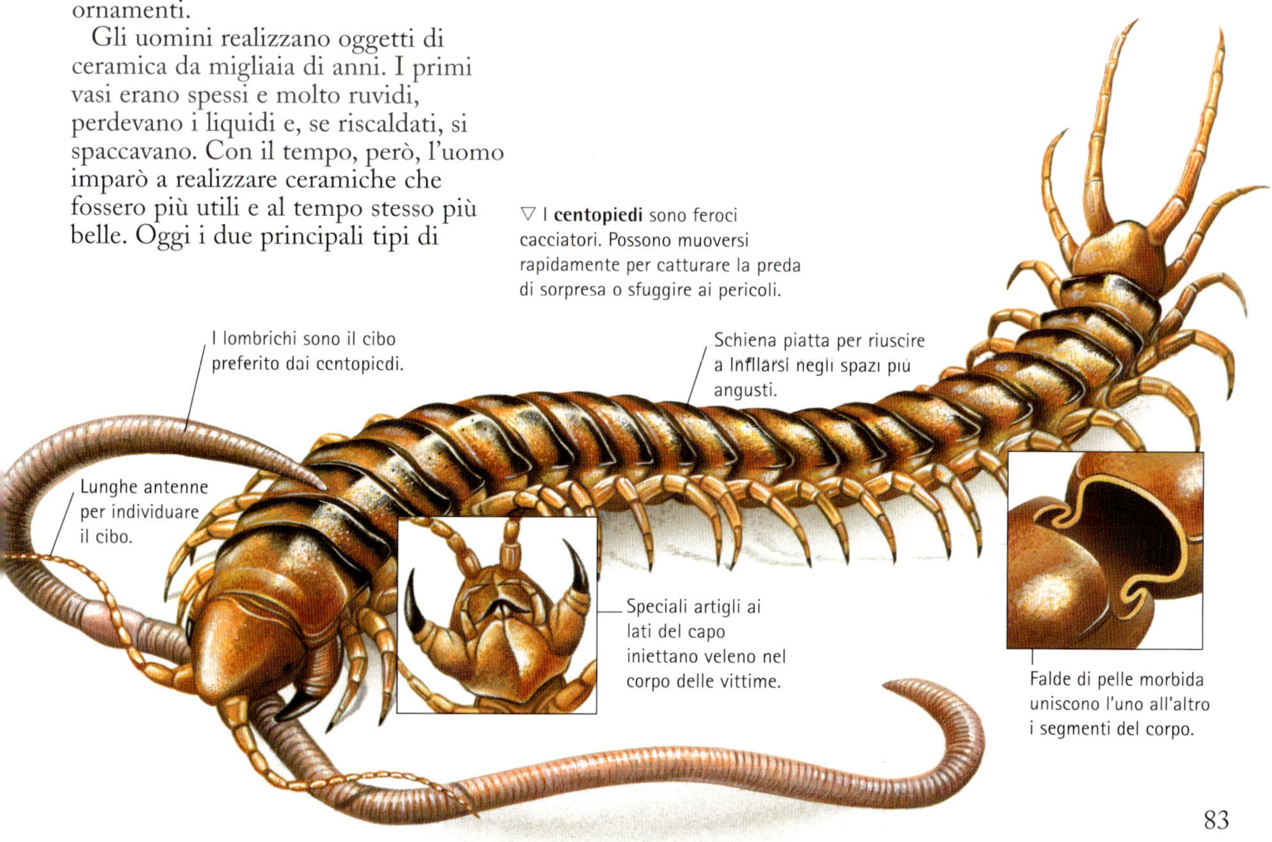

ceramica sono la porcellana e il grès. La *porcellana* è ceramica finissima realizzata con argilla bianca cinese: è così sottile da lasciar passare la luce. Il *gres*, invece, è solitamente molto più spesso e robusto.

Per fabbricare un vaso, il ceramista dispone un blocco di argilla umida su un macchinario chiamato *tornio* e poi con le mani lo modella a forma di vaso.

Il vaso viene lasciato essiccare e successivamente la sua superficie può essere ricoperta con una vernice trasparente chiamata *vetrina*. Infine, viene cotto in un forno speciale: con la cottura il vaso aumenta la sua solidità e la vernice trasparente si trasforma in un rivestimento liscio e lucido. Vernici diverse producono colori diversi e alcune donano persino una lucentezza metallica al vaso.

La maggior parte degli odierni oggetti in ceramica è prodotta in gran quantità nelle fabbriche perché il materiale può essere modellato, cotto e decorato velocemente e a basso costo su una linea di lavorazione industriale.

cereali

I cereali sono i frutti di un gruppo di piante erbacee della famiglia delle *graminacee*.

In tutta la storia dell'umanità hanno rappresentato il più importante tipo di alimento. Nell'epoca preistorica i cereali si raccoglievano da piante selvatiche.

Più tardi, quando iniziarono a essere coltivati nelle fattorie, i cereali divennero il nutrimento più importante delle prime civiltà.

Alcuni cereali sono consumati dall'uomo nella loro forma naturale, come il granoturco, o mais, e il riso, l'alimento principale di metà della popolazione mondiale. Altri cereali, come il grano e la segale, vengono macinati in farina, adeguatamente preparati e cotti in forno. La pasta, invece, è realizzata con una miscela di farina di grano e acqua. I cereali sono utilizzati anche per produrre bevande alcoliche come la birra e il whisky (*vedi* **alcol**) e alcune varietà sono coltivate come mangime per animali.

△ I **cereali** sono piante erbacee coltivate a scopo alimentare e rappresentano le maggiori coltivazioni mondiali.

cervello

Il cervello è l'organo che controlla tutte le altre parti del corpo. In alcuni minuscoli insetti non è più grande di un granello di polvere, mentre nei mammiferi è piuttosto voluminoso, rispetto alle loro dimensioni. Gli esseri umani hanno il cervello più grande di tutti gli animali. Il cervello controlla le attività involontarie (automatiche) come la respirazione o la pressione sanguigna. Comanda anche i muscoli e gli organi dell'equilibrio, del tatto e del movimento.

Il cervello umano usa un quinto di tutta l'energia prodotta dal corpo ed è composto da sostanza grigia e bianca.

La *sostanza grigia* contiene le cellule nervose, mentre la *sostanza bianca* contiene le fibre nervose che

▷ Il **cervello** è il centro di controllo del corpo, responsabile di azioni, pensiero, memoria, comportamento ed emozioni. È protetto da un cranio osseo, tre membrane (*meningi*) e uno strato di fluido.

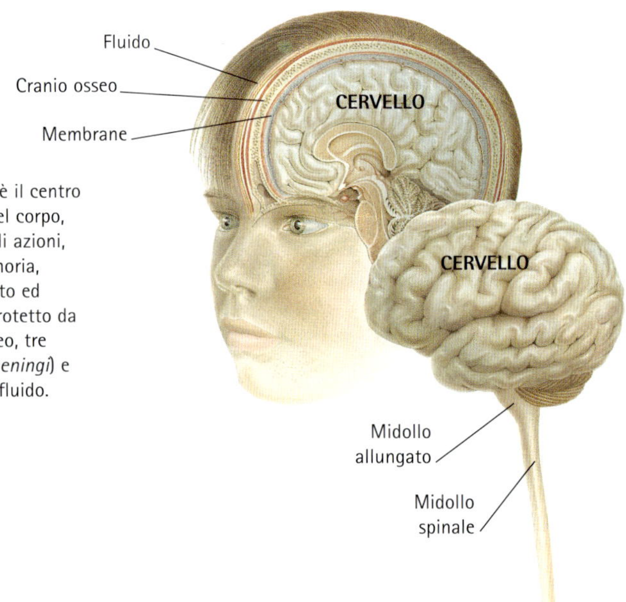

trasportano i messaggi dalle cellule nervose al corpo. Queste fibre nervose partono dal cervello in grossi fasci che raggiungono tutte le parti dell'organismo, poi risalgono fino al cervello con i messaggi inviati dal corpo. Aree diverse del cervello controllano parti diverse del corpo. Per esempio, la parte anteriore del cervello è l'area in cui ha luogo l'attività del pensiero, mentre la vista è controllata dalla parte posteriore del cervello.

△ Un gruppo di nemici di Giulio **Cesare** congiurò per ucciderlo. Il 15 marzo dell'anno 44 a.C. lo pugnalarono a morte nel Foro romano, il luogo in cui si svolgeva la vita pubblica romana.

Cervino

Monte (4478 m) delle Alpi Pennine, al confine tra la Valle d'Aosta (Valtournenche) e il Vallese. Costituito da rocce cristalline metamorfiche (gneiss e scisti), si erge a forma di piramide, dominando a nord la conca di Zermatt, a sud quella del Breuil. Fu scalato per la prima volta nel 1865 dall'inglese E. Whymper.

cervidi

I cervidi sono un gruppo di mammiferi il cui esponente più conosciuto è il cervo, diffuso nelle foreste di Asia, Europa e America settentrionale.

Questi animali sono imparentati con i bovini e le antilopi, dai quali differiscono perché hanno corna annuali e non permanenti.

Ogni anno, infatti, i maschi perdono le corna e ne sviluppano un nuovo paio.

Cervo comune maschio

▷ D'estate i maschi dei **cervidi** strofinano le corna contro i rami per eliminare lo strato di pelle morta che le ricopre.

Le femmine, invece, sono prive di corna, fatta eccezione per le renne, chiamate *caribù* nell'America settentrionale, nelle quali le corna sono presenti in entrambi i sessi.

All'inizio della primavera, il sangue inizia a scorrere in due protuberanze dure sulla fronte dei maschi, trasportando una sostanza ossea che accelera la crescita delle corna, le quali, inizialmente, si presentano coperte da una pelle morbida e vellutata. Per l'inizio dell'estate, le corna hanno raggiunto la loro crescita massima.

L'approvvigionamento di sangue viene sospeso e la pelle vellutata muore. L'animale strofina allora le corna per eliminare i resti di pelle e renderle dure e lucenti. Alcune corna, chiamate *palchi*, sono molto grandi: quelle dell'alce, per esempio, raggiungono una larghezza di 2 m!

Le varie specie di cervidi vivono per lo più nei boschi e nelle foreste dell'emisfero settentrionale, ma ne esistono anche in America meridionale e in Asia meridionale. Sono animali selvatici, ma alcuni possono essere domati con successo. Le renne, per esempio, possono essere addestrate a trainare le slitte e la loro carne e la loro pelle vengono utilizzate dai lapponi della Scandinavia. Questi animali vengono infatti anche allevati per consumarne la carne.

Cesare, Gaio Giulio

Condottiero e uomo politico romano (100 ca.-44 a.C.). Ebbe un importante ruolo nella trasformazione della repubblica romana in un impero governato da una sola persona.

Cesare assunse grande potere quando, al comando dell'esercito, conquistò la regione oggi occupata dalla Francia e dal Belgio. Nel 55 a.C.

△ Charlie **Chaplin** recitò in decine di film muti. Fu definito "l'omino più buffo del mondo".
Alla compagnia teatrale Keystone di Mack Sennett viene indissolubilmente legato il successo di Charlie Chaplin. Fu infatti durante le prove in quella compagnia che, nel 1914, nacque la maschera di Charlot, in un modo fortuito: "Non sapevo a quale truccatura ricorrere... Pensai di mettermi un paio di calzoni sformati, due scarpe troppo grandi... Volevo che fosse tutto in contrasto: i pantaloni larghi e cascanti, la giacca attillata, il cappello troppo piccolo e le scarpe troppo grandi. Ero incerto se truccarmi da vecchio o da giovane, poi ricordai che Sennett mi aveva creduto un uomo assai più maturo e così aggiunsi i baffetti che mi avrebbero invecchiato senza nascondere la mia espressione. Non avevo la minima idea del tipo di personaggio, ma come fui vestito, il costume e la truccatura mi fecero capire che tipo era. Cominciai a conoscerlo, e quando m'incamminai verso l'enorme pedana di legno, esso era già venuto al mondo".

attraversò il canale della Manica e invase la Britannia. In seguitò si ribellò al senato romano (organo di governo principale dell'Impero Romano) e con il suo esercito vittorioso marciò su Roma conquistandola senza combattere. Nel 48 a.C. sconfisse Pompeo, suo principale rivale nell'ascesa al potere e divenne così il solo dominatore della repubblica romana.

Nel 45 a.C. Cesare si fece nominare dittatore a vita, ma aveva molti nemici che lo odiavano per ciò che stava facendo alla repubblica e l'anno successivo fu ucciso a Roma da un gruppo di cospiratori.

Chaplin, Charles (Charlie)

Regista e attore inglese (1889-1977). Tra i più famosi attori di film comici di tutti i tempi, è ricordato per il personaggio del vagabondo dal cuore tenero e dalle buone intenzioni, in Italia chiamato *Charlot*, che commette un errore dopo l'altro e finisce sempre nei guai. Chaplin era nato a Londra, ma trascorse la maggior parte della sua vita lavorando negli Stati Uniti.

Dopo gli inizi come attore teatrale, raggiunse la popolarità nel cinema muto di Hollywood.

Chaplin scrisse, diresse e produsse molti dei film di cui fu interprete.

Tra i più famosi ricordiamo: *Luci della ribalta*, *Il dittatore* e *Tempi moderni*.

Cherubini, Luigi

Musicista italiano (1760-1842). Visse a Parigi, nell'epoca della rivoluzione e di Napoleone, ove insegnò composizione al Conservatorio. Maestro del contrappunto e dell'armonia, fu ammirato persino da Beethoven. Scrisse musica sacra (*Messa in fa*, *Requiem in do minore*), strumentale (*Sinfonia in re*) e teatrale (*Demofonte*, *Lodoïska*, *Medea*, *Il portatore d'acqua*, *Anacreonte*).

chiesa

Le chiese cristiane sono tanto varie quanto le nazioni in cui sorgono. Ne esistono di tutte le forme e dimensioni, da minuscole capanne di legno o tende a cattedrali imponenti di pietra. Tutte le chiese, però, sono usate per gli stessi scopi: sono luoghi di preghiera, sedi in cui vengono celebrate le funzioni religiose e strutture che custodiscono ogni sorta di oggetto religioso. La maggior parte delle chiese è orientata in modo che l'ingresso principale sia situato a occidente e l'altare a oriente.

Nel corso dei secoli, le chiese sono state costruite in diversi stili architettonici. Nell'XI e nel XII secolo la maggior parte delle chiese era in stile romanico, con archi ampi e arrotondati e cupole basse e rotonde.

Successivamente, nel Medioevo, si sviluppò in Europa occidentale uno stile noto con il nome di *gotico*. Le chiese gotiche avevano guglie appuntite, archi svettanti, decorazioni scolpite in pietra e vetrate colorate. La costruzione di una cattedrale gotica come quella di Chartres in Francia o di Canterbury in Inghilterra era un'impresa faticosa che richiedeva molti anni. Le chiese moderne, invece, hanno spesso interni molto sempli e utilizzano una grande varietà di materiali diversi.

Molte chiese, soprattutto quelle cattoliche, sono costruite a forma di croce.

I fedeli siedono al centro, in una sezione chiamata *navata*, rivolti verso l'altare e il punto in cui canta il coro.

Lateralmente alla navata vi sono due "ali", chiamate *transetti*, che donano all'edificio la caratteristica forma a croce.

△ Le **chiese** sono il cuore di molte comunità cristiane. In passato furono importanti luoghi di incontro e fornirono riparo e aiuto ai bisognosi.

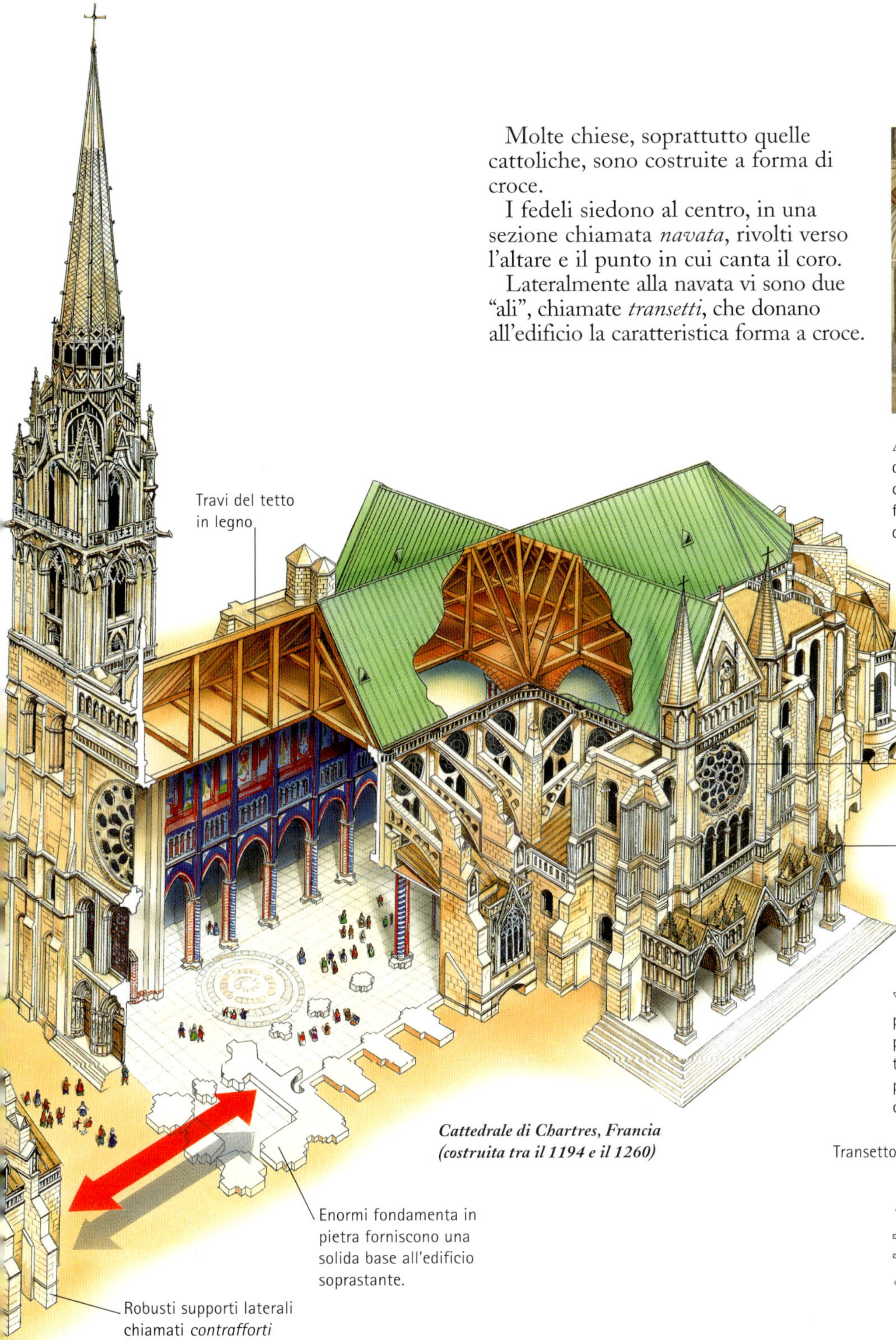

Cattedrale di Chartres, Francia (costruita tra il 1194 e il 1260)

▽ Molte **chiese** presentano la stessa planimetria di base, che si tratti di piccole chiese di parrocchia o di enormi cattedrali cittadine.

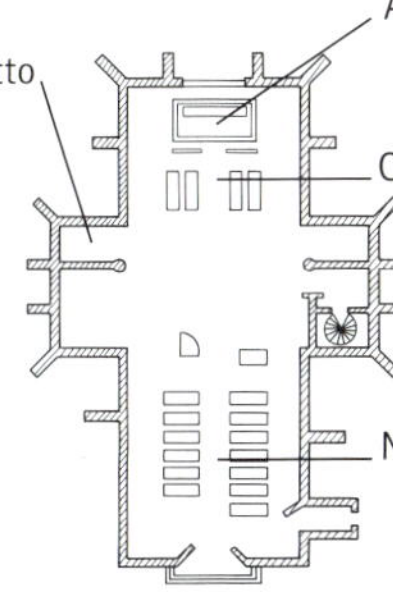

chimica

La chimica è la scienza che studia la materia nelle sue varie forme, ossia i solidi, i liquidi e i gas. I chimici scoprono di quali elementi sono composte le cose e come questi elementi restano uniti insieme. Quando un pezzo di legno brucia nel fuoco, si ha una reazione chimica: il legno si trasforma in cenere e, allo stesso tempo, emette luce e calore, ma ci volle molto tempo perché i chimici scoprissero che, bruciando, il legno si univa all'ossigeno presente nell'aria. Esistono molti tipi di reazioni chimiche.

La vera scienza chimica, così come noi la conosciamo, nacque soltanto nel XVII secolo. In quel periodo i chimici iniziarono a capire il comportamento delle sostanze presenti sulla Terra e successivamente scoprirono gli elementi di cui esse sono composte. Tra naturali e artificiali, gli elementi sono circa un centinaio, ognuno composto da minuscoli atomi. Gli atomi degli elementi spesso si uniscono tra loro dando origine a sostanze diverse: il sale che aggiungiamo ai cibi, per esempio, è composto da atomi degli elementi sodio e cloro.

chip

I chip sono minuscole piastrine di silicio, un elemento **semiconduttore**. I chip possono alloggiare piccolissimi circuiti elettrici chiamati *microcircuiti*, utilizzati nelle radio, negli orologi digitali, nei calcolatori e nei computer.

Poiché i chip sono tanto minuscoli, anche le apparecchiature elettroniche in cui vengono utilizzati possono essere molto piccole.

chirurgia

La chirurgia tradizionale consiste nella realizzazione di un'incisione, o taglio, nel corpo di una persona al fine di rimuovere o ricostruire una parte danneggiata. Le operazioni chirurgiche sono effettuate in ospedale da medici appositamente addestrati chiamati *chirurghi*. Le immagini a raggi X, o radiografie, e altri esami aiutano il chirurgo a operare nel migliore dei modi. Prima dell'operazione, al paziente viene somministrato un anestetico per evitare che avverta dolore.

Il chirurgo effettua un'incisione sul paziente con uno strumento speciale molto affilato chiamato *bisturi* o con un laser. Altri strumenti sono usati per evitare le emorragie e per tenere divaricati i lembi di pelle conseguenti all'incisione.

Al termine dell'operazione, il chirurgo chiude la ferita con un nastro adesivo speciale oppure cucendone insieme i bordi.

Andrés Segovia

Tra le più grandi personalità musicali del Novecento spicca Andrés Segovia. Il suo contributo di sensibilità e di esperienza tecnica ha risvegliato l'interesse dei musicisti per la **chitarra**, aprendo una nuova era nella storia di questo strumento. Nella storia della chitarra il fenomeno di Segovia è paragonabile a quello che **Paganini** ha rappresentato per il violino. Segovia stesso ha sostenuto più volte, infatti, e con legittimo orgoglio, di essersi "fatto da sé", di esser stato a un tempo il maestro e l'allievo di se stesso. Soltanto un genio avrebbe potuto conseguire i risultati che Segovia ottenne da autodidatta.
Il 2 giugno 1987, all'età di 94 anni, Segovia muore e con lui scompare uno dei più grandi strumentisti del Novecento.

chitarra

La chitarra è uno strumento musicale a corde costituito da un corpo o cassa a forma di otto con il retro piatto e un lungo "manico". Le corde (di nylon, acciaio o budello) sono tese lungo il manico, intervallato da una serie di sottili strisce di metallo (chiamate *tasti*) disposte perpendicolarmente a varie distanze l'una dall'altra. Il chitarrista

▽ In **chirurgia**, quando il chirurgo e i suoi assistenti operano, indossano camici, guanti e mascherine sterili per evitare di ricevere e trasmettere germi.

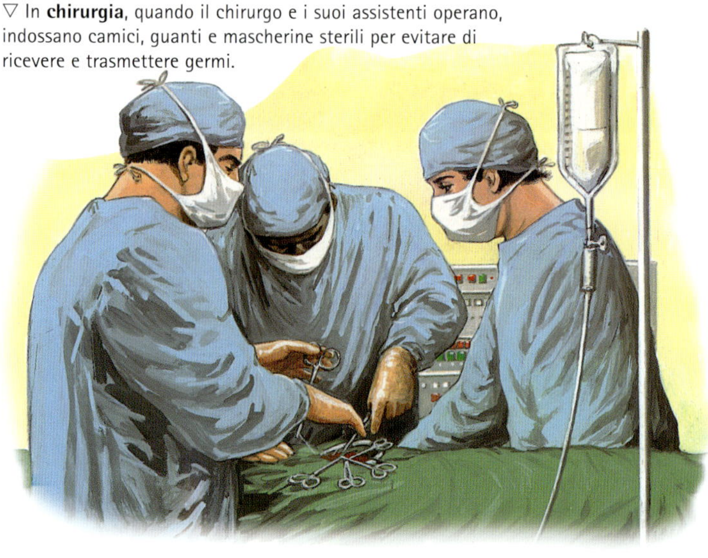

△ I **cigni** reali sono uccelli pesanti, ma le lunghe e ampie ali e i potenti muscoli del torace consentono loro di volare con facilità. Per decollare, però, hanno bisogno di correre per un lungo tratto, sul terreno o sul pelo dell'acqua.

suona le corde con una mano e con l'altra le preme contro i tasti: a seconda del punto in cui le corde vengono premute, la chitarra produce note diverse.

La maggior parte delle chitarre ha sei corde. Le chitarre acustiche sono realizzate in legno e hanno un foro rotondo sul fronte della cassa per amplificare il suono. Le chitarre elettriche sono in metallo o plastica e sono prive di foro centrale sulla cassa, quindi necessitano di un amplificatore elettrico separato.

Chopin, Fryderyk Franciszek

Compositore polacco (1810-1849). Figlio di un precettore francese, nel 1831, già concertista affermato, si stabilì a Parigi. Chopin, di animo sensibile e di salute instabile, presto incarnò l'immagine ideale del musicista romantico. L'amore per la scrittrice George Sand e la nostalgia per la patria lontana e oppressa furono le passioni della sua esistenza.

Tra le sue opere più importanti vi sono gli *Studi op. 10* e *op. 25*, i *Notturni*, i *Preludi*, le *Polacche* e le *Mazurche* oltre ai due *Concerti per Pianoforte e orchestra.*

cibo, *vedi* alimenti

ciclone, *vedi* uragano

cicogna

Le cicogne sono grandi uccelli con zampe e becco molto lunghi. Si aggirano nelle paludi e negli stagni a caccia di pesci e rane, ma alcune preferiscono nutrirsi di animali morti. Nelle zone più calde del mondo vivono oltre una dozzina di specie diverse di cicogne.

La specie più conosciuta è la cicogna bianca, che d'estate nidifica in Europa e in Asia centrale e d'autunno migra verso sud. Le cicogne sono molto pesanti e si stancano presto di agitare le ali, così spesso preferiscono lasciarsi trasportare dalle correnti.

△ In Europa settentrionale e orientale, coppie di **cicogne** bianche spesso costruiscono i loro nidi sui tetti delle abitazioni. La femmina depone solitamente quattro uova, che impiegano circa cinque settimane a schiudersi.

cigno

Questi grandi uccelli acquatici molto aggraziati sono gli uccelli più pesanti in grado di volare, anche se per decollare necessitano di una lunga distesa d'acqua sgombra da ostacoli.

In autunno alcune specie di cigno migrano verso sud in stormi disposti a V.

I cigni nuotano muovendo le zampe palmate e tuffano il lungo collo nell'acqua per cibarsi delle piante che vivono sott'acqua. Costruiscono grandi nidi nei pressi di stagni o fiumi.

Cile

Il Cile è uno stretto stato che si estende per oltre 4300 km lungo la costa occidentale dell'America

CILE
Forma di governo: repubblica
Capitale: Santiago
Superficie: 756 102 km²
Popolazione: 16 928 873 ab.
Lingua: spagnolo
Moneta: peso cileno

meridionale. La zona abitabile è ulteriormente ristretta dalla Cordigliera delle Ande, che si snoda lungo il confine orientale del paese.

Il Cile possiede oltre un quarto delle risorse mondiali di rame. I suoi abitanti parlano spagnolo e sono principalmente di religione cattolica. Nel 1973 il generale Pinochet si impadronì del potere, ma nel 1988 la popolazione cilena votò per porre termine al dominio dei militari.

Cimabue

Cenni di Pepo, detto Cimabue. Pittore italiano (ca. 1240-1302). Formatosi sulla tradizione bizantina e romanica, creò opere di un appassionato sentimento umano, di altissimo valore drammatico. Tra le sue opere ricordiamo *Crocifisso, Madonna in maestà* e *Madonna con S. Francesco,* numerosi affreschi e mosaici. Operò in Toscana, ad Arezzo, Assisi, Firenze e Pisa. Fu maestro di Giotto.

Cina

La Cina è il terzo stato più grande del mondo e la nazione più popolata. Vi vivono infatti circa un miliardo e mezzo di abitanti.
La Cina vanta una delle più antiche civiltà del mondo.

Le barriere naturali, come i deserti e la catena montuosa dell'Himalaya, isolano la Cina dagli stati confinanti del continente asiatico. A est si estendono vaste pianure solcate da fiumi, tra cui il fiume più lungo della Cina, lo Yangtze Kiang, e lo Huang Ho (Fiume Giallo), leggermente più breve. È qui che si concentra la maggior parte della popolazione. Molti cinesi vivono in città e lavorano in fabbriche, ma esistono anche milioni di contadini che vivono nelle campagne.

Per oltre 3000 anni la Cina fu un impero governato da imperatori appartenenti a diverse famiglie reali, o

△ La principale lingua parlata in **Cina**, il mandarino, è scritta con simboli chiamati *ideogrammi*.

CINA
Forma di governo: repubblica popolare
Capitale: Beijing (Pechino)
Superficie: 9 572 900 km²
Popolazione: 1 345 751 000 ab.
Lingua: cinese
Moneta: yuan renminbi

dinastie. I magnifici palazzi imperiali possono ancora essere ammirati nella capitale, Beijing. Nel 200 a.C. circa, per arginare le invasioni di nomadi provenienti da nord, un imperatore cinese ordinò la costruzione della *Muraglia Cinese*, un lungo muro che si snoda per oltre 2400 km: la più lunga fortificazione mai costruita dall'uomo.

I cinesi, grandi inventori, inventarono la carta, la stampa, l'inchiostro, la seta, la porcellana, i fuochi artificiali e la polvere da sparo: tutti oggetti usati in Cina molto prima che fossero conosciuti in Europa o altrove. Oggi il cinese è la lingua più parlata del mondo, una lingua che al posto delle lettere utilizza simboli chiamati *ideogrammi*. Esistono circa 40 000 ideogrammi, anche se ne vengono normalmente usati soltanto 5000.

Dal 1912 la Cina è una repubblica. Una dura guerra civile tra nazionalisti e comunisti ebbe fine nel 1949 con la vittoria dei comunisti (*vedi* **comunismo**). **Mao Zedong** fu uno dei più importanti leader comunisti. Egli cercò di trasformare la Cina in una superpotenza accelerando la crescita delle sue fabbriche e fattorie. Durante gli anni in cui Mao fu al potere, la Cina si isolò dal resto del mondo. I leader più recenti hanno intensificato i contatti con l'Occidente, ma a tutt'oggi chi si oppone al regime viene arrestato e incarcerato. Da tre decenni la Cina sta vivendo un periodo di enorme sviluppo economico.

cinema

L'arte delle "immagini in movimento" nacque da una macchina chiamata *kinetoscopio*, inventata da un americano, Thomas Edison, nel 1891.

Subito dopo, i fratelli francesi Auguste (1862-1954) e Louis Lumière (1864-1948), costruirono un apparecchio simile, che chiamarono *cinematografo*.

La loro macchina proiettava su uno schermo le immagini impresse su una striscia di pellicola. Le immagini venivano mostrate l'una dopo l'altra così velocemente che, sullo schermo, pareva si muovessero. Nel 1896, a Parigi, i fratelli Lumière organizzarono il primo spettacolo cinematografico pubblico e ben presto in Europa e in America settentrionale molti si dedicarono alla realizzazione di pellicole.

Questi primi film non assomigliavano molto ai film che siamo abituati a vedere oggi. Erano in bianco e nero, i movimenti erano a scatti e non c'erano suoni. Inizialmente i film venivano realizzati per mostrare al pubblico notizie ed eventi reali, ma nel 1902 gli autori cinematografici iniziarono a inventare storie e a usare attori per interpretare i vari ruoli.

Il primo film sonoro, ossia accompagnato da suoni e voci, fu *Il cantante di jazz*, del 1927. Man mano che l'industria cinematografica cresceva, somme sempre più ingenti venivano spese in sontuose produzioni. Dopo la Seconda guerra mondiale, però, divenne popolare un tipo di cinema più realistico, soprattutto in Italia, dove si diffuse il cosiddetto *neorealismo*.

Negli anni 50 la crescente popolarità della televisione determinò il declino dell'industria cinematografica, perché il pubblico preferiva rimanere a casa a guardare la TV, invece di andare al cinema. Negli anni 70, tuttavia, l'industria cinematografica cominciò a risollevarsi fino ad arrivare alla produzione attuale di film con effetti speciali sorprendenti.

Hollywood, un quartiere di Los Angeles, in California, USA, è da molto tempo la capitale mondiale della cinematografia. Quasi ogni nazione possiede una propria industria cinematografica. Una delle più fiorenti si trova a Mumbai (Bombay), in India.

▽ Nel **cinema**, la realizzazione di un film coinvolge moltissime persone: attori, operatori delle cineprese, direttori della fotografia, tecnici per la ripresa del suono e tecnici vari. Il regista dirige il cast e controlla quello che si vedrà sullo schermo.

cioccolato

Il cioccolato che mangiamo è prodotto con i semi dell'albero del cacao. I semi crescono all'interno di frutti ovali che pendono dal tronco e dai rami dell'albero. Per fare il cioccolato, i semi devono essere tostati e poi macinati finché non rilasciano una sostanza liquida alla quale vengono aggiunti altri ingredienti.

Al cioccolato al latte, per esempio, vengono aggiunti latte e zucchero.

△ Il **cioccolato** è prodotto dai semi dell'albero del cacao. Per prima cosa i grandi frutti vengono tagliati con un grande coltello, quindi i semi contenuti all'interno vengono essiccati e poi tostati.

Cleopatra

Regina egizia (69-30 a.C.). Legata a Giulio Cesare, visse con lui a Roma per qualche tempo e dopo la morte di questi nel 44 a.C., incontrò Marco Antonio, che governava l'impero romano insieme a Ottaviano. Subito Cleopatra si innamorò di Antonio, che lasciò la moglie, sorella di Ottaviano, per vivere con lei. Ottaviano non si fidava delle mire di Cleopatra e di Antonio e combatté contro di loro una guerra sconfiggendoli in una battaglia navale nei pressi della Grecia nel 31 a.C.

△ **Cleopatra**, regina d'Egitto, è famosa per aver causato una guerra innamorandosi di Marco Antonio. La sua vita affascinante ha ispirato molti scrittori, tra cui **Shakespeare**.

Dopo la sconfitta, Cleopatra e Antonio si suicidarono. Antonio si pugnalò e morì tra le braccia di Cleopatra, che invece si lasciò mordere da un aspide (un serpente velenoso).

clima

Il clima è l'insieme delle condizioni meteorologiche abituali di una località riscontrate per un lungo periodo di tempo, solitamente un anno. Il tempo atmosferico può cambiare di giorno in giorno, ma il clima resta generalmente immutato.

Il Sole ha un grande influsso sul clima: scalda la Terra, i mari e l'aria. Le nazioni vicine all'equatore ricevono più raggi solari e solitamente hanno un clima più caldo rispetto a quelle che si trovano più a nord o a sud. I raggi del Sole non raggiungono facilmente l'Artide e l'Antartide, che hanno quindi un clima molto freddo.

Quando il Sole riscalda l'aria, provoca i venti, che possono rendere più caldo o più freddo il clima. I venti, inoltre, possono trasportare pioggia o aria asciutta, creando un clima umido o arido.

La Terra può essere divisa in diverse zone climatiche, approssimativamente, all'interno delle quali si registrano variazioni locali.

In montagna, per esempio, le condizioni meteorologiche possono essere diverse da quelle delle pianure che sono situate più in basso. I climi possono anche cambiare nel corso del tempo. Molti scienziati ritengono che il nostro pianeta stia diventando sempre più caldo, un processo noto come **riscaldamento globale.**

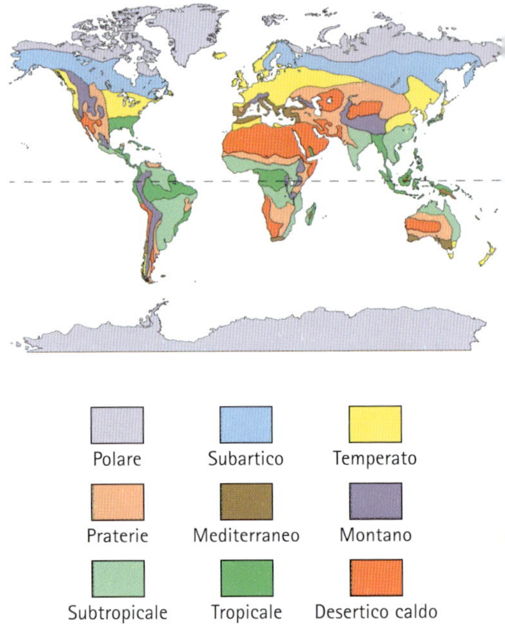

LE ZONE CLIMATICHE DEL MONDO

△ La **clonazione** è una tecnica per realizzare copie esatte, o *cloni*, di esseri viventi. Nel 1996, gli scienziati clonarono una pecora chiamata *Dolly*, che era la copia identica della madre.

clonazione

I cloni sono organismi o esseri viventi che hanno esattamente le stesse caratteristiche, o materiale genetico, dell'organismo da cui derivano. In natura esistono molti esempi di cloni. La prole degli organismi più semplici come i batteri e i lieviti, per esempio, è sempre composta da cloni. Alcune piante e animali semplici come i platelminti producono cloni in un processo di *riproduzione asessuata*, ossia senza l'accoppiamento della cellula maschile e della cellula femminile. Di quando in quando, i cloni possono essere prodotti anche in animali più evoluti e negli esseri umani. I gemelli identici, per esempio, sono cloni l'uno dell'altro, ma sono piuttosto rari.

Recentemente gli scienziati hanno scoperto come clonare gli esseri viventi in laboratorio. La tecnica della clonazione fu utilizzata per la prima volta negli anni 60 del secolo scorso sulle rane. Nel 1996, in Scozia, un team di scienziati applicò per la prima volta questa tecnica a un mammifero, clonando una pecora. Un giorno i ricercatori potrebbero essere in grado di clonare un essere umano, ma molti pensano che sarebbe pericoloso ed eticamente sbagliato.

La capacità di clonare animali e

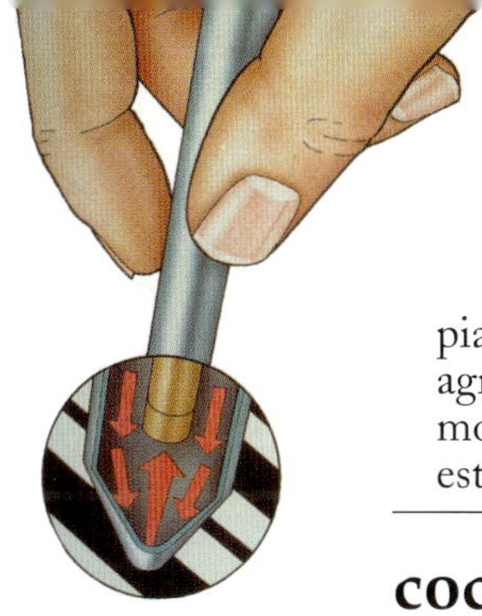

△ I **codici a barre** sono una serie di strisce che possono essere lette con un apposito lettore laser. Ogni barra rappresenta un numero.

△ Il minuscolo **colibrì** golarubino nidifica in tutti gli USA orientali e migra in America centrale durante l'inverno: un'impresa notevole per un uccello così piccolo!

Curculione dal collo di giraffa

△ I **coleotteri** esistono in diverse forme, ma tutti possiedono tre paia di zampe e un involucro rigido sul dorso.

piante potrebbe essere molto utile in agricoltura e in medicina. Tuttavia, al momento la clonazione è ancora estremamente difficile e costosa.

coccodrillo, *vedi* alligatori e coccodrilli

codice a barre

Su molte confezioni e imballaggi di prodotti si nota spesso una serie di strisce bianche e nere: sono i codici a barre. Queste strisce rappresentano un numero espresso in codice binario e ogni prodotto che si acquista ha un numero diverso.

Alla cassa dei negozi, una macchina chiamata *lettore* legge il codice a barre con un raggio laser.

Il lettore trasforma il codice a barre in un segnale che viene inviato al registratore di cassa, all'interno del quale un computer cerca nella propria memoria il prezzo dell'articolo con quel codice e calcola il totale finale.

Il computer può inoltre calcolare quanti prodotti sono stati venduti e, quando è necessario, ordinare le nuove forniture.

coleotteri

I coleotteri sono insetti di cui si conoscono oltre 300 000 specie diverse.

Alcuni sono piccoli come la capocchia di uno spillo, mentre altri sono molto grandi, come il golia africano, che può raggiungere i 10 cm di lunghezza e i 100 g di peso.

I coleotteri iniziano la propria vita nelle uova, dalle quali fuoriescono allo stadio di larve.

Le larve si trasformano quindi in crisalidi, o pupe, dalle quali emergono infine i coleotteri adulti.

Molti coleotteri e le rispettive larve sono animali infestanti. I punteruoli, i millepiedi e le dorifore, per esempio, provocano gravi danni ai raccolti, mentre i tarli rosicchiano il legno. Alcuni di questi insetti, però, possono essere estremamente utili. Le coccinelle sono piccoli coleotteri colorati che si nutrono di insetti nocivi come gli afidi e i pidocchi delle piante. Anche i necrofori e gli scarabei stercorari sono utili perché si nutrono di animali morti e letame.

I necrofori, in particolare, seppelliscono i cadaveri di piccoli uccelli e mammiferi scavando il terreno sotto di essi e poi depongono le loro uova sugli animali così sepolti, in modo che le larve possano nutrirsene quando usciranno dalle uova.

colibrì

I colibrì sono tra i più piccoli uccelli del mondo, diffusi soltanto nel cosiddetto Nuovo Mondo, dal Canada meridionale all'estremità dell'America meridionale.

Il più piccolo delle 320 specie diverse è il colibrì ape di Cuba, che misura meno di 5 cm di lunghezza.

I colibrì possono compiere fino a 70 battiti di ali al secondo: questo consente agli uccelli di librarsi a mezz'aria e di volare all'indietro e lateralmente come gli elicotteri per muoversi da un fiore all'altro e nutrirsi in volo senza mai posarsi.

Bevono il nettare dolcissimo dei fiori.

Collodi, Carlo

Pseudonimo di Carlo Lorenzini. Scrittore italiano (1 826-1 890).

Dopo aver tentato le vie del giornalismo e del teatro, trovò la sua vera strada nella letteratura per l'infanzia; dopo *Giannettino* e *Minuzzolo* scrisse il suo capolavoro: *Le avventure di Pinocchio*, a tutt'oggi un libro di riferimento della letteratura infantile.

Colombia

La Colombia è una nazione dell'America meridionale, occupata per circa un terzo della sua superficie dalla cordigliera delle Ande. La maggior parte della popolazione vive nel nordovest, dove gli altipiani sono fertili. I colombiani conquistarono l'indipendenza dalla Spagna nel 1819 sotto la guida di Simón Bolívar. Dagli anni 1965-70 vi è una forte instabilità politica, e molti sono i problemi di ordine sociale, tra cui un ingente traffico di droga. Il caffè è la principale coltivazione commerciale.

COLOMBIA
Forma di governo: repubblica presidenziale
Capitale: Bogotá
Superficie: 1 141 748 km²
Popolazione: 44 977 758 ab.
Lingua: spagnolo
Moneta: peso colombiano

Colombo, Cristoforo

Navigatore ed esploratore italiano (1451-1506). Nel 1492 scoprì e conquistò diverse isole al largo dell'America per conto della Spagna.

Pur essendo tornato in America altre tre volte, morì in povertà con la convinzione di aver raggiunto le Indie e quindi senza sapere di aver scoperto un nuovo continente, l'America.

Colombo, come molti del suo tempo, sapeva che la Terra non era piatta, ma rotonda. I marinai europei erano soliti navigare a oriente verso le "Indie" (Asia), riportando in patria ricchi carichi d'oro e spezie.

Colombo pensava che se avesse navigato verso ovest invece che verso est, avrebbe raggiunto le Indie più velocemente.

Ferdinando e Isabella, regnanti di Spagna, gli affidarono navi e denaro per compiere questo viaggio.

Il 3 agosto del 1492 Cristoforo Colombo salpò verso ovest con tre navi e il 12 ottobre raggiunse un'isola nelle Americhe che chiamò San Salvador, oggi un isolotto delle Bahamas.

▽ **Cristoforo Colombo** compì quattro viaggi attraverso l'Atlantico verso l'America. Nella prima spedizione, nel 1492, utilizzò tre navi, o caravelle, la Niña, la Pinta e la Santa Maria.

coloranti

I coloranti sono sostanze che vengono utilizzate per colorare i tessuti e altri materiali. Alcuni coloranti sono estratti dalle piante, ma la maggior parte di quelli oggi in uso sono composti da sostanze chimiche.

colore

Il primo a scoprire che la luce solare bianca è composta da diversi colori fu Isaac Newton. Nel corso di un esperimento, egli fece passare un raggio di Sole attraverso un blocco di vetro a forma di prisma triangolare: la luce che fuoriuscì dal prisma era suddivisa in tutti i colori dell'arcobaleno, cioè rosso, arancione, giallo, verde, blu, indaco e violetto.

Newton aveva così scoperto che la luce bianca era in realtà l'unione di vari colori.

Quando la luce del Sole colpisce le gocce di pioggia sospese nell'aria appare un fenomeno chiamato *arcobaleno*. L'arcobaleno è quindi provocato dalle goccioline d'acqua che si comportano come minuscoli prismi, scomponendo la luce del Sole in uno spettro di colori che seguono sempre la stessa sequenza, dal rosso al violetto.

Il colore di un oggetto è dato dai colori dello spettro che esso non assorbe. Un fiore rosso appare rosso perché assorbe tutti gli altri colori e riflette soltanto il rosso, che rimane l'unico colore visibile ai nostri occhi. Così, una foglia verde assorbe tutti i colori dello spettro tranne il verde.

La luce colorata si comporta in modo diverso dai *pigmenti colorati* (le sostanze che danno a inchiostri e vernici il loro colore). Tutti i colori contenuti nella luce si combinano per dar luogo a una luce bianca, mentre tutti i pigmenti colorati miscelati insieme danno come risultato il nero.

△ Il **Colosseo** fu completato nell'80 d.C. e fu inaugurato da Tito. Era composto da quattro piani ed era dotato di una copertura di tela per proteggere gli spettatori dal Sole e dalla pioggia.

◁ Il **colore** è ciò che vediamo quando la luce riflessa da un oggetto raggiunge i nostri occhi. Noi vediamo il pomodoro rosso perché riflette la luce rossa e assorbe tutti gli altri colori che compongono la luce.

Colosseo

Il Colosseo è un gigantesco *anfiteatro* (cioè un edificio di forma circolare con un'arena al centro e gradinate concentriche in cui si svolgevano giochi di lotta), costruito dagli antichi romani. Poteva contenere più di 50000 persone ed era il più grande edificio del suo genere in tutto l'impero romano.

L'arena era utilizzata per incontri tra gladiatori e combattimenti tra uomini e animali o tra diversi tipi di animali; poteva essere anche allagata per consentire la simulazione di battaglie navali.

coltivazione, *vedi* agricoltura

combustibile

I combustibili sono sostanze che emettono calore quando bruciano e ci forniscono l'energia per cucinare il cibo, riscaldare gli edifici, far funzionare gli aeroplani, le automobili e le macchine e produrre elettricità. I combustibili più importanti sono **petrolio**, **carbone** e **gas naturale**.

Alcuni combustibili emettono più calore di altri. Un chilogrammo di carbone produce quasi tre volte più calore di un chilogrammo di legno. Il petrolio ne produce quattro volte di più e l'idrogeno dieci volte circa. L'uranio, un elemento radioattivo, può produrre 500000 volte più calore dell'idrogeno. Poiché le risorse di combustibili fossili si stanno esaurendo, in futuro si dovrà fare uso di energia solare, eolica e idroelettrica, energie alternative sostenibili e meno rischiose dell'**energia nucleare**.

cometa

Le comete viaggiano all'interno del sistema solare compiendo percorsi circolari, o orbite, attorno al Sole. Lungo il loro percorso in alcuni momenti passano molto vicino al Sole, in altri si trovano a superare persino l'orbita di Plutone, il corpo celeste più esterno del sistema solare. Le loro orbite possono durare da qualche anno a molti secoli.

Le comete sono masse di gas congelato, ghiaccio, polvere e rocce. Le più grandi hanno il diametro soltanto di qualche chilometro, ma le loro lucenti "code" possono raggiungere milioni di chilometri di lunghezza. Una delle comete più famose porta il nome dell'astronomo inglese Edmond Halley, che la studiò.

△ Quando la **cometa** viaggia verso il Sole, i raggi solari provocano il distacco dalla sua massa di alcune particelle, che vengono spinte nella direzione opposta al Sole dando luogo alla lunga coda. La coda è quindi composta da gas incandescente e polvere.

commercio

L'acquisto e la vendita di merci e servizi è chiamato commercio. Il commercio include anche il *baratto*, ossia lo scambio di una merce con un'altra di tipo diverso. Il *commercio interno* è il commercio che si svolge all'interno di una nazione. Le organizzazioni che acquistano merci in grandi quantità e poi le rivendono ai negozi sono chiamate *grossisti*, mentre quelle che vendono le merci nei negozi si chiamano *dettaglianti*.

Il *commercio internazionale* è il commercio tra stati diversi. Le *importazioni* sono le merci che uno stato acquista, le *esportazioni* sono le merci che uno stato vende. Alcune importazioni ed esportazioni si dicono *visibili*: tra queste, le materie prime, come i minerali contenenti ferro, e i prodotti agricoli, come il grano, nonché i prodotti di fabbricazione industriale, dalle matite ai jet. Altre importazioni ed esportazioni sono invece *invisibili*: esse comprendono prodotti bancari (*vedi* **banca**) e assicurazioni, servizi di trasporto e anche il denaro speso dai turisti.

Le principali nazioni commerciali sono quelle che possiedono molte industrie, ma oggi quasi ogni paese dipende dal commercio.

△ La maggior parte del **commercio** visibile avviene via mare e lungo i corsi d'acqua. Le navi consentono infatti il trasporto delle merci, imballate in grandi cassoni chiamati *container*.

compact disc, *vedi* registrazione

composti

I composti sono sostanze chimiche costituite da uno o più elementi. Il sale da cucina, per esempio, è un composto formato dagli elementi sodio e cloro. I composti si formano quando gli elementi si combinano tra loro e danno luogo a una sostanza completamente diversa dagli elementi che li costituiscono. L'acqua è un composto costituito dagli elementi gassosi idrogeno e ossigeno, ed è molto diverso da entrambi.

Nel mondo esistono milioni di composti, da quelli più semplici, come l'acqua (con tre atomi in ogni molecola) a quelli più complessi, come alcuni tipi di plastica (con molecole costituite da centinaia di atomi).

computer

I computer stanno assumendo un ruolo sempre più importante nella nostra vita. Hanno prodotto enormi progressi nel campo della scienza e della tecnologia: possono, per esempio,

▽ I **computer** possono essere usati per guidare robot come questo, utilizzato nelle fabbriche automobilistiche per spruzzare la vernice sulla carrozzeria delle autovetture.

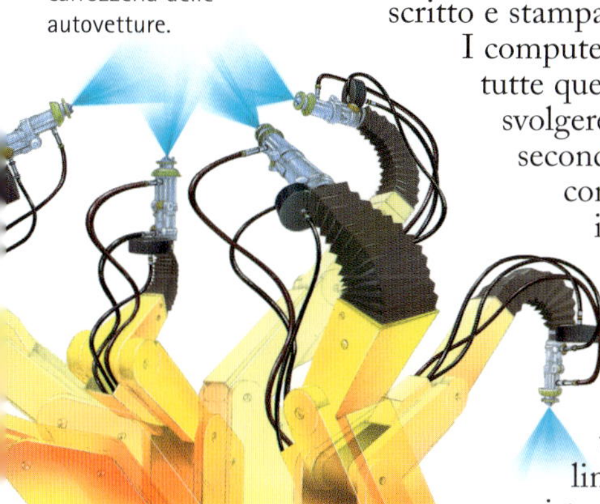

guidare aerei e navicelle spaziali, controllare apparecchiature mediche necessarie per la vita e far funzionare gli sportelli bancomat dai quali possiamo prelevare denaro per strada. Questo stesso libro è stato impaginato, scritto e stampato usando i computer!

I computer sono in grado di fare tutte queste cose perché possono svolgere milioni di calcoli al secondo. Per prima cosa il computer riceve i dati, o informazioni, immessi dall'utente, quindi elabora i dati in base al proprio programma e produce un risultato.

Tutti i computer utilizzano un tipo di linguaggio chiamato *sistema binario*. Nel sistema binario esistono soltanto due numeri, 1 e 0. I computer utilizzano questo sistema perché sono stati progettati per funzionare con la corrente elettrica e sono in grado di riconoscere la differenza tra un flusso di corrente intenso e uno più ridotto.

Se la corrente è elevata, registrano 1, mentre se la corrente è ridotta, registrano 0. Quando scriviamo utilizzando la tastiera del computer, noi produciamo numerosi flussi di correnti elettriche attraverso minuscoli circuiti all'interno di **chip** e sono sempre queste minuscole correnti che ci danno la risposta di cui abbiamo bisogno.

Un computer è composto da quattro elementi base: un dispositivo di immissione dei dati, come la tastiera, il mouse o il joystick, il cosiddetto *cervello del computer* (l'unità di elaborazione centrale o processore) che elabora i dati ed esegue le operazioni che è stato istruito a compiere, un dispositivo di emissione dei dati, come lo schermo o la stampante per la visualizzazione delle informazioni risultanti, e per finire l'unità di memoria sulla quale vengono immagazzinati i programmi e i dati. Questi ultimi possono essere memorizzati anche su dispositivi rimovibili.

I computer possono essere collegati l'uno all'altro usando una rete di linee telefoniche e cavi. **Internet** è una rete di computer diffusa sull'intero pianeta che consente di inviare messaggi e informazioni da un punto all'altro del mondo in pochi secondi.

comunicazione, *vedi* pp. 98-99

comunismo

Il comunismo prevede una serie di principi sul modo in cui uno stato dovrebbe essere organizzato. L'idea principale del comunismo è la *proprietà comune*, cioè di tutte le persone, di beni e ricchezze: in questo modo l'uguaglianza tra gli individui sarebbe reale, perché non vi sarebbe nessuno né molto ricco né molto povero (*vedi* **Marx, Karl**).

Nella maggior parte dei paesi comunisti, il

continua a p. 100

▽ Il **comunismo** prevede l'organizzazione di una nazione in modo che ognuno possa condividere i beni e le ricchezze della nazione stessa. Questa immagine illustra un incontro del partito comunista cinese nel 1949. Grandi manifesti raffiguranti i leader del partito fanno da sfondo ai discorsi.

△ *La rete mondiale di linee telefoniche riecheggia dei milioni di chiamate e di e-mail che circolano ogni giorno.*

◁ *La macchina da stamp a caratteri mobili consen di produrre i libri pi velocemente e a cos minori. Utilizzava picco pezzi di metallo, ognun raffigurante un caratter che potevano essere sposta per comporre le diver parol*

LA PAROLA STAMPATA

Le prime forme di comunicazione scritta furono realizzate su tavolette di argilla, pietra, legno, steli di canne di palude pressate o pelli di animali. I cinesi inventarono la carta 1900 anni fa, ma fino a tutto il Medioevo soltanto pochi sapevano leggere o scrivere. I libri erano scritti a mano, solitamente da scrivani professionisti o da monaci, quindi erano molto costosi e rari.

Verso la metà del XV secolo, il tipografo tedesco Johann Gutenberg inventò la prima macchina da stampa: finalmente i libri erano disponibili per un pubblico più vasto. In seguito, nel XVII secolo, comparvero anche i primi giornali: si potevano comunicare più rapidamente e a un maggior numero di persone idee riguardanti il mondo e la società.

COMUNICAZIONE

La comunicazione è il processo di condivisione di idee e informazioni con altre persone. Può assumere molte forme, da semplici gesti ed espressioni del viso, a parlare, ascoltare, leggere un giornale o inviare un messaggio di posta elettronica attraverso Internet. La comunicazione può avere luogo tra due sole persone o tra milioni di individui, come quando un programma televisivo viene trasmesso in tutto il mondo.

▽ *Inventato nel 1878, il centralino manuale consentì la connessione di più chiamate telefoniche attraverso una sola centrale telefonica. Gli operatori dovevano collegare separatamente ogni chiamante con il rispettivo destinatario della chiamata.*

LINGUA PARLATA E SCRITTA

Decine di migliaia di anni fa, gli uomini preistorici elaborarono gradualmente una forma di lingua parlata per comunicare tra loro. Prima dell'invenzione della lingua scritta, però, l'unico modo per "registrare" una comunicazione consisteva nel ricordarla o nel tradurla in disegni. I sumeri della Mesopotamia (l'odierno Iraq) crearono la prima lingua scritta attorno al 3500 a.C.: si trattava di un sistema che utilizzava piccoli disegni per indicare oggetti o idee. Gli egizi inventarono poi i geroglifici: un'altra forma di scrittura basata su simboli.

Attorno al 1000 a.C. emerse in Medio Oriente un nuovo metodo di scrittura basato su un alfabeto composto da 22 simboli. Ogni simbolo rappresentava un suono diverso e più simboli potevano essere uniti per formare parole. Erano le basi della scrittura usata in gran parte del mondo moderno. Altri tipi di alfabeto sono l'arabo, il cinese e il Braille, che utilizza una serie di punti in rilievo per consentire anche ai non vedenti di leggere.

◁ *La lingua cuneiforme dei sumeri veniva scritta su tavolette di argilla con un bastoncino ricavato da una canna di palude e chiamato stilo.*

△ *Un satellite per le comunicazioni è sempre posizionato in corrispondenza dello stesso punto della Terra. Riceve e ritrasmette segnali televisivi e telefonici da un punto all'altro del pianeta.*

TELECOMUNICAZIONE

La telecomunicazione è la possibilità di comunicare su lunghe distanze. Nel corso della storia fu tentata più volte con tamburi, messaggeri e segnali di fumo. Nel XIX secolo furono inventati sistemi di comunicazione che utilizzavano segnali elettrici trasportati lungo fili metallici. Il primo di questi fu il telegrafo, messo a punto tra gli anni 30 e 40 di quel secolo in Russia, Gran Bretagna e USA. Ben presto vennero installati migliaia di chilometri di linee telegrafiche.

Antonio Meucci nel 1871 e l'inventore americano Alexander Graham Bell nel 1876 scoprirono il modo di trasmettere la voce umana lungo i cavi del telegrafo: era stato inventato il telefono. Il nuovo strumento si sviluppò rapidamente e 20 anni dopo esistevano già un milione di linee telefoniche in tutto il mondo. Oggi sono oltre un miliardo.

LA RIVOLUZIONE DELLE COMUNICAZIONI

I diversi strumenti di comunicazione di massa sono chiamati con il termine latino *media*, ossia "mezzi". Nel XX secolo, nuove tecnologie di comunicazione offrirono molti nuovi tipi di media. La registrazione del suono, la fotografia e il cinema divennero così disponibili a milioni di persone. Guglielmo Marconi creò il primo telegrafo senza fili, che trasmetteva messaggi utilizzando onde radio al posto dei cavi. La trasmissione di un messaggio da un solo trasmettitore a più ricevitori ebbe inizio con i primi programmi radiofonici attorno al 1920. Nel 1936, con le prime teletrasmissioni ebbero inizi i primi esperimenti televisivi.

Dal 1962 i satelliti "ripetono", ossia ritrasmettono, le chiamate telefoniche e le immagini televisive in tutto il mondo. La nascita dei personal computer negli anni 70 del secolo scorso migliorò e accelerò le forme di comunicazione esistenti. I computer contribuirono anche alla nascita del World Wide Web (**Internet**) e del sistema di posta elettronica.

Vedi anche
computer; fotografia; geroglifici; giornale; Internet; lingua; libro; radio; registrazione; satellite; stampa; telefono; televisione.

continua da p. 97

popolo è proprietario delle fabbriche e delle fattorie, ma è il governo a gestirle. Il governo controlla quasi ogni cosa e la libertà personale è spesso limitata. Il controllo dei mezzi di comunicazione, come giornali, televisione, cinema e libri, è in genere in mano al governo.

Lo scopo di tutti questi rigidi controlli governativi è l'organizzazione della nazione per il bene di tutti.

Molti paesi divennero comunisti nel corso del XX secolo. Tra questi, l'Unione Sovietica, la Cina, Cuba, la Corea del Nord e numerosi altri stati dell'Europa dell'est. Lenin e Stalin in Unione Sovietica e Mao Zedong in Cina furono tra i più importanti leader comunisti del secolo scorso.

Non sempre il comunismo ha ottenuto il suo scopo: molti, nei paesi comunisti, sono infatti rimasti poveri.

△ **Confucio**, pensatore cinese, insegnò agli uomini il rispetto reciproco.

conchiglie

Molti animali vivono all'interno di conchiglie che producono essi stessi perché hanno un corpo morbido che necessita di protezione. Le conchiglie sono solitamente dure e di tutte le forme e colori. Le conchiglie di alcuni molluschi marini non sono più grandi di un granello di sabbia, mentre la tridacna dell'oceano Pacifico ha una conchiglia del diametro di 120 cm.

Alcuni animali terrestri come le chiocciole sono muniti di conchiglia, ma la maggior parte delle creature provviste di conchiglia vive nei mari.

Tra queste vi sono i molluschi e i crostacei, alcuni dei quali, come le ostriche e le capesante, sono commestibili. Molluschi e crostacei sono un'importante fonte di nutrimento da migliaia di anni. In alcune località del pianeta sono stati rinvenuti rifiuti di cibo delle popolazioni preistoriche che consistevano principalmente in enormi cumuli di conchiglie, alti quanto una casa di due piani.

concime

I concimi sono sostanze chimiche che vengono aggiunte al suolo per nutrirlo. Aiutano le piante a crescere più grandi e sane donando loro le sostanze nutritive necessarie. I concimi più importanti sono a base di calcio, fosforo, potassio e zolfo.

Confucio

Pensatore e uomo politico cinese (551-479 a.C.). Studioso delle opere e delle tradizioni del passato, fu ministro della giustizia. Dimessosi a causa di rivalità politiche, concluse la sua vita peregrinando e diffondendo i precetti della sua dottrina morale. I cinesi hanno seguito i suoi insegnamenti, che sono stati raccolti nei *Dialoghi*, per secoli.

Congo, Repubblica Democratica del (Zaire)

La Repubblica Democratica del Congo, chiamata Zaire tra il 1971 e il 1997, è un grande stato dell'Africa centrale. Comprende gran parte del bacino del fiume Congo, il secondo fiume africano per lunghezza dopo il Nilo e una importante via di trasporto per le popolazioni dell'Africa centrale.

▽ I **continenti** poggiano su enormi zolle di roccia che si muovono costantemente perché galleggiano su uno strato di roccia semiliquida chiamata *magma*.

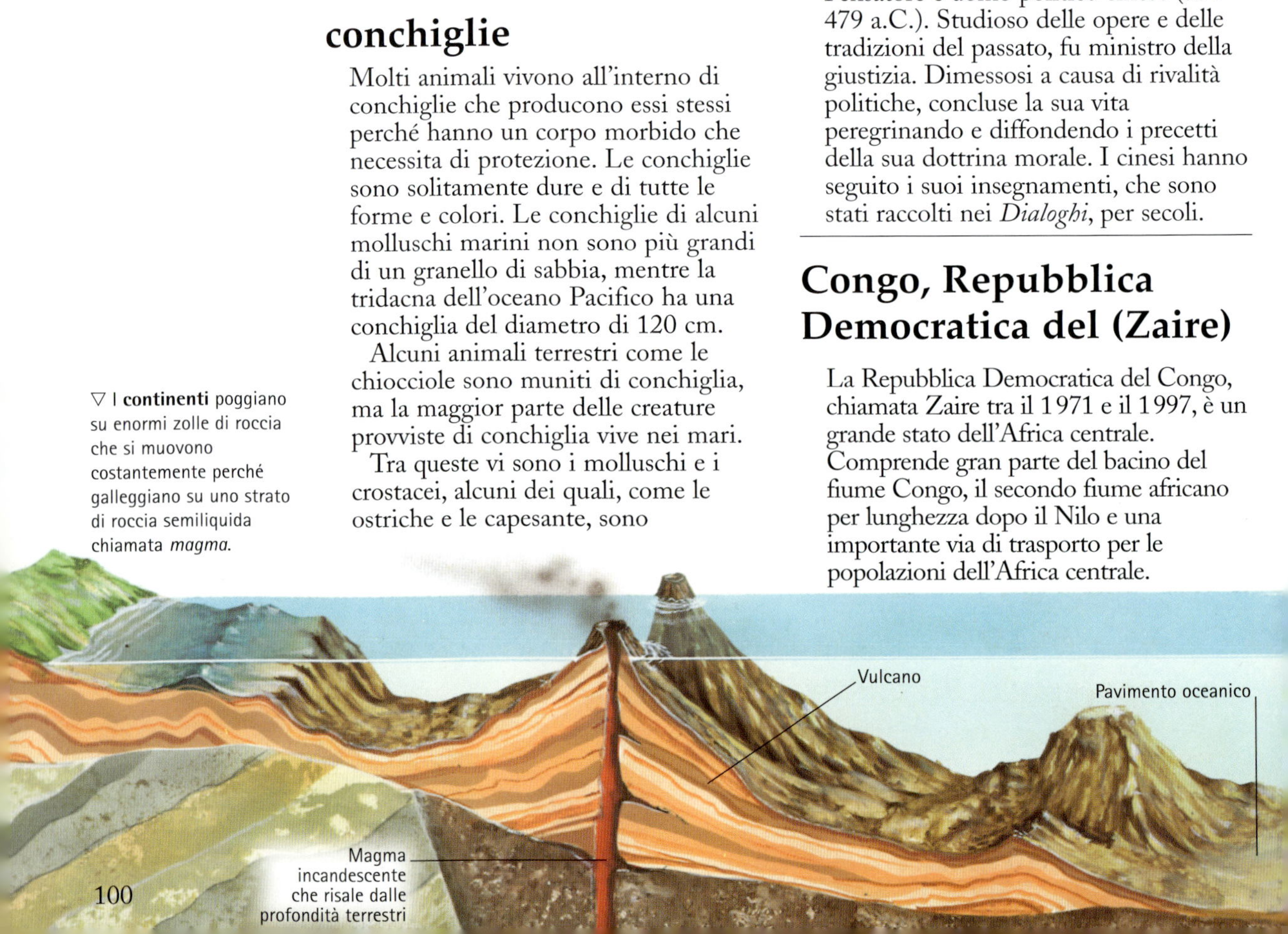